高校图书馆情境下的设计思维研究与实践

盛卿　刘新燕　程希　著

文化艺术出版社
Culture and Art Publishing House

图书在版编目（CIP）数据

高校图书馆情境下的设计思维研究与实践 / 盛卿，刘新燕，程希著. — 北京：文化艺术出版社，2022.12
ISBN 978-7-5039-7310-9

Ⅰ. ①高… Ⅱ. ①盛… ②刘… ③程… Ⅲ. ①院校图书馆－图书馆服务－研究 Ⅳ. ①G258.6

中国版本图书馆CIP数据核字（2022）第189621号

高校图书馆情境下的设计思维研究与实践

著　　者　盛　卿　刘新燕　程　希
责任编辑　张　恬
责任校对　董　斌
书籍设计　赵　矗
出版发行　文化艺术出版社
地　　址　北京市东城区东四八条52号（100700）
网　　址　www.caaph.com
电子邮箱　s@caaph.com
电　　话　（010）84057666（总编室）　84057667（办公室）
　　　　　84057696—84057699（发行部）
传　　真　（010）84057660（总编室）　84057670（办公室）
　　　　　84057690（发行部）
经　　销　新华书店
印　　刷　国英印务有限公司
版　　次　2022年12月第1版
印　　次　2022年12月第1次印刷
开　　本　710毫米×1000毫米　1/16
印　　张　18
字　　数　220千字　　图片140余幅
书　　号　ISBN 978-7-5039-7310-9
定　　价　68.00元

目 录

第一章 开篇

设计思维作为一种新范式可以用来解决诸如 IT、商业、教育、医疗、图书馆等各个领域的问题。设计思维解决问题、创造价值的“魔力”源自何处？想要回答这个问题，需要借助一些形式逻辑的概念。常见的逻辑推理形式有两种：演绎推理和归纳推理。设计思维的创造力源自第三种逻辑形式——溯因推理。

第一节　设计思维

一、设计思维的理论内涵与应用范围

在大的理论与实践背景中，设计思维有两种含义：一指将设计方法用于设计之外的领域，并像设计师那样思考；二指对设计师实践的学术构建和设计师能力的理论思考。[1] 前者的英文术语即 Design Thinking，也就是国内所熟知的“设计思维”；后者的英文术语是 Designerly Thinking，国内设计界通常译为“设计师式思维”。我们可以简化理解为：设计思维在发展过程中逐渐演变为根植于设计领域内、流行于设计领域外的两个分支，鉴于“设计思维”一词已经无法有效涵盖二者，于是设计界用“设计师式思维”一词来代表领域内的研究。需要说明的是，二者虽然有内容、程度上的差异，但不存在根本性区别，可以将设计思维理解为一种简化版的设计师式思维。

“设计思维”一词进入设计研究领域始于 1987 年——时任哈佛

［1］Ulla Johansson-Sköldberg, Jill Woodilla and Mehves Çetinkaya, “Design Thinking: Past, Present and Possible Futures”, *Creativity and Innovation Management*, Vol.22, No.2, 2013, pp.121-146.

大学设计学院院长的彼得·G. 罗（Peter G. Rowe）教授将 Design Thinking 作为自己一本著作的名称。[1][2] 设计思维是实现服务创新和体验优化目标的有效手段。IDEO 的首席执行官蒂姆·布朗（Tim Brown）认为，设计思维是一种以人为本的创新方式，它提炼自设计师积累的方法和工具，将人的需求、技术可能性，以及对商业成功的需求整合在一起。[3] 多伦多大学罗特曼商学院院长罗杰·马丁（Roger Martin）教授立足于管理教学与实践，提升了设计思维的理论化程度，使得设计思维不仅在商界大受欢迎，还逐渐影响到其他领域，如医院、法务管理及图书馆管理。受马丁影响，2008 年美国高校图书馆联盟前主席、天普大学图书馆研究与教学副馆长斯蒂文·贝尔（Steven Bell）在《美国图书馆》上发表《设计思维：一种让图书馆专家转型为以用户体验为先的战略家、问题解决者并创造卓越服务的设计方法》，认为在商界大行其道的设计思维能够用于创造卓越的图书馆服务，帮助图书馆应对时代挑战，避免边缘化，图书馆相关问题的解决在一定程度上取决于运用设计思维来创新图书馆用户体验的能力。[4] 面对新形势、新主题所带来的挑战，图书馆需要深刻理解用户需求及用户行为，创新服务形式，拓展服务内容，提供更好的用户体验。设计思维是实现服务创新和体验优化目标的重要手段，是提高图书馆管理和服务水平的有效方式。

今天，图书馆工作不再是简单的馆员与读者间的关系，而是涉及多方

---

［1］Peter G.Rowe, *Design Thinking*, Cambridge MA: MIT Press, 1987.

［2］Dorst Kees, "The Core of 'Design Thinking' and Its Application", *Design Studies*, Vol.32, No.6, 2011, pp.521-532.

［3］About IDEO, https：//www. ideo.com/about/.

［4］Steven Bell, "Design Thinking：A Design Approach to the Delivery of Outstanding Services Can Help Library Professionals Become Strategizers and Problem-Solvers Who Put the User Experience First", *American Libraries*, Vol.1, 2008, pp.44-49.

利益相关者、系统、环境的复杂网络。设计思维所具有的丰富内涵与图书馆服务的多维形态表现了良好的适配关系，具备提供可行解决方案的充分潜力。图书馆的类型众多，最主要的两类是公共图书馆和高校图书馆：公共图书馆可以在为公众提供相关服务的同时满足部分学者的科研需求，在转化创新知识、保护文化遗产、强化公众教育等方面发挥着重要的作用；高校图书馆则担负着培养新一代祖国建设者的历史使命，在强化学生素质、营造育人氛围、知识交流创新等方面发挥着重要作用。[1]

虽然不同类型的图书馆在用户、定位、规划上都存在一定差异，但从设计思维应用的角度来看并没有太大不同（从后文设计思维文献研究可看出端倪——通论图书馆[2]的设计思维应用研究最多，说明图书馆的高校、公共等属性对于设计思维的应用影响微乎其微）。故此，后文的图书馆调研和实践会聚焦于高校图书馆，但在进行设计思维理论研究时将弱化图书馆类别或属性。

二、设计思维的核心原理

设计思维作为一种新范式可以用来解决诸如IT、商业、教育、医疗、图书馆等各个领域的问题。设计思维解决问题、创造价值的“魔力”源自何处？想要回答这个问题，需要借助一些形式逻辑的概念。常见的逻辑推理形式有两种：演绎推理和归纳推理。演绎推理，强调从一般推导到特殊，把一般原理运用到具体场合；归纳推理，强调从特殊推导到一

[1] 参见钱敏《2009至2018年我国公共图书馆研究与高校图书馆研究的对比分析》，硕士学位论文，南京大学，2020年。

[2] 宋甫等学者将文献中的图书馆分为高校、公共、通论三大类别，其中的通论图书馆是指文献中没有说明是高校图书馆或公共图书馆，泛指通常意义上的图书馆。

般，通过个别事实推导出一般原理。二者都是强有力的推理工具，为人类文明的进步做出了卓越的贡献,但如果只有这两种逻辑工具是不够的，许多解决方案无法通过二者得出。设计思维的创造力源自第三种逻辑形式——溯因推理。参见查尔斯·桑德斯·皮尔斯（Charles Sanders Peirce）及罗杰·马丁的论见，溯因推理的目标不是得出某个结论是否正确，而在于预先提出哪些结论可能是正确的。

溯因推理的公式：

归纳推理为“发现”提供信息，演绎推理为“证明”提供信息，二者帮助我们预测和解释世界上的现象。但是如果目标是为他人创造价值，比如在设计或服务工作中，推理公式将发生变化，因为结局不是事实陈述，而是实现某种价值。

什么（事物）＋ 如何（方法）→ 价值

图 1-1 价值推理公式

溯因推理有两种形式，它们的共同点是结果是根据价值来构想的。[1] 第一种形式与传统的问题解决路径相关联——我们知道要创造的“价值”，以及“如何”创造，缺少的是创造“什么”（对象、服务、系统），我们的工作就是在设定的场景内，依据已知的方法开展工作。这是一种“封闭式”解决问题的形式，是设计师和工程师的日常工作。

？？＋ 如何 → 价值

图 1-2 封闭式的溯因推理

[1] Dorst Kees, “The Core of ‘Design Thinking’ and Its Application”, *Design Studies*, Vol.32, No.6, 2011, pp.521-532.

另一种形式的溯因推理更复杂，因为我们只知道想要获得的最终价值，不知道要做“什么”和“如何”做，是一种“开放式”解决问题的形式。

？？ ＋ ？？ → 价值

图 1-3 开放式的溯因推理

第二种溯因推理的挑战是弄清楚创造什么事物（对象、服务、系统），以及用何种方法来实现追求的价值。这意味着必须同时创建事物和方法，由于需要在公式中确定两个“未知数”，导致此类设计实践与传统的问题解决路径完全不同。溯因推理不仅是设计思维的核心，从设计思维的理论结构来看，溯因推理还是一种主要范式。对溯因推理，尤其是包含两个“未知数”的开放式溯因推理的理解和掌握有助于更好地应用设计思维。

第二节　高校图书馆

一、高校图书馆的用户价值与服务使命

教育部在 2015 年修订的《普通高等学校图书馆规程》指出：“高等学校图书馆是学校的文献信息资源中心，是为人才培养和科学研究服务的学术性机构，是学校信息化建设的重要组成部分，是校园文化和社会文化建设的重要基地。”（第一章总则第二条）“图书馆应充分发挥

在学校人才培养、科学研究、社会服务和文化传承创新中的作用。”（第一章总则第三条）“图书馆应坚持以人为本的服务理念，保护用户合法、平等地利用图书馆的权利，健全服务体系，创新服务模式，提高服务效益和用户满意度。”（第六章第二十八条）“图书馆应不断提高文献服务水平，采用现代化技术改进服务方式，优化服务空间，注重用户体验，提高馆藏利用率和服务效率。”（第六章第三十条）[1] 瑞士、德国、美国多家学术机构联合推出《新媒体联盟地平线报告：2017 图书馆版》提出：有效地迎合用户需要以用户为中心的顶层设计理念和关注可访问性（亮点 5）；用户即创造者（趋势 5）；重视用户体验（趋势 10）。[2]

虽然国内外权威文件的表达方式不尽相同，但都可以清晰看到对用户和服务的高度重视，“以用户为中心”“服务”“用户体验”都是图书馆工作的关键词。这是一个充满变化与挑战的时代，图书馆的发展想要跟上时代步伐，需要不断改进服务方式、创新服务形态、提高服务水平、优化服务体验。仅仅依靠图书馆的传统工作方式是无法做到这一切的，图书馆从业者必须引入新的思路、方法和工具来适应新环境、应对新挑战。设计思维本质上是一种创新思维模式，能帮助不同专业背景的人跳出领域局限，通过创新的方案来解决问题，高校图书馆情境下的设计思维是一种能够有效提升图书馆体验、创新图书馆服务的工作方式。近年来，已经有越来越多的图书馆借助设计思维提升了服务水平，促进了业务发展。

---

[1] 中华人民共和国教育部：《教育部关于印发〈普通高等学校图书馆规程〉的通知》，中华人民共和国教育部政府门户网站（http: //www. moe.gov.cn）。

[2] S.Adams Becker 等著，赵艳等译：《新媒体联盟地平线报告：2017 图书馆版》，《图书情报工作》2018 年第 3 期。

二、高校图书馆的服务功能

高校图书馆利用馆藏资源及其设施可以直接向读者提供文献和情报等一系列服务，这些服务包括“借阅服务”“馆际互借”“文献传递”“教学培训”“信息服务”“移动图书馆”等内容。从用户的视角来看，高校图书馆服务可以归纳为学习服务、知识服务、教学服务和文化服务[1]，设计思维可以用来优化和创新各类图书馆服务。

（一）学习服务

学习服务，即图书馆作为“一站式”学习服务中心，以丰富的学术资源、完善的空间设施、专业的人员支持，满足用户自习、协作、交流等多类型的学习需求。[2]随着教育模式的转变和用户需求的提高，如何将学习资源深层次嵌入用户的学习体验，以及如何提供满足用户实际需求的学习服务将成为一个不断被探讨的命题。设计思维能够为用户营造更好的学习体验，提供更强的学习支持。例如，对空间功能进行重新定义与再造，在常规的阅览室之外开辟能为用户学习研究、交流讨论、社交协作提供友好、有启发性服务的文化场所。再如，对学习工具进行改良或创新，对学习管理进行优化和突破等。

---

［1］参见刘雅琼、肖珑《高校图书馆用户服务的创新发展趋势研究》，《图书情报工作》2015 年第 20 期。

［2］参见肖珑、张春红《高校图书馆研究支持服务体系：理论与构建——兼述北京大学图书馆的相关实践》，《大学图书馆学报》2016 年第 6 期。

（二）知识服务

知识服务，即发挥图书馆在信息、知识的搜寻、组织、分析等方面的功能，满足文献信息资源需求。当前，知识服务强调在用户需求驱动下，为教学、科研提供专业化和个性化的支撑服务。知识服务的内容包括科研支持服务、决策支持服务、数据支持服务、学术出版服务、知识产权及专利信息服务、信息素养服务、课题咨询服务等。如何以用户为中心开展知识服务？如何提升知识服务能力？如何构建与用户需求最匹配的知识服务模式？这些都是图书馆馆员需要深刻思考的问题。面对多样性、个性化、深层次的知识服务需求，馆员可以运用设计思维更准确地识别用户需求，更高效地提取用户所需的知识信息，实现高质量的知识服务。

（三）教学服务

随着高校人才培养模式的转变，图书馆需要转变被动角色、强化引导职能，为教学提供更主动、更深入的支持服务。教学服务，即以培训空间、教参平台、数字教学信息资源为教学提供支撑服务，也包括以课堂 / 网络教学、独立 / 嵌入式课程等方式开展直接教学服务。现代化教学体系对图书馆提出了许多新的挑战，例如，如何为教师的教学工作提供更多支持？如何为专业教学提供更多的课程资源？如何帮助学生改变学习理念及方式？设计思维可以为教学服务的履行发展新途径，帮助图书馆更好地践行“以学生为中心”的教学思想。

（四）文化服务

作为校园文化建设的重要组成部分，图书馆能为用户提供休闲、愉悦、激发活力的各种读书、展览、讲座、交流等文化活动。一方面，用户通过参加图书馆的各项活动获得文化润泽，满足精神需求；另一方面，图书馆的文化服务对于提高图书馆人气、扩大图书馆影响具有十分重要的现实意义。设计思维有助于解决文化服务面临的各种挑战。常规活动，比如定期的学术讲座，可以运用设计思维及时获取用户最新需求，展开有针对性的服务设计，保持常规活动的生命力。空降活动，比如作家新书发布会，可以运用设计思维打造形式多样、内容丰富，甚至产生网络热度的特色活动——设计思维有助于催生颠覆性的灵感。

从以上服务类型划分中可以看出，当图书馆的服务功能从单一转化为多元时必将导致用户与图书馆的关系、使用图书馆的习惯、对图书馆服务的期望以及用户本身的行为等发生变化，这无疑对图书馆馆员的自身素养和工作能力提出了新的挑战。设计思维能帮助高校图书馆从业者更好地以用户为中心来思考问题、应对挑战，将图书馆、用户、社会、技术更紧密地连接起来，使高校图书馆的价值得到更为充分的体现和发挥。

三、高校图书馆服务创新案例

服务创新有两个层面的含义，一是通过创新优化现有服务，二是通过创新创造新服务。考虑到当前图书馆相对稳定的形态、职能以及服务对象，服务创新更多地瞄准现有服务的优化与基于细分需求的微创新，整体而言是一种渐进型创新。

（一）“零借阅”困局突破

随着信息产品的普及，碎片化阅读的泛滥，大学生越来越少进入图书馆借阅图书。一方面馆藏资源不断增加，另一方面借阅率却逐年降低，甚至出现了大量从未被借阅过的图书。如何能调动学生的借阅兴趣，突破低借阅率的困局，使馆藏得到更好的利用呢？

浙江财经大学图书馆别开生面地举办了一场“零借阅率”主题书展——从大量从未被借阅过的图书中筛选一批高质量的，举办主题书展，将“死水”变为“活水”。“零借阅率”书展的噱头很好地吸引了学生，图书推广效果显著，部分展出图书在短时间内从“零借阅”变成“高借阅”，而其他图书的借阅量也普遍提高。[1]

这场“零借阅率”主题书展的策划思路与设计思维高度契合。造成图书零借阅的原因可能是它们过于冷门、小众，似乎很难有什么抓手可以用来推广：既没有能吸引读者的噱头，也没有非读不可的理由。常规方法在这里行不通，需要大胆寻求突破。既然零借阅图书的内容没有什么推广点，那就跳出内容的范畴，寻求其他能激发读者兴趣的点——零借阅图书的“零借阅”就是一个很好的角度。这种跳出常规思路解决问题的方式正是设计思维的重要特征。“零借阅率”主题书展没有大手笔、大动作，只是跳出常规思维，从另一个角度看待事物，就非常理想地解决了问题。这就是设计思维。

---

[1] 参见吴成、张苏文《基于营销理论的“零借阅率”主题书展活动探究——以浙江财经大学图书馆为例》，《河北科技图苑》2019 年第 2 期。

（二）“断网”空间

无孔不入的互联网在带来极大信息获取便利的同时，也让阅读行为变得越来越碎片化——人们已经很难沉下心来读完一本书。如何才能引导学生从浮躁的碎片化阅读中走出来，沉浸书籍、静心阅读呢?

西安交通大学图书馆做了一次很好的尝试，设计了一个没有配置 Wi-Fi 的“经济学人空间”，打造了一个“断网”环境。[1] 在该空间，图书馆成功策划并实施了创新性读书体验活动——“书斋生存 10 小时”。该空间 / 活动取得了显著的成效，不仅达到让学生放下手机、远离喧嚣、静心读书的目标，还使学生能够反思被互联网打扰的生活，重塑自律的学习习惯。

说到阅读推广，大部分人的想法是推荐更多的优质图书，让同学们在好书的吸引下，自然而然沉浸在书的世界里。但实际上，现代人在读书上“浮躁”并非因为缺乏好内容，而是因为无孔不入的碎片化信息干扰。“西安交大”图书馆看到了问题所在——无孔不入的碎片化信息对读者的专注力造成干扰，提出了解决办法——阻断这个干扰，划辟一处“断网”空间。西安交大图书馆挖掘问题本质的做法契合了设计思维的“溯因”特质——要解决问题，必须明确问题在哪里，一旦找到了问题，解决方案也就呼之欲出。

---

[1] 参见张惠君、王元、翟中会、张幸芝《高校图书馆主题空间再造与创新实践》,《图书情报工作》2017 年第 20 期。

四、设计思维之于图书馆的价值

图书馆一直是城市、社会以及知识经济发展的中流砥柱。[1] 正如安德鲁·卡内基（Andrew Carnegie）所说：“图书馆造福人民的能力超过了社会中的任何其他事物。它就像荒漠中永不枯竭的泉水。”尽管图书馆的重要性不言而喻，但是许多图书馆的开发利用仍处于较低水平，而且预算与资源常常捉襟见肘，图书馆从业者面临许多复杂、多样的挑战。[2] 在这个“体验为王”的时代，图书馆需要深刻理解用户需求、分析用户行为，创新服务形式、拓展服务内容，提供更好的用户体验。[3] 设计思维正是实现服务创新、体验优化这一目标的有效方式。

近年来，全世界范围的许多知名图书馆通过设计思维实现了管理、空间、服务等方面的优化和改造。剑桥大学研究团队联合图书馆馆员及学生开展 Futurelib 计划——利用设计思维，通过人种志方法和以人为本的设计手段，对包括空间、馆藏、平台、发现系统、应用程序等多方面工作进行优化，构建了以用户为中心的服务生态系统，优化了图书馆服务体验，促进了用户对图书馆的认知和使用。[4] 例如旨在为学生匹配最优学习空间的“Spacefinder”网络服务解决方案，一经推出，立刻受到新老生的广泛欢迎，剑桥学生称其为“将永远改变

---

[1] 参见 IDEO 公司《图书馆中的设计思维——以用户为中心的设计工具包》，广州出版社 2016 年版。

[2] 参见朱强《国外图书馆的发展趋势及其启示》，《国家图书馆学刊》2015 年第 5 期。

[3] 参见邱进友《众创空间: 图书馆未来空间设置的方向》,《图书与情报》2015 年第 5 期。

[4] Cambridge University Library, Futurelib Innovation Programme, http://www.lib.cam.ac.uk/research/futurelib-innovation-programme.

学生学习生活的网站”[1]。芝加哥公共图书馆工作人员采用“沉浸体验法”，利用同理心了解用户的需求和想法，通过体验和分析母语为非英语的用户在查找文献时的心理和行为，改进文献查找服务，帮助有语言障碍的用户更高效、充分地利用图书资源。[2]新加坡图书馆联合图书馆管理局专家、图书馆用户，基于设计思维进行用户需求研究，组建图书馆专家和设计专业师生交叉团队，导入公众力量开展设计，通力合作建成乌节路图书馆。该馆从空间到装潢、服务等许多创意和设计均得到了公众的一致赞赏。[3]广州图书馆馆员依托斯坦福大学设计思维五步法和IDEO《图书馆中的设计思维》，通过头脑风暴、原型构建、测试迭代等方式优化了创客空间，对空间的标识、标语及墙面装饰等进行了改造，推出了吸引用户驻留的展示区，获得了用户的充分肯定。[4]从某种意义上说，设计思维是一种方法论，能够为具体问题或任务提供实用和富有创造性的解决方案，图书馆从硬件到软件都可以用以人为本的设计思维来建设。[5]

[1] Cambridge University Library, Futurelib Innovation Programme, https://www.lib.cam.ac.uk/futurelib/spacefinder.

[2] IDEO, Design Thinking for Libraries-A Thinking for Patron Centered Design, http://designthinkingforlibraries.com, 2020.

[3] Wailing C., Learning by Design: Continuous Change, Continual Improvements, http://www.gzlib. gov.cn/societypxkj/169607.jhtml.

[4] 参见陈欣《设计思维在公共图书馆中的应用研究——以广州图书馆创客空间为例》，《图书馆》2020年第4期。

[5] 参见陈超《用设计思维建设，用连接战略发展——大阅读时代公共图书馆发展战略思考》，《图书馆杂志》2018年第1期。

第二章

设计思维理论体系

设计思维过程是一种合作创新。在合作创新中，越是形象的表达，越能引发团队成员的共鸣，越能激发团队成员的联想。表达的可视性与启发性要比逻辑性与准确性更重要，而图形在这方面无疑具有文字无法比拟的优势。

第一节　IDEO 的图书馆设计思维[1]

一、主要内容

IDEO 通过设计思维帮助企业和公共部门进行商业模式、服务和体验等方面的创新，被评为世界上最具创新能力的机构之一。2015 年，IDEO 发布了旨在帮助图书馆运用设计思维来开展服务创新、提升用户体验的《图书馆中的设计思维》（简称《思维》）。在《思维》中，IDEO 将设计思维分为准备、启发、构思、迭代、推广五大阶段，每一阶段的思维侧重点不尽相同，共同组成一个设计思维应用的完整过程。

“准备”阶段包含从概念理解到团队组建等一系列内容，是学习和使用设计思维的基础。“启发”“构思”“迭代”是设计思维的核心流程——“启发”阶段主要负责定义挑战、发现机会；“构思”阶段则主要生成概念、制作原型；“迭代”阶段完成用户测试和设计优化。“推广”阶段主要是关于如何保障方案的长期推行并发布指南供其他图书馆

[1] 盛卿：《设计思维在图书馆中的应用——基于美国 IDEO〈面向图书馆的设计思维〉》，《图书馆论坛》2016 年第 9 期。《面向图书馆的设计思维》为文章作者对原版图书翻译的书名，《图书馆中的设计思维》为之后中译本的书名。

学习。关于此五阶段更详细的阐述如下表：

表 2–1 设计思维的内容框架

章节	内容	详情
准备	前期准备工作	理解概念、学习表达、归类图书馆工作、组建团队、筹集资源
启发	定义设计挑战	定义用户、定义问题、明确工作条件
	学习研究方法	用户访谈法、专家访谈法、观察法、沉浸体验法、类比体验法、日记法、照片故事法、旅行地图法、卡片分类法、概念刺激法
	开展调研工作	筹备调研工作、学习实战技巧、记录调研结果
构思	讲故事	与团队成员分享调研结果
	提出见解	聚类调研结果、命名类群、提出见解、补充内容、笔记的“进化”、图解工具
	创造头脑风暴提示	构建 HMW（我们如何才能……）问题
	生成概念	筹备头脑风暴、明确头脑风暴规则、推进头脑风暴、借助“热图”选择最佳概念
	制作原型	反思选定概念、分解选定概念、确定原型测试目标、学习原型制作技巧、计划“制作日”
迭代	反思迭代	比对作为迭代设计基础的三级用户体验测试
	微型实验	微型实验（真实环境下的用户原型测试）设计
	获取用户反馈	计划反馈、推进反馈、综合反馈
	迭代设计	优化设计、再次评估
推广	介绍实验	与他人分享设计经验
	建立“路标”	制订长期计划、评估阶段成果
	管理项目	出台管理制度
	演化设计指南	指导初学者、基于初学者反馈优化指南

二、核心要素

《思维》对设计思维过程的线性描述有利于图书馆工作者逐步学习和掌握方法，但实际的图书馆工作并不总是按部就班的，而是更为复杂并充满变化。为帮助图书馆工作者更为整体和透彻地理解和掌握设计思维在图书馆中的应用，更为有效地学习《思维》，笔者从《思维》中提炼出“换位思考”“形象表达”“合作创新”三大要素。

（一）换位思考

换位思考即从用户角度来考察用户的感受和需求，可视为以人为本或以用户为中心的设计“世界观”的方法论。《思维》中的换位思考可以分为了解用户、扮演用户、用户参与三个层次。

1. 了解用户

《思维》认为了解用户是设计思维过程的第一步，此处隐含的前提是明确“谁是用户”。了解用户的基本方法是访谈与观察，访谈能够帮助我们了解用户的需求、习惯和价值观；观察能够揭示用户的真实行为，有些甚至是他们自己都没有意识到的。通过观察用户的表情、动作，以及与物互动、与人交流的方式能够更好地探知用户的行为特点与内在动机。对于用户通过言语或行为给出的有意或无意的信息，需要结合情境、多个角度来看待，因为同样的话、同样的动作，其背后的需求可能完全不一样。《思维》还提示，人们常常因为某种心理作用或是潜意识而言行不一、心口不一，只有认清其间的差别与矛盾才能更好地理解用户，更好地发掘需求。

2. 扮演用户

在明确用户立场，对用户有基本了解之后，需要进一步与用户产生深刻而具体的共情以更好地开展后续设计。这种共情依赖于将自己当作用户，进入用户的角色去体验用户的动机、思想和感受。扮演用户的基本方法是沉浸体验，即通过目标任务，模拟用户的典型行为来理解用户需求。例如，在为盲人设计前蒙上眼睛来感受盲人的生活，在为读者设计前以普通读者身份到不同的图书馆体验借阅的过程等。扮演用户有助于深入理解和掌握用户需求，但要注意避免“重度用户”陷阱。重度用户，形容对某一产品或服务的高频使用和高度依赖。设计者很容易因为对某一产品或服务的过度关注而不自觉地“入戏太深”，进而成为重度用户，影响对普遍用户行为的理解与判断。

3. 用户参与

无论如何努力，图书馆工作者都不可能完全成为用户，因此用户参与是设计思维流程的重要环节。广义的用户参与包括用户被动接受调研和测试，而此处的用户参与指用户主动地投身于目标确立、方案设计、使用评估等环节，成为服务的倡导者、设计者和评价者。[1] 不过，一般情况下，完全的用户参与很难实现，需要视项目特征、用户类型而选择合适的设计思维阶段引导用户参与。例如，在一些儿童图书馆服务项目中，直接用户——儿童只能在启发和构思阶段提一些大致需求和初始概念，以及在迭代阶段参与用户测试，而作为间接用户的家长则只能基于对孩子的了解和期望提一些补充建议。因此，用户参与在本质上更接近

[1] 参见陈林《基于用户参与的图书馆服务和空间设计研究》，《图书馆建设》2015年第3期。

于创造一种平台，让用户在积极推动设计进程的同时给予专业团队深入挖掘用户潜在意识和需求的机会，从而实现更好的沟通、达成更好的理解、完成更彻底的换位思考。有学者认为用户参与和以用户为中心存在一些本质上的不同，但笔者认为用户参与的实质还是以用户为中心，其让原来被动的用户变得主动,可以看作一种更为深刻的“以用户为中心”，用户的中心地位在源头上获得了强化。

（二）形象表达

形象表达具有直观、生动、启发性强等特点，这正是设计思维过程所需要的。《思维》中的形象表达分为图形表达和原型表达两个层次。

1. 图形表达

设计思维过程是一种合作创新。在合作创新中，越是形象的表达越能引发团队成员的共鸣，越能激发团队成员的联想。表达的可视性与启发性要比逻辑性与准确性更重要，而图形在这方面无疑具有文字无法比拟的优势。在设计思维过程中，只要涉及集体讨论、协同设计的环节，例如“讲故事”“头脑风暴”“综合反馈”等，都可以借助图形表达来促进合作与创新。《思维》认为只要稍加练习，任何人都能够掌握满足团队合作需求的图形表达技巧。它还进一步提供了基于直线和圆的组合变化，以角色、物品、 场景、符号为主要内容的快速图形表达教程，以及工具、环境、时间安排等方面的练习建议。

2. 原型表达

概念只有在实体化后才能被全面地体验和评估，进而发现不足、予以优化。《思维》提倡的实体化方法是团队成员集体参与、亲自动手，利用诸如纸板、泡沫、胶带、马克笔等材料和工具快速制作“低保真”原型。实际上，团队成员集体、亲手将概念实体化的过程本身就是一种深化设计、推进方案的有效手段。《思维》认为相对于花长时间、大价钱制作的“高保真”模型，“低保真”原型在获取反馈、发现不足方面具有更高的效率和更好的效果，因为它不仅容易制作，还能让用户因为它粗简的形式而将注意力集中于关键的功能。为了鼓励原型制作，丹麦奥尔胡斯公共图书馆常态化地备有各种原型制作材料和工具，供有需要的员工取用。该图书馆的设计思维团队负责人玛丽安娜（Marianne）颇有感触地建议：“离开办公桌吧！您在原型演示与用户测试中学到的东西会比办公室里多得多。”

（三）合作创新

合作创新，可以理解为将合作作为一切创新工作的基本思路，具体到合作形式上可以分为微观层面的团队合作与宏观层面的机构合作。

1. 团队合作

基于差异化的团队合作是设计思维过程中的主要工作形态。《思维》在“准备”章节就强调了差异化在团队合作中的重要性，认为只有基于充分差异化的合作才能够在设计思维的过程中产生火花。这里的差异化不仅指学科、专业上的交叉，也包括团队成员在性格、习惯上的不同，而用户的直接参与则能进一步扩大这种差异化。《思维》还详细介绍了许多团队合作的技巧，例如，如何运用网络工具规划团队工作日程，如何设置团队成员角色，如何引导用户参与等。《思维》推崇的团队合作不是简单的分工，而是同时同地的联合工作、协同设计。《思维》认为设计思维过程的主要环节，例如设计定位、概念生成、原型制作等必须集中时间共同完成，这既是高效的，也是有效的。

2. 机构合作

宏观层面的合作创新是一个管理学概念，主要指企业在与其创新资源和能力有一定互补性的机构进行合作的过程中，通过整合分散分布的资源和能力来提升创新绩效的一种创新模式。《思维》认为图书馆作为公共服务体系的一部分需要与其他彼此具有互补性的机构与团体开展合作，这既是一种开阔眼界、拓展思路、解决问题的有效方法，更是一种获取资源、寻求支持、扩大影响的必要措施。从《思维》提供的案例中可以看到图书馆是如何通过与学校、企业、慈善机构等团体开展合作创新来满足用户需求、提升服务体验、创造社会价值的，是如何通过这种合作创新让用户、图书馆和第三方共同获益的。图书馆与其他社会团体的合作形式有很多种，可以是渠道、平台的互用，也可以是资源、信息的共享，而最理想的状态是第三方团队的代表能够直接加入图书馆设计思维团队，成为合作创新的一线参与者。

以上要素在设计思维的各个环节都有体现，以“换位思考”为例，它不仅在“启发”中有具体的使用，在后续的“构思”“迭代”甚至“推广”阶段都有直接或间接的应用。因此，可以将三大要素理解为一种方法，通过它们，我们能够更好地开展设计思维，从而更好地进行图书馆服务与创新。对于《思维》的进一步提炼旨在给予图书馆工作者一个鸟瞰式的阅读视角，促进图书馆工作者在实际项目中更灵活地运用设计思维。

三、不足之处

（一）局限于图书馆自身

IDEO 的设计思考主要以图书馆为中心，探讨如何赋予图书馆更多的功能，缺乏进一步的换位思辨。有学者通过考察乘客使用自助阅读设备的行为特点及设备和环境对乘客的影响，探讨了地铁图书馆的设计方法和原则，为地铁图书馆服务的发展和完善提供了有益的启示。[1] 有意思的是，该研究更像从地铁服务出发，用图书馆元素来丰富地铁文化。那么，图书馆的设计思考，为什么不能将图书馆服务本身看作一种可向外散播的元素呢？这是一种很有意义的反向思考，能够帮助我们更灵活地理解图书馆的服务和角色。因此，在将设计思维运用于图书馆领域时，将图书馆作为中心理所当然，但增加一些不同角度的设计思考或许能够帮助图书馆工作者借由一种自外而内的视角更好地审视、理解图书馆的角色。这一项地铁图书馆的研究引出一个十分有价值的视角，关于图书馆的设计不应局限于图书馆本身，而应将目光扩展到更为广阔的社会全局。

（二）局限于图书馆现状

IDEO 在将设计思维运用到图书馆时，谈到为应对 21 世纪的挑战，许多图书馆开始转变观念与看法，重构目标和服务，将图书馆视为城市服务港、联合办公空间及创新实验平台等。虽然《思维》的编制者已经意识到图书馆正在和可能发生的变化，但并未予以更多探讨。因此，未来在图

[1] 参见何思倩《基于乘客行为地图的地铁图书馆服务设计》，《装饰》2015 年第 8 期。

书馆领域运用设计思维工具时，应当考虑增加一些基于新图景的图书馆设计思维探讨，这样才能够帮助图书馆工作者立足发展视角来更好地审视、把握当下局势。苏格兰国家图书馆发展战略列举过这样一个例子——随着移动电子设备例如笔记本、智能手机的普及，图书馆 IT 建设的重点由机房的规划逐渐变为 Wi-Fi 的铺设，以及由此而来的自由、休闲、“让人停留”的环境营造。由此我们可以推想，多一点对于趋势的考察和未来的试探可以让当下的设计思维在图书馆中的应用更具准确性与合理性。

第二节　设计师心态

IDEO 认为，设计思维不仅是一种方法，还是一种心态，即使不是一名设计师，仍能以设计师的眼光去看待这个世界。

在 2018 年 CALIS（中国高等教育文献保障系统，China Academic Library & Information System）年会上，上海交通大学图书馆立足于当前大环境对馆员的能力要求，提出了新型馆员能力结构：教学发展与改革的实验师、科学研究的知识工程师、学术资源建设的设计师、文化服务的推广师、创新探索的孵化师、各种活动的策划师。虽然上述六“师”只有一个“设计师”，但“实验师”“推广师”“策划师”都跟设计师有极高的相关性，很多时候，都需要像设计师一样去思考。

像设计师一样去思考并不是说要知道如何画图，是要勇于面对一切未知事物，在模糊认知阶段充分发挥自己的创造力，是能够将问题看成机遇，使自己有信心打造出变革性的解决方案。归结起来，设计师的典型心态主要有：

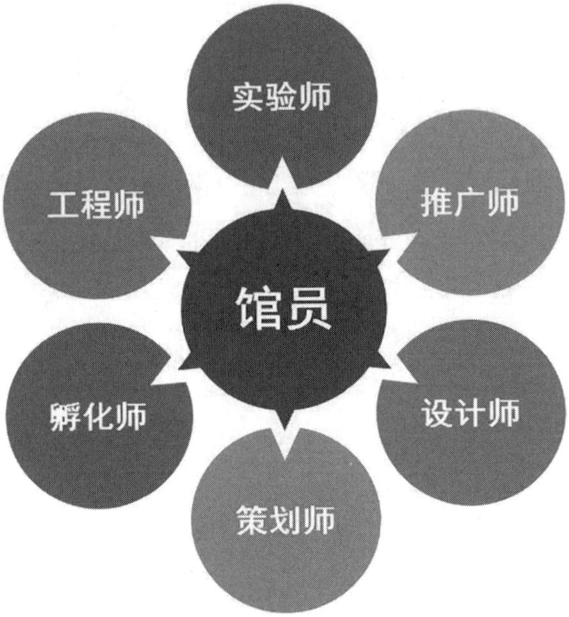

图 2-1 馆员能力结构图

（图片源于 2018 年度 CALIS 年会）

一、好奇

常常听到“存在即合理”的论断，仿佛任何事物都已变得“司空见惯”“习以为常”。然而保持好奇心，是设计师的必备心态之一，也是成为设计师的基础素养之一。好奇心是人类进步的动力，很多发明创新都是源自对好奇心的满足，同时在客观上推动了人类社会的进步。

二、乐观

运用设计思维解决问题、创造价值的过程往往困难重重，会不断有新的问题或矛盾出现。成熟的设计师通常具有不畏惧失败的乐观心态，能够从困难中看到机会，懂得矛盾点就是突破口，在失败中寻找希望，在“试错”中找到通往最佳解决方案的道路。

三、开放

开放的心态是成熟设计师的素养之一，他们欢迎不同观点和新鲜创意，拥护变革和创新。拥有开放的心态，人的心灵“视野”、知识领域都会变得广阔和充盈，能够客观看待现实中的新生事物，积极思考现象背后的原因，进而找到创新的可能和机会。

四、共情

共情就是我们常说的同理心，即设身处地地认知、理解与把握他人的情绪和情感。在设计语境下，共情就是站在用户的角度来看待和理解所要设计的对象。作为设计师心态的“共情”与作为设计方法的“共情”不同，对于成熟的设计师来说，共情不是一种特意为之的行为，而是一种“惯性思维”，是一种看待事物的“立场”，是一种本能化的内在素养。

第三节　设计思维的应用层次及内容

设计思维是一个层次、内容十分丰富的理论体系，某些层次、内容在特定的图书馆创新工作中会有更多的应用。本节将围绕设计思维理论层级中较为常用的阶段模型和工具 / 方法展开，重点介绍代表性的模型和工具，并对工作坊进行深入研究。

一、设计思维的四个理论层级

对设计领域之外的使用者而言，设计思维就是一种激发共鸣、凭直觉不断前行的探索过程，能将人们本来具备但常常忽视的能力发挥出来。从某种意义上说，应用于设计领域之外（包括图书馆）的设计思维是经过筛选、提炼的简化版的设计思维，这对设计思维的推广来说是必要的，有利于非设计背景的人士应用创造性工具来解决问题。具体到IDEO 的《图书馆中的设计思维》，设计思维的呈现形态就是帮助使用者为图书馆设计有意义的解决方案的一系列步骤和工具。

"简化"有利于设计思维的推广，但要想充分发挥设计思维的作用，解决更复杂的问题，创造更丰富的价值，就有必要进一步了解和认识设计思维。实际上，设计思维不只是一套预设好的系列有序步骤，更是一个由系统性创新活动共同组成的创新连续体[1]，是一套内容丰富的理论体系。琳达・努・劳尔森（Linda Nhu Laursen）等学者将设计思维的理论结构分层为范式（Paradigm）、方法论（Methodologic Approaches）、行动建议（Suggestions for Actions）、工具 / 方法（Tools/Techniques）。[2] 范式是对世界的基本理解和假设[3]，例如抗解问题（Wicked Problem）等；方法论是人们对特定问题和解

---

［1］Tim Brown, "Design Thinking", *Harvard Business Review*, Vol.86, No.6, 2008, pp.84-92,141.

［2］Linda Nhu Laursen and Louise Møller Haase, "The Shortcomings of Design Thinking when Compared to Designerly Thinking", *The Design Journal*, Vol.22, No.6, 2019, pp.813-832.

［3］Ingeman Arbnor and Bjorn Bjerke, *Methodology for Creating Business Knowledge*, London: Sage Publications Inc, 1997.

决方案的理解方式，以及选择应对工具 / 方法的原则，例如探究式学习；行动建议是运用设计思维的一般步骤、视角和组织方式，例如斯坦福五步法等；工具 / 方法是执行设计思维的具体手段，例如头脑风暴等。

表 2-2　设计思维的理论结构

层级	理论
范式	抗解问题：复杂、不确定、不清楚的问题； 溯因推理：通过实验验证的关于未来的提议； 情境意义：评价一个设计在情境中是否有意义
方法论	探索性学习：通过反馈测试提出问题和解决方案的迭代学习过程
行动建议	同理心、定义、构思、原型、测试；沉浸、构思、原型； 灵感、构思、实施；观察、框架、要事、解决方案； 是什么？假如？什么惊喜？什么有用？
工具 / 方法	焦点小组、可用性测试、原型、卡片分类、文化探析、故事法、头脑风暴、思维导图、微型实验、移情图、旅程图、身体风暴、感性笔记、日记法、用户画像、蓝图、想法菜单、故事板……（共计 159 种）

（一）范式

设计思维的范式主要包含三个关键方面：将抗解问题作为对现实世界的构想，以溯因推理为基本逻辑形式，以情境意义构建为主要价值和“真理标准”。奈杰尔·克罗斯（Nigel Cross）等指出，“抗解”是设计师对现实问题的总结——问题看起来模糊、杂乱、动态，充斥着残缺、矛盾、变化的信息。不同于归纳和演绎，溯因推理借助“逻辑跳跃式思维”提出新理念，可视为一种有条件的猜测，其目标不是声明某个结论是否正确，而是提出哪些结论可能正确。[1] 克罗斯和克劳斯・克里彭多夫（Klaus Krippendorff）认为，设计是一种意义构建的活动，其主要目标是创造具有情境意义的新事物，因此设计思维的主要价值和“真理标准”是情境意义构建。如果说设计思维是一种解决问题的途径，那么解决方案所获评价的高低取决于其对目标情境“贡献”的大小。

（二）方法论

劳尔森认为设计思维的关键方法论是探索性学习。设计思维应对的是抗解问题，很难一蹴而就地确定、获取解决问题所需的全部知识，这使得设计成为一个“学习”的过程。无论是“灵感—构思—迭代”，还是“沉浸—构思—原型”都可以看作探索性学习这一方法论的行动建议。由于探索性学习的过程往往充满变数，设计思维的实际过程常常呈现一种不断反复的状态，各阶段的内容、体量、次序也不是一成不变的。只有深刻理解探索性学习所包含的不确定和持续性才能在阶段模型的“建议”下灵活使用合适的工具 / 方法来解决问题、创造价值。

（三）行动建议

行动建议的核心部分是阶段模型。阶段模型，简单来说就是运用设计思维的一般步骤，例如 IDEO《图书馆中的设计思维》中的“灵感—构思—迭代”。阶段模型也是设计思维研究非常集中的层面之一，由于 IDEO 阶段模型的广泛影响，在一般的认知中，阶段模型几乎与设计思

[1] 参见罗杰·马丁《商业设计：通过设计思维构建公司持续竞争优势》，李志刚、于晓蓓等译，机械工业出版社 2015 年版，第 88 页。

维画上了等号。安德烈·莱米·弗勒里（Andre Leme Fleury）发现不同的设计思维阶段模型都有三个主要阶段：沉浸（Immersion）、构思（Ideation）和原型（Prototyping）。沉浸是设计思维行动的起点，指深入情境，通过理解抗解问题来获得最初的设计启示（IDEO 的“灵感”或“共情—定义”都是“沉浸”的近似表达）；构思是产出解决方案的创造性中间阶段，是所有阶段模型的核心；行动建议层的“原型”要大于工具 / 方法层的“原型”，其是一轮设计思维行动的收尾阶段——将设计概念转化为原型，邀请用户参与测试，验证设计概念或进入新一轮设计思维行动。

（四）工具 / 方法

除了设计学科特有的，设计思维框架内还有很多来自心理、社会、经济等学科的工具 / 方法。实际上，寻找或开发实用工具 / 方法就是设计思维领域的重点工作和主要成果之一。据弗勒里的不完全统计，累计在论文和专著中出现的设计思维工具 / 方法多达 159 种。参考 IDEO《图书馆中的设计思维》和代尔夫特理工大学《设计方法与策略》可将这种工具 / 方法分为探索发现、定义、开发、决策评估、展示和模拟五大类。探索发现类，指在设计过程中进行探索、发现及创造所需要的工具 / 方法，例如服务蓝图等；定义类，指辅助设计师定义设计对象、设计问题和设计挑战的工具 / 方法，例如用户画像等；开发类，指辅助设计师在设计过程中产出创意和概念的工具 / 方法，例如头脑风暴等；决策评估类，指在设计过程中用于评估设计方案并辅助决策的工具 / 方法，例如 KANO 模型等；展示和模拟类，指在设计过程中用于展示和模拟设计提案的工具 / 方法，例如原型。

二、设计师式思维的三个理论层级

设计师式思维与设计思维的理论内涵存在差异，但从应用层面而言，它们都是为设计实践而开发的，都意在解决动态的、非标准化的问题。[1] 两者虽然都强调问题解决，但在具体研究和实施办法上还存在一定区别：设计师式思维侧重设计范式和方法论，强调帮助职业设计师适应不同的问题，寻找更加适合的问题解决方式；而设计思维更多与企业或组织结合，其产出往往是包括了具体流程和工具的“行动建议”。[2]

表 2–3 设计师式思维的理论结构

层级	理　论
范式	抗解问题：复杂、不确定、不清楚的问题；溯因推理：通过实验验证的关于未来的提议；情境意义：评价一个设计在情境中是否有意义
方法论	反思性实践：在行动中反思和反思行动；框架创新：通过重新表达来反思和挑战解决方案与问题；解决方案导向的目标分析：专注创建正确的解决方案，而不是限定目标；问题和解决方案的共同进化：问题和解决方案共同发展的迭代过程；与情境对话：通过视觉表现和原型制作来捕捉情境中的隐性知识；模态转换：在任务的不同方面和行动的不同模式之间快速切换
工具 / 方法	查询工具：访谈、焦点小组、观察、民族志等；确定方向的工具：理想未来的叙述、未来情景、人物空间、类比 / 隐喻等；创建解决方案的工具：组合 / 组合学、变异、第一原理、涌现等

[1] Ulla Johansson-Sköldberg, Jill Woodilla and Mehves Çetinkaya, “Design Thinking: Past, Present and Possible Futures”, *Creativity and Innovation Management*, Vol.22, No.2, 2013, pp.121-146.

[2] Ingeman Arbnor and Bjorn Bjerke, *Methodology for Creating Business Knowledge*, London: Sage Publications Inc, 1997.

三、设计思维阶段模型

阶段模型与工具 / 方法是设计思维领域的研究重点，下文将选取若干设计思维经典阶段模型与代表性工具 / 方法展开论述。

（一）斯坦福五步法

斯坦福大学设计学院在设计思维的研究与实践方面声名卓著，提出了经典的设计思维五步法模型。五个环节包括同理心、定义、构思、原型、测试。

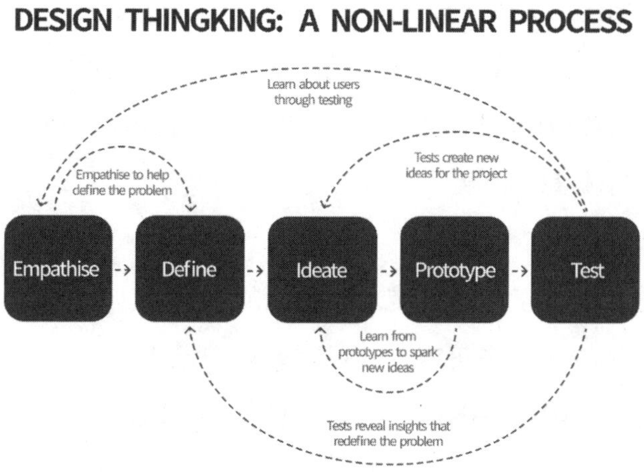

图 2-2 设计思维五步法

（资料来源：Teong Yu Sia 和交互设计基金会，笔者自绘）

1. 同理心

同理心也叫共情、移情，对以人为中心的设计具有十分重要的意义，它也可以被理解为换位思考。该阶段需要设计者放下一切和设计相关的想法、假设，切身站在用户的角度感受和发现问题。同理心可借由以下三个步骤来达成。

（1）观察

观察的要点在于时间维度。观察不是指观察用户一时一刻的行为，而是将用户的行为放入连贯的生活中去，通过观察，全面掌握用户为什么要这样做，在过程中具体是如何做的，以及这样做的结果、影响等。

（2）了解

了解用户不仅可以从用户入手，还可以咨询领域专家。既可以借助结构化或半结构化访谈的形式，获得与用户及研究问题相关的信息；也可以利用问卷、访谈等手段直接获取设计师所关心问题的答案；甚至还可以以用户的身份接触其他用户，制造一场“邂逅”，越轻松的状态越可能收获到有价值的信息。

（3）沉浸

沉浸的要点在于环境维度。与前面的观察和了解不同，这次设计师不是以探究的方式去研究，而是需要将自己当作用户，沉浸于用户的角色之中，带着用户的目的去体验和使用，以便更深入地了解所涉及的问题。

总的来说，同理心可以帮助设计师与用户产生共鸣。这一阶段会收获大量的信息，建立起用户的模拟形象，掌握他们的心态，以及可能遇到的问题和需求。

2. 定义

定义就是将在同理心环节整理的问题进行归纳，从中选择研究或设计方向。简单来说，定义就是用一段精练的文字陈述研究方向、设计目标，以及价值观。

做出准确的定义需要考虑方方面面的问题，比如目标用户是什么群体？众多问题中哪些是最迫切的？它们之间有什么关联？深层次上反映了用户的什么心理？想要给用户带来什么感受？可以利用“5W2H”工具对问题进行定义，即 Who（何人）、When（何时）、Where（何地）、What（何事）、Why（为何）、How（如何）、How much（多少），清晰罗列这七个指标有助于把握问题本质，提升创新效率。

做出定义需要了解用户的想法，更需要深入解读用户的真正意图和痛点。比如根据调研发现用户的需求是“想要一辆更快的车”，那么相较于“让车跑得更快”，更好的定义是“缩短移动时间，提升出行效率”。也就是说从用户身上直接得到的并不一定是问题的关键，需要将其进行凝练，从而更准确地定义问题。

3. 构思

构思环节，需要天马行空地产出解决方案。同理心环节已经收集了足够多的用户信息，构建出用户的模拟形象。第二阶段的问题定义，确定了研究和设计的方向、需要解决的痛点。那么到了第三阶段，需要跳出已有的思考模式和解决办法来回答定义环节提出的问题。比如定义是“缩短移动时间，提升出行效率”，那么现在需要思考“如何缩短移动时间，提升出行效率”。

激发创意的工具 / 方法很多，最著名的当属“头脑风暴”——限定一个时段，在此期间大家不做深入讨论，尽多、尽快地提出想法。

头脑风暴后，收集整理大家的想法，选择相关工具考察这些想法的利弊、潜力、可行性等，最后确定最优解决方案（可能不止一个）。

4. 原型

原型环节，需要将前一阶段选择的构思落地，利用尽可能简单、低耗的材料制作方案原型，进而测试、反思和迭代方案。

原型阶段注重在制作的过程中发现现有方案的不足和漏洞，并不断改进和完善方案。为此，斯坦福大学设计学院自创了一个新词"Pretotype"，即预模型，通过不断的预演最终得到一个较为成熟的方案。与 IDEO 一样，斯坦福大学设计学院通常会采用较为日常和廉价的材料，比如卡纸、布条、雪糕棍、易拉罐、塑料包装纸等作为原型制作的材料。

这一阶段可以邀请团队成员进行简单的测试，根据结果改进或更换方案，确定最佳方案。即便不改进或更换方案，小范围的内部测试也能让设计人员对用户在使用产品或服务时的行为、想法、感觉有更充分的预期。

5. 测试

如果说原型环节的测试是比较随意的内部试用，测试环节就是正式的检验、迭代了。测试是五步法模型的最后一个步骤，需要邀请用户使用原型阶段确定的最佳方案进行测试。测试结果可能会推翻原先的某些判断，否定之前的方案或方案局部。为了解决测试中发现的问题，方案需要再次调整、迭代、原型、测试……如此螺旋推进，最终获得满足用户需求的方案。

（二）服务体验设计模型

随着互联网产业的井喷式发展，面向用户体验的服务设计亦成为设计领域的热门方向。

1. 服务设计概述

“服务设计”的概念最早出现在管理和营销领域，由 G. 林恩・肖斯塔克（G. Lynn Shostack）于 20 世纪 80 年代提出。维基百科对服务设计的定义：服务设计是有效地计划和组织一项服务中所涉及的人、基础设施、通信交流以及物料等相关因素，从而提高用户体验和服务质量的设计活动。辛向阳教授在《基于现象学方法的服务设计定义研究》一文中，对服务设计的解读如下：针对提供商与对顾客本身、顾客的财务或信息进行作用的业务过程进行设计，旨在使顾客的利益作为提供商的工作目的得以实现。通过合理地组织物质资源、设备以及相关的人，用有效的流程去完成既定的任务。

2. 服务共创与图书馆服务设计

共同创造（Co–Creation）是服务设计中的重要概念。从某种意义上说，它是因服务设计而生的，旨在表明整个服务过程中服务提供者和服务接受者的共同参与。服务中既有服务提供者与接受者之间的互动，也包括用户与实体环境、服务设施、其他用户以及技术平台的互动。共同创造强调将服务系统内重要的利益相关者（Stakeholders）放在一个开放式的过程中，围绕有形和无形的服务进行系统性设计，为用户营造精准而流畅的体验。用户评价服务的对象，包括硬件产品、软件产品、物理环境、服务态度、业务水平、系统流程等，以是否得到良好的体验为标准进行判断。

高校图书馆不仅是提供学术资源、学习环境的专业场所，也是打造校园文化氛围，师生身份认同的重要机构。因此，图书馆创新需考虑多方利益相关者，通过对环境、设施、人员、技术以及外部连接的再设计达成紧密的服务接触和良好的服务体验。作为大学集存储、借阅、自习、会议、学术活动、休闲娱乐等为一体的大型综合服务空间，图书馆的服务模式是复合、多元的。例如，仅图书馆的空间服务就包括独立学习空间、信息共享空间、公共文化空间、学术研讨空间、社交娱乐空间等。想更有效地进行图书馆改造，满足不同时空下的用户需求，就要将服务设计融入图书馆创新设计中，为图书馆优化服务模式、提升服务质量。很多大学已将服务设计全面应用于图书馆工作，例如斯坦福大学图书馆成立了服务设计工作室；利伯缇大学基于服务蓝图等方法建立了自己的服务设计模型；北卡罗来纳州立大学运用服务设计模型对其 Hunt 图书馆进行了多元化空间、社交化空间服务和简易自主化服务的创新设计。

3. 服务体验设计模型

服务体验设计模型主要包含四个环节，分别是探索、定义、发展、实践。服务体验设计模型与斯坦福五步法具有结构上的对应关系，基于后者能够更好地理解和应用前者。斯坦福大学五步法的前三个环节——同理心、定义、构思可以与服务体验设计模型一一对应，后两个环节——原型、测试可以合并对应服务体验设计模型的实践环节。两者的具体关系如下表所示。

表 2-4 服务体验设计与斯坦福五步法的对应情况

服务体验设计：探索 斯坦福五步法：同理心	服务体验设计：定义 斯坦福五步法：定义	服务体验设计：发展 斯坦福五步法：构思	服务体验设计：实践 斯坦福五步法：原型、测试
相关资料收集	系统性分析	概念设计	评价 / 验证原型
设计民族志 焦点小组 深度访谈 二手资料收集 观察法 文化探针	移情图 服务接触点分析 思维导图 服务蓝图 利益相关者地图	工作坊 头脑风暴 原型设计 用户旅程图 故事板	商业模式画布 服务评价 服务质量检测 学习计划

四、设计思维工具 / 方法

设计思维的工具 / 方法数量众多，据不完全统计，累计在论文和专著中出现的设计思维工具 / 方法多达 159 种。综合考虑 IDEO 的《图书馆中的设计思维》与代尔夫特理工大学的《设计方法与策略》，可以将设计思维工具分为探索发现、定义、开发、评估决策、展示模拟五大类。下面将分别就每一阶段包含的重要设计工具进行介绍，阐释其目的、特点，以及具体的开展方式。

（一）探索发现类

探索发现类，指在设计过程中进行探索、发现及创造所需要的工具 / 方法。

1. 设计民族志

设计民族志来自人类学主要的研究方式之一——民族志。民族志起源于人类学家深入一个族群，仔细地记录他们的生活方式并洞察他们的文化肌理这一早期行为。设计民族志是以人为中心的设计方法和人种学的融合，不限于族群，被广泛地运用于研究各种社会群体，比如说社团、消费群乃至虚拟社交圈。越来越多的设计师用设计民族志观察和体验用户的世界，挖掘不同用户群间细微但又关键的区别，更好地理解和把握目标用户。

因为设计民族志有助于发现潜在问题，以及对问题形成深刻的理解，所以多用在项目初期进行资料收集和分析，以更好地为后续的设计决策服务。可以通过以下七个步骤完成设计民族志。

（1）前期准备

确定观察的人群、数量和范围，计划在什么时间、什么地点，通过什么方式、进行多长时间的观察，需要事先获得被观察对象的许可。

（2）观察对象

仔细观察用户在特定场景下生活 / 工作方式，思考他们的目的是什么？希望取得怎样的效果？他们是否顺利地达成了目的？有没有遇到什么困难？他们在过程中的心态是怎样的？当对对象进行观察时，还可以结合项目进行提问，并留意对象对问题的反应。

（3）采访对象

根据项目所需要的交流程度，在观察后可以选择性地进行采访。尽管设计民族志的重点是直接观察，采访仍然可以提供额外的洞察机会。可以考虑询问一些与研究和设计相关的开放性问题，过程中需要对对象的信仰、意愿、担忧保持敏感。

（4）收集材料

在民族志方法中，人类学家可以基于有形的器物对文化做出假设或结论，同样地，设计工作者可以通过收集材料对产品、服务进行假设和推论。这些材料可以是用户使用产品或服务时的图片和影像、与项目成果功能相当的竞品、来自对象的原始信息数据等。

（5）分析数据

数据的内涵十分宽泛，包括观察、访谈、材料等。可以从收集到的数据入手，寻找能够用来形成假设的模式或趋向；如果已经有了一些预设，可以通过这些数据来进行印证。

（6）验证假设

一旦提出了假设，就可以通过继续观察来验证假设，观察的对象可以是原有的目标用户，也可以通过设计民族志的调查方法对另一批对象进行观察、访谈、验证。

（7）书写总结

最后，将整个设计民族志流程以书面的方式记录下来，尤其是调查获得的数据，以及结论性的综述。

2. 焦点小组

焦点小组是依据群体动力学原理，邀请 6 ~ 9 个参与者对某一主题或观念进行深入讨论的方法。该方法可以用于产品功能界定、用户需求分析、用户界面设计等，容易实施、时间短、花费少、效率高。可以通过以下四个步骤来执行焦点小组。

（1）前期准备

确定参与人群、数量等，计划在什么时间、什么地点，进行多长时间的讨论。需要预先列出供参与者讨论的问题及各类数据的收集目标、收集方式等。

（2）招募人员

招募一名负责把控方向和流程的主持人和数位参与者，就项目基本情况和开展细节与参与者进行沟通，并获得参与者的研究许可。建议给予一定的物质回报。

（3）展开讨论

这是焦点小组的核心阶段，应鼓励参与者畅所欲言。主持人要在不限制参与者自由发表观点和评论的前提下，保持谈论的内容不偏离主题，保证每个参与者都能积极参加。

（4）整理记录

活动结束后，要尽快进行数据整理、分析，将过程以书面的方式记录下来，尤其是讨论中达成的共识、得出的结论等，这些信息会帮助设计团队更好地理解用户、定义问题。

3. 用户访谈

用户访谈是指通过与目标用户“面对面”交谈来了解用户心理和行为的研究方法，通过招募或者走访用户进行访谈，能够简单直接地收集多方面的用户信息。用户访谈具有较好的灵活性和适应性，既可以进行事实的调查，也可以进行意见的征询，还可以对新功能进行测试。用户访谈大致分为以下六个步骤。

（1）明确研究目标

明确的研究目标能确保访谈大纲以及访谈问题设计的有效性。以图书馆还书体验为案例，如果确定以如何提升读者还书的体验 / 满意度为研究目标，那么在设计问题时就要紧密围绕研究目标，避免问读者“您经常来图书馆自习吗”“您觉得我们的书籍覆盖面广吗”等与还书体验无关的问题。

（2）选择访谈形式

常用的访谈类型有三种，分别是非结构化访谈、结构化访谈、半结构化访谈。非结构化访谈的氛围较为轻松，与日常对话类似，问题或主题的讨论都是开放式的，受访者可以自由叙述。为确保访谈过程顺利，非结构化访谈仍应事先准备访谈大纲以及问题列表。结构化访谈通常以问卷的形式呈现，目的是获取定量数据，访谈问题的答案都是固定的A、B、C、D……结构化访谈也会设置一些开放性的问题，比如“为了读者在整个还书过程中获得更好的体验，您希望我们增加哪些服务”；半结构化访谈相当于将非结构化访谈和结构化访谈进行结合，设置的问题既包含开放式的也包含封闭式的。

（3）设计访谈问题

确定了上述内容之后，就要开始问题设计，需要注意以下几点。

①简洁

问题的设计应当简洁，通常在20字以内，因为人们很难记住过长或者结构复杂的问题。

②清晰

避免使用复合问题，即一个题目包含两个或多个问题，一次性提出多个问题会让受访者感到迷惑。避免使用模糊的词汇，比如“几乎”“有时”“经常”“大约”“基本上”等，受访者对这类词汇的不同理解会影响访谈的准确性。

③中立

设计问题时应避免带入个人偏见。比如常见的引导性问题，这类问题通常暗示了答案，会将访谈者的判断强加给受访者，从而无法获知他们的真实想法。

接下来要对问题进行测试，检验它们是否符合本次调研的目标与主题，哪些问题难以理解，问题的表述是否一致，等等。如果存在前述不足，需要对问题进行调整。

（4）招募受访者

受访者并不是随便招募几个人就可以的，而是从明确的目标用户群体中招募。可以通过问卷进行筛选，建议给予受访者一定的物质回报。

（5）开始访谈

通常情况下，理想的访谈流程包括以下步骤。

①打破僵局

在开始阶段用技巧性的语言、动作打破距离感，使双方在轻松、信任的氛围下进行交谈。可以进行简单的自我介绍，感谢受访者的到来，并且说明访谈的目的。事先获得录制音频或者视频的许可。

②主题介绍

引出访谈的主题，将谈话焦点转移到研究方向上，比如“平时喜欢读书吗”“经常借书吗”“借书的体验如何”等。

③深度访谈

基于提纲/问题中的核心问题进行提问，从一般性问题逐渐过渡到细节性问题。可以简单地记录一些关键性回答，方便进一步提问。

④冷却回顾

这一阶段可以从更广阔的视角考虑“深度访谈”阶段的问题。比如：“回顾今天讨论的所有内容，哪个问题是最重要的？”此时，访谈人员要注意适当放慢访谈的节奏。

⑤访谈结束

告知受访者访谈即将结束，询问是否还有补充，比如：“有没有什么没有谈到的问题？”最后，向受访者表示感谢。

（6）数据分析

建议在访谈结束后尽快进行初步数据分析，确定哪些反馈出现的频率最高，并引用一些受访者的原话作为支撑材料。根据数据整理出具有代表性的用户画像，描述这些用户的目标和行为。

图书馆半结构化访谈策划：

第一，访谈准备。

①工作人员

采访人：1 名。

记录员：1 名。

观察员：1 名（可由采访人 / 记录员兼任）。

②访谈场地

寻找一个较为安静的公共场地，会议室略显严肃、压抑，图书馆的休闲空间、安静的咖啡厅都是不错的选择。

③受访者

选择 6 ~ 9 名图书馆馆员（不同工作职能）作为受访者，对每名受访者进行为期 15 ~ 20 分钟的半结构化访谈。本次访谈结果为后续定性研究服务。

④访谈工具

纸、笔、平板电脑、录音设备等。

第二，访谈提纲。

①介绍部分（2 分钟）

“您好，我是……他 / 她是……”（工作人员介绍）

“感谢您的参与！我们会花 15 ~ 20 分钟的时间与您聊聊您在图书馆工作中的感受……”

“我们在进行一项将设计思维应用于图书馆领域的研究，想向您了解您在图书馆工作中遇到的问题、受到的困扰，以及一些个人想法，以便我们能找到更恰当的方式指导馆员进行服务创新……”（说明访谈目的）

“如果您不介意的话我们希望能录制整个访谈过程。访谈结束后，通过回放，我们能更准确地分析访谈内容，访谈录音我们会严格保密并仅用于本项目研究……”（交代其他事项）

“作为研究人员，我们的立场是中立的，所以您可以大胆说出您的真实感受，这对我们将会有很大帮助。同时，如果无法回答我们提出的问题，或者没有想法，可以直接说明，如有任何问题您可以随时终止访谈……”（表明中立立场）

②暖场访谈（3 分钟）

向受访者询问相关的具体情况，如“请问您在图书馆工作了多少年？”“请问您在图书馆中的主要工作内容是什么？”“您平时经常接触用户吗？”“您平时一般怎么安排一天的工作？”，等等。

③正式访谈（15 分钟）

关于工作的问题：

“请问您在工作中被用户询问得最多的问题有哪些？你通常是怎么解答的？您想过什么解决办法改进一下图书馆的这种（上面提到的）情况吗？”

“您在工作过程中遇到过什么问题或者困难吗？您想过什么解决办法改进一下工作中的这个（上面提到的）问题吗？”

……

关于设计思维的问题：

“请问您身边有从事设计相关工作的朋友吗？”

“您觉得设计者需要具备怎样的素质和能力？”

“您有过对图书馆目前存在的问题进行改进的想法吗？”

“您有信心成为一名图书馆的设计者吗？为什么？”

“如果有一套指导馆员进行设计的工作手册，您会选择使用吗？为什么？”

“您认为有必要拉近与用户之间的距离，多了解他们吗？您觉得可以怎么做？”

……

④冷却访谈（3 分钟）

对上述访谈内容稍作总结，询问受访者是否有要补充的地方，以及本次访谈对受访者是否产生启发等。

（二）定义类

定义类是指辅助设计师定义设计对象、设计问题和设计挑战的工具 / 方法。

1. 移情图

移情图是一种可视化协作工具，可以用来创建并共享对用户需求的认知，辅助后续的决策。传统的移情图分为“说”“想”“做”“感”四个象限，用户位于中间。移情图以用户而非时间、事件作为中心发散点。

“说”象限主要指用户在调研中说出的内容，理想情况下，它是对用户发言的直接引用。“想”象限捕捉用户在体验过程中的想法。“说”和“想”的内容可能是一样的，也可能是不一样的，因为有些东西是用户不愿意说出来，或难以说出来的。“做”象限主要指用户在任务流程中的行为。“感”象限主要指用户的情绪状态，通常以表达感知和情绪的形容词呈现，并辅以简短的句子来描述所处场景。可以参考以下六个步骤创建移情图：

（1）确定目标

移情图一般是从单用户开始的，如果有多个用户，每个人都应该有一张移情图。确定初始目标：打算分析访谈记录吗？如果是，设置清晰的时间、范围框架，确保能够整理多个用户访谈。希望让团队成员充分了解和掌握用户信息吗？如果是，确保每个人都参与移情图的绘制。

（2）准备工具

目标决定创建移情图的媒介。如果团队一同进行移情图绘制，那么需要准备足够大的白板，足够多的便利贴和记号笔；如果个人单独进行这项工作，那就准备适合自己的材料和工具，只要确保可以方便地与团队成员分享即可。

（3）收集调研

收集、整理放入移情图的调研内容。移情图是一种定性方法，因此需要定性的用户访谈、实地研究、日记研究等定性调研材料。

（4）激发象限

有了调研内容的积累，就可以进行移情图的创建。在开始阶段，每个人都应该单独阅读调研材料，消化调研信息，随后填写与四个象限对应的便利贴，并添加到白板上的移情图中。

（5）分类整合

将白板上同一象限具有类似注释的便利贴聚集在一起，并为便利贴集群命名，如有必要，在每个象限重复该步骤。团队内部的交流可以促进大家提出、归类见解，当然主要目的还是让所有成员共享对用户的理解。

一旦完成了移情图的整合，就可以开始发现并提出问题，例如有哪些内容不适合任何集群？哪些主题在象限中重复？什么主题只存在于一个象限中？我们的理解存在哪些偏差？

（6）修整规划

如果觉得需要更多的细节或者有独特的需求，还可以通过创立额外的象限或者增加现有象限的特异性来调整移情图。根据创立移情图的目的，对输出进行相应的润色和数字化。

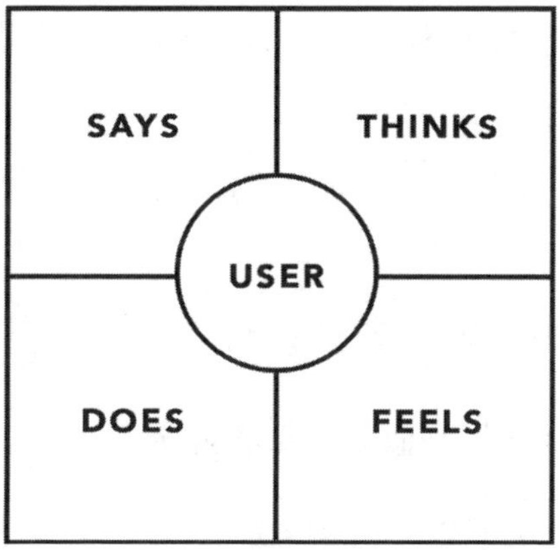

图 2-3　移情图

2. 服务接触分析

从服务研究的角度来看，服务提供者与用户的关系是通过服务接触建立起来的。玛丽·乔·比特纳（Mary Jo Bitner）将服务接触定义为：用户与服务提供者在核心服务产品中的一切离散交互。[1] 这一定义涉及了服务前、中、后不同时段的服务接触，“离散”指的是用户遇到的服务是非连续且形式各异的，如邮件、电话、现场服务等，每一次服务的事件对于整体流程来说都是关键服务触点（用户在使用服务的过程中与服务提供者发生互动关系的节点），都会影响到用户的体验。服务虽是不连续的，但用户的印象和对服务提供者的满意度则是累加的。

核心服务产品的所有服务接触，都会影响服务体验。基于用户体验的发生时段，可将服务接触细分为“核心服务”“核心服务前期”“核心服务后期”三个维度。“核心服务”即在主要服务时段内发生的服务接触，该阶段的主要目的是满足用户需求；“核心服务前期”的重点是引导用户与核心服务进行互动，例如用户提前通过网页浏览相关服务会对核心服务起到引导和推动作用；“核心服务后期”是在核心服务之后的一系列服务接触，该阶段的目的是吸引用户再次使用，并改善未来的服务体验，例如发放用户体验调查表、社交媒体跟进等。

可将服务接触分析具体应用至图书馆服务场景中。

表 2–5 图书馆场景中的服务接触分析

主题	注意事项 / 影响因素	图书馆服务
核心服务前期		
竞品分析	类似服务的收集、分析、比较、评估	图书馆服务竞品分析
用户评价	在线评论的影响力和可信度	为用户提供评价渠道

［1］ Mary Jo Bitner and Helen Si Wang, *Service encounters in service marketing research*, 2014, pp.221-243.

表 2–5（续）

主题	注意事项 / 影响因素	图书馆服务
初次接触	明确用户第一个触点的价值；明确哪些渠道对用户的首次服务接触最有效；初次接触对后续用户旅程的影响	在用户与图书馆的最早接触点，应给用户留下深刻的印象（网络信息、建筑外观、空间、人员接触等）
核心服务		
承诺与信任	在服务建立初期对外承诺，确保兑现承诺、约束员工行为	服务信用、人员管理
物理与人员环境	根据两个维度进行服务分类：物理环境和服务参与者	图书馆空间设计；图书馆设施设计；人员组织管理
技术与服务连接	技术的引入如何影响服务双方；在不同服务接触情况下，技术的角色是什么；如何实现移动技术、互联网、云服务等技术与用户体验的无缝连接	通过新科技提供更多自主化 / 定制化的服务；帮助新手用户使用新服务，并尽可能地避免造成疑惑
用户整合	确立提供服务的三个阶段：产品设计、本地化、投入使用	确立图书馆服务的对象和范围；与环境更好地结合
品牌效应	视觉形象、服务提供者的行为与品牌相契合	图书馆 VI、员工形象管理
服务蓝图	以客户为中心的服务创新方法	用“服务蓝图”“用户旅程图”对图书馆进行服务创新和迭代
用户旅程图	全面、整体地了解利益相关者的行为	
组织机构连接	如何保证不同的服务能够连贯并协调；如何设计不同服务之间的接口，使得它们可以更好地贯通	分析图书馆用户行为；进行系统设计，使空间、流程和产品不间断

表 2–5（续）

主题	注意事项 / 影响因素	图书馆服务
服务流程连接	如何在服务接触中捕捉用户信息；如何在服务接触中管理用户期望、满意度和情绪；社交媒体如何在前期和后期发挥与核心服务的连接作用；如何利用互联网或智能设备	图书馆的各项服务需要互相配合，以达到用户期望值
服务质量评测	三个维度：结果质量、交互质量、环境质量	对图书馆的服务效果做测评和迭代
核心服务后期		
失败和恢复	当使用自助服务失败时，用户会受到哪些影响；如何与用户和解；在服务遇到阻碍时，如何调节员工和用户的负面情绪	服务系统具有自动恢复功能；服务人员具备专业的处理问题的能力和态度；邀请用户参与恢复，增加透明度，建立信任
建立连接与信任	线上评论对用户有哪些影响；哪些评价对于服务的改进是有帮助的；用户不再使用服务的原因是什么	为用户提供良好的平台，倾听反馈；明确服务的问题，以便改进
共同恢复服务	鼓励用户参与服务恢复，给予用户更多信息透明度，发挥共同创造的价值	图书馆服务人员与用户共同创造
积极组织活动	如何规范和衡量用户参与程度；后期服务接触的关键驱动因素是什么	图书馆应当了解当前用户感兴趣的内容，并以此作为未来活动的内容

3. 服务蓝图

服务蓝图是一种综合阐述服务各个层面职能的工具，可以将服务体验不同的触点连在一起，同时兼顾组织中所有利益相关者的需求和期望。

服务蓝图也是服务操作的一种可视化流程图，包括面向用户的交互、幕后工作人员的行动，以及支持该服务的信息技术系统等。

服务蓝图可以在分析阶段使用，帮助设计团队厘清现有流程中的问题，也可以在进行设计时描述需要添加的服务接触，建立新的服务流程。服务蓝图可分为“外部交互”和“内部交互”。外部交互包括实体（从一个渠道 / 触点到另一个渠道 / 触点）、用户行为历程（从一个步骤到另一个步骤）、前线员工行为；内部交互则包括后台工作人员行为和后台支持系统。

表 2–6 服务蓝图关系

外部交互	实体（Physical Evidence）
	用户行为历程（User Action）
	前线员工行为（Front-line Staff Action）
内部交互	后台工作人员行为（Behind-the-scenes Staff Actions）
	后台支持系统（Support Infrastructure and Systems）

服务蓝图可以构建一个包含流程、人、技术的网络，因此，绘制蓝图既是一个分析过程，也是一个构建过程。从对现有服务流程进行分析、梳理，到发现问题，再到进行创新，都需要对服务蓝图进行不断迭代——分析现有的服务蓝图，找出哪里能够创造价值，哪里出现缺口，哪里需要修复，再通过细化、添加、修改触点、渠道，建立新的服务蓝图。

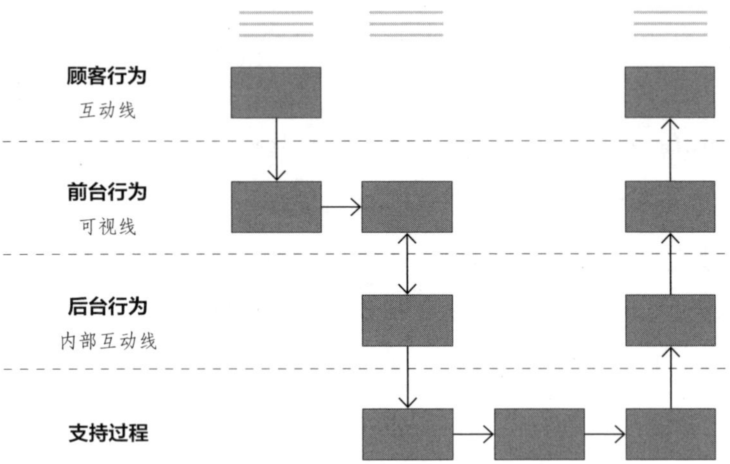

图 2-4 服务蓝图

以下为图书馆场景下的服务蓝图构建：

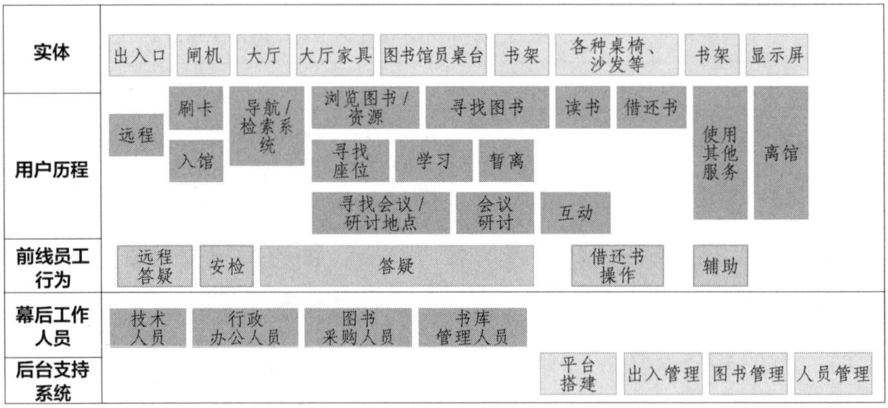

图 2-5 图书馆服务蓝图

（服务蓝图是重要的分析、设计和检验工具，此图是针对图书馆服务的简单梳理，实际应用时需要根据具体场景进行深入和细化）

在完成服务蓝图后，就可以围绕图中发现的服务缺口来进行设计，即细化、添加、修改触点或渠道。

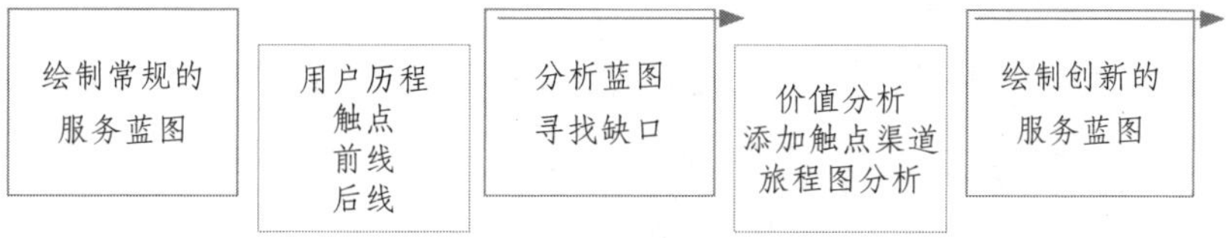

图 2-6 服务蓝图循环

4. 利益相关者地图

利益相关者地图是一种商业工具，旨在阐明角色和关系，用于发现与项目有利害关系的个体或者组织，并且对它们进行关联性和影响力方面的分级。利益相关者地图有很多绘制模型，同心圆模型是较为常见的一种。同心圆利益相关者地图的绘制方法主要分为以下五个步骤。

（1）确定核心问题

想要画好利益相关者地图，关键是确定项目的核心问题。从理论上讲，项目的核心问题在前面的环节应该已经确定，这里只需要拿来使用即可。

（2）利益相关者

该阶段需要基于前期工作，做足桌面调研、市场分析、案例研究等工作，并且在过程中不停地“询问”自己：项目的目标用户是谁？哪些利益群体的存在影响了目标用户的体验？把这些与用户体验相关的对象一一列举出来。该阶段通常使用的辅助工具是便利贴，方便列举和整理。

（3）排列优先级

衡量与项目有关的利益相关者的重要性——对于核心问题来说，哪些利益相关者更为关键、重要，或者更有潜力可发掘？重要性具体体现在影响力的大小还是联系的密切程度？

（4）绘制地图

同心圆利益相关者地图，顾名思义，就是将项目的主题放置在中心，各利益相关者由近及远分布于同心圆的诸环内。这一阶段需要按照在第三步中确定的利益相关者优先级将它们排列到同心圆当中，越重要的利益相关者放得越贴近圆心。

（5）标记相互关系

可以用箭头、线或者其他符号来标示利益相关者之间的交换价值。交换价值是指相关者可以提供什么，或交换什么，例如产品、资金、信息、客流等。通常情况下，交换都是双方的，所以可能要用到双向箭头。

完成利益相关者地图之后，就可以从不同角度进行分析，比如说，同样是分析还书的用户体验，既可以从用户的角度来看，也可以从图书馆馆员的角度来看。因为项目可能会随着事态的发展而迭代，那么涉及的利益相关者也会变动，所以建议保存好完成的地图，以便日后更新。

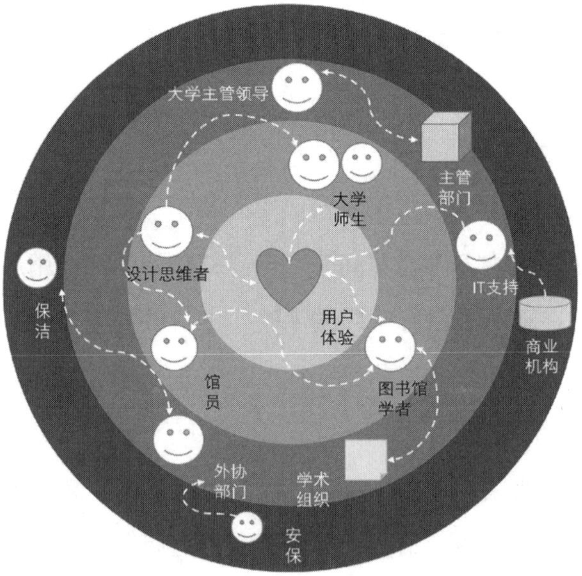

图 2-7 利益相关者地图

（三）开发类

开发类是指辅助设计师在设计过程中产出创意和概念的工具/方法。

1. 头脑风暴

头脑风暴（Brainstorming）最早是精神病理学上的用语，指精神病患者的精神错乱状态。我们常说的头脑风暴是由美国 BBDO 广告公司的亚历克斯・奥斯本（Alex Faickney Osborn）创造，指采用小组讨论的形式，在不受限制的气氛中，自由发散、畅所欲言、打破常规、激发创意。头脑风暴是一种群策群力的问题解决方法，它通过聚焦特定议题，鼓励小组成员尽可能多地“爆”出想法，形成执行方案。头脑风暴的开展可以遵循以下四个步骤。

（1）确定议题

在筹划头脑风暴时要确定议题，即本次讨论围绕什么展开。从理论上讲，活动的中心议题在前面的环节应该已经确定了，这里只需要拿来使用即可。

（2）“爆”想法

这是头脑风暴的关键环节，参与讨论的成员要“脑洞大开”，无须深入思考，想到什么就说出来、写下来，“爆”完之后再推敲、筛选。建议使用便利贴或是白板等方便快速书写和展示的工具作为辅助。

（3）关联想法

在收集到足够多的想法之后，需要进行整理和归纳。可以将相似的想法归为一类，然后寻找它们之间的联系，勾勒方案的大致框架。

（4）形成方案

对初步方案进行打磨，细化方案的框架，梳理方案执行的层级结构，即如何一步一步地实施，形成最终方案。

2. 剧场理论模型

在以人为本的设计理念中，服务具有三种特点：双向性、人际互动和角色掩护。剧场理论强调服务提供者与服务接受者之间的互动过程，将工作环境视为剧场，将服务提供者视为演员，将服务接受者视为观众，双方按照剧本、角色进行演出。剧场理论的四个构面如下：

（1）演员

即服务提供者，直接接触用户的服务人员。在服务接触中，服务人员的行为直接影响服务质量，服务人员在服务过程中应当时刻扮演好自己的角色。演员分为前线和后线，前线频繁面对用户，后线则较少接待用户。

（2）观众

即接受服务的用户。服务的核心是满足用户需求，提供优良的用户体验，因此服务接受者的实际收益和心理感受都是极其重要的。

（3）场景

即服务发生的场所。虽然服务往往是无形的，但发生服务的地点多半有实体的环境，承载服务的产品通常有物理的界面，它们都是服务的场所，都会直接影响用户的感受。即便是最“无形”的移动互联网服务，手机界面和操作手机的环境也会对服务效果产生显著影响。场景分为前台和后台，前台直接面对用户，而后台间接服务用户。

（4）表演

即服务接触本身。可以理解为服务过程中，服务提供者与服务接受者之间的人际互动。每个观众都喜欢“声情并茂”的表演，只有充分融入角色，才能营造让用户满意的服务体验。

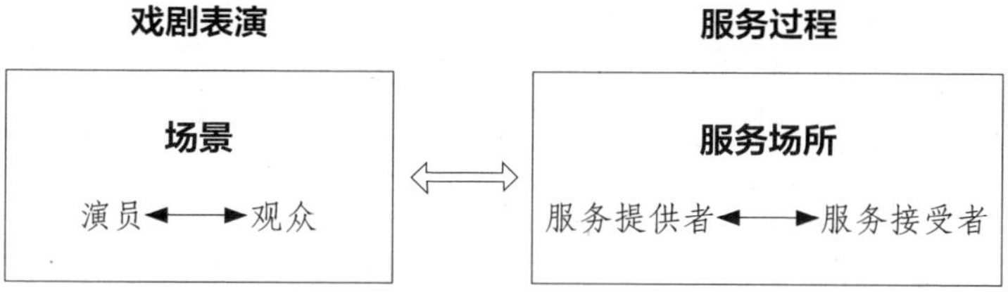

图 2-8 戏剧表演 VS 服务过程

将图书馆场景带入剧场理论可以得出以下总结，见表 2-7。

表 2-7 剧场理论模型

<table>
<tr><th>构面</th><th colspan="3">图书馆对应事项</th><th>服务要素</th></tr>
<tr><td rowspan="8">场景</td><td rowspan="6">前台</td><td>入口区域</td><td>入口、存物、出入口控制台、管理人员室</td><td>连接外部与内部环境，便于管理</td></tr>
<tr><td>信息服务区</td><td>借还书台、出纳台、目录厅、计算机检索区域</td><td>一目了然，合理空间布局</td></tr>
<tr><td>阅览区</td><td>分区阅览室</td><td rowspan="4">空间设计与流线，VI设计</td></tr>
<tr><td>会议区</td><td>大会议厅、讨论室</td></tr>
<tr><td>互动区</td><td>休息区、娱乐区</td></tr>
<tr><td>公共区</td><td>大厅、展厅、商店</td></tr>
<tr><td rowspan="2">后台</td><td>藏书区</td><td>基本书库、辅助书库、储备书库、特藏书库</td><td>按照与用户接触的程度规划空间设计</td></tr>
<tr><td>馆员办公区</td><td>行政办公、业务用房</td><td>空间隔离，具有独立出口</td></tr>
</table>

表 2-7（续）

构面	图书馆对应事项		服务要素
演员	前线	入口管理人员、门卫	服务礼仪
		书库信息服务人员（阅览和管理工作；人工借还书，问题解答人员）	具备相关专业技能
		分区阅览室管理人员（清点书架；维护秩序人员）	
		网络服务人员（图书馆网络咨询员）	
		文献采访人员（负责与学院学生沟通的采编工作人员）	与学校各部门建立良好的关系
	后线	文献分类与编目人员	专业技能
		期刊采购与过刊管理人员	
		咨询与外部联络人员	与外部组织建立良好关系
		技术人员	为用户和馆员提供服务
		行政管理人员	管理内部组织架构，和学生（外部人员）建立良好互动
观众	学生、教师、（大学）外部人员		服务接受者、体验者

3. 用户旅程图

作为方法的用户旅程图就是从用户角度出发，以叙事的方式，以图表的形式呈现用户使用产品或服务的体验，从中发现用户体验痛点，提炼产品或服务中的创新机会。基于用户旅程图，设计团队可以更好地了解用户在使用过程中的“看”“想”“听”“做”，更好地把握产品或服务的设计方向和重点。可以按照以下五个步骤进行用户旅程图的制作。

（1）场景构建

基于特定任务构建用户故事，为故事匹配合理的场景。注意把控任务的体量，很多任务可以继续拆解为体量更小的任务。比如借书就可以再细分为检索图书、寻找图书、借出办理、在线续借等更细致的任务。真正的任务不会像想象中那样流畅和单线程，往往复杂、多变，因此要充分考虑特殊情况的发生。

（2）场景拆分

继续拆分上一阶段构建的场景，从中获取更多的信息。在这个过程中，需要不断问“为什么”，不断发掘潜在需求，为该场景写出进一步的细节。可以规定一个时间段，让每个参与者按照自己的想法写出该场景中的详细行为，并各自阐述，帮助大家建立更为细化的场景认知。

（3）节点分类

完成上述步骤后，需要对节点进行分类，以方便后续的绘制。比较常用的做法是将所有节点标注在便利贴上，然后对它们进行分类，并为每个类别贴上标签。分类完成后，筛选每一类的核心节点，移除重复、没有价值的内容。

（4）情绪对应

接下来就是对节点进行情绪水平衡量，一般可以用积极、平静、消极这三种情绪来表达用户的使用感受。情绪对应可以直观呈现用户在一系列操作过程中的情绪变化，某节点情绪水平较低说明用户对这部分的现有操作不太满意，可能就是所谓的“用户痛点”和设计机会点，需要加以改进。

（5）方案讨论

明确哪些节点需要进行改进后，可以根据自身经验或借助头脑风暴（核心成员即可，范围过大会导致丧失方向）设想一些解决方案，然后基于用户旅程图再走一遍流程，最终获得一份完整且合理的解决方案。

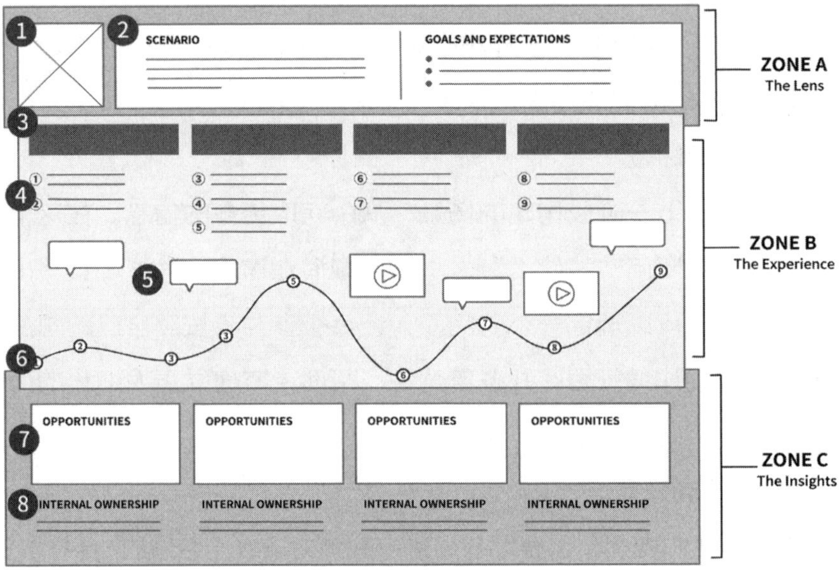

图 2-9 用户旅程图

下面以借阅、自习、资源查找、会议研讨这四种图书馆任务类型为例展示用户旅程图的使用。

表 2-8 借阅用户旅程图

以借阅为主要目的								
时间轴		信息获取	入馆	搜索图书	浏览 / 寻找图书	借书	续借	还书
触点		网页或手机平台	出入闸机、门卫、服务台	网页或手机平台、图书馆自助查询设备	图书馆空间流线、位置导航系统、书架标识、图书管理员	自助借还书机器；服务台人员	网页或手机平台	自助借还书机器；服务台人员
用户历程	行为	互联网搜索	刷卡开门	使用公共检索设备或个人移动设备；询问图书馆馆员	按照导航寻找位置、根据书目条码寻找书籍	自助服务借书、人工借书	远程续借、图书馆自助机器	自助服务还书、人工
	需求	信息架构清晰	操作简单	便于查找和记录；能够得到准确信息	导航清晰；空间流线清晰；图书条码清晰	自助服务机操作简单	操作简单；具备到期提示功能	操作简单
用户体验	满意	信息架构清晰	良好空间体验；闸机简单易用	检索设备易操作；自助查询设备易操作；检索内容准确	空间流线和导航清晰，很快找到定位；图书条目清晰；人工服务态度好	借书操作方便；多个借阅点；多种借阅方式	提示及时；续借方便	提示及时；还书时间自由

表 2-8（续）

以借阅为主要目的								
用户体验	较好			检索内容准确	导航较清晰	自助服务借书操作简单		自助还书；人工还书
	一般	一般	闸机设置合理	检索内容合理（预期范围内）	找到位置和书目		续借方便	自助还书；人工还书
	负面		闸机老旧	不会使用检索设备	找不到书目	排队借书	无提示	时间限制
	糟糕			找不到设备	迷路 / 错误的位置	借书手续繁多；不清楚书籍的借阅状态	无提示，续借过程复杂	无提示，还书操作复杂

表 2-9 自习用户旅程图

以自习为主要目的							
时间轴	提前预约	直接入馆	寻找预订座位	学习	暂离	回座位	离馆
	直接入馆	随机找座位	确定座位				

表 2-9（续）

以自习为主要目的								
触点		远程终端	出入闸机、门卫、服务台	移动终端、导航系统	馆内环境及设施；其他自习学生；图书管理员	休闲（可以出声）的区域	馆内环境及设施；其他自习学生；图书管理员	
用户历程	行为	使用 App 或网页进行预约服务	刷卡开门	根据导航找到已预订座位	学习	暂离	回座位	离馆
		刷卡开门	随机选择空座位	确定座位				
	需求	简单的预约操作系统；方便找到座位；容易找到预约的座位			环境适宜，设施无损坏	座位在暂离期间不受影响；可快速找到休闲区	操作简单；具备到期提示功能	操作简单
用户体验	满意	选座系统操作简单，选座（占座）规则合理	座位多；空间合理	导航合理，容易找到预订座位；预订座位不被占用	环境适宜，设施齐全，干净；安静	可以放松的休闲环境，可打电话；可存放贵重物品		
	较好			找到预订座位，设备齐全	环境较好	区域隔离；可存放物品		

表 2-9（续）

以自习为主要目的								
用户体验	一般			找到座位	可以学习	物品无丢失		
	负面	系统不好操作	座位少	座位杂乱；座位少；无空位	拥挤	空间划分不合理，需要走很远接电话	位置被占	
	糟糕	无法选到座位；已选座位流失	选不到座位；占座情况严重	预订座位效果不好（被占用）；无空位，被占用座位比例高	拥挤；嘈杂；被打扰	物品被打乱；物品丢失	位置被占；物品丢失	

表 2-10 资源查找用户旅程图

以资源查找为主要目的					
时间轴	远程检索	入馆	资源检索	查找资源	资源 / 辅助设备使用
触点	网页或手机平台	出入闸机、门卫、服务台	网页或手机平台、图书馆自助查询设备	电子导览；位置导航系统、书架标识、图书管理员	打印复印服务 人工服务

表 2-10（续）

以资源查找为主要目的						
用户历程	行为	资源平台搜索	刷卡开门	使用公共检索设备或个人移动设备；询问图书馆馆员	按照导航寻找位置、根据书目条码寻找书籍	使用设备；咨询相关人员
	需求	容易查找；内容丰富、更新快	操作简单	便于查找和记录；能够得到准确信息；信息发布及时	导航清晰；空间流线清晰；资源条目清晰	机器简单易操作
用户体验	满意	信息明确，资源多	良好空间体验；闸机简单易用	文献信息全面；学术资讯更新快；客制化资讯推送	数据库信息保障；设备简易；人员服务到位	专用空间；指示明晰；操作简单
	较好			检索内容准确		
	一般	一般	闸机设置合理	检索内容合理（预期范围内）	基本满足需求	
	负面			信息少	找不到资源	不能下载；找不到区域
	糟糕	不清晰；难以使用	闸机老旧	找不到设备；不会使用	提供错误的信息或无效信息	无服务

表 2-11 会议研讨用户旅程图

以会议研讨为主要目的							
时间轴		远程了解信息	入馆	寻找会议地点	会议 / 讨论	互动	离馆
触点		网页或手机平台	出入闸机、门卫、服务台	馆内导航系统	会议室 / 讨论间	会议室 / 讨论间	出口
用户历程	行为	搜索信息	内部：刷卡开门 外部：服务引导	使用公共检索设备或个人移动设备；询问图书馆馆员	会议、讨论、休息	使用设备；咨询相关人员	走出图书馆
	需求	容易查找；浏览记录；提醒	不同的进出口	清晰的指向	合适的空间和其他服务	需要专属的空间或休闲区域	
用户体验	满意	容易查找；浏览记录；提醒	入口位置清晰合理，有引导提示	导航清晰；服务人员引导	适宜的环境；座椅舒适；方便活动	专门的互动区域；餐饮 / 休闲娱乐	离馆引导；服务周到；体验完整
	较好						
	一般			基本入口	基本满足需求		
	负面		进出口混乱	需要自己寻找		空间有限	混淆出入口
	糟糕		找不到入口	找不到具体地点			

以上四个表格涵盖了寻求不同图书馆服务的用户旅程图。当用户是以借阅图书为目的进入图书馆时，主要会经历信息获取、入馆、搜索图书、浏览 / 寻找图书、借书、续借和还书的步骤。对该过程中用户体验的满意度进行梳理，能够发现用户的情绪低点会落在找不到检索设备、导航系统和图书馆空间流线不合理、信息提示及服务缺失、没有到期提醒、还书时间限制等。当用户是以自习为目的时，可分为提前预约和直接入馆两种场景。当图书馆提供提前预约服务时，用户可免去搜寻空位这一步骤，但更加依靠导航系统找到预订座位。自习用户的体验低点主要在没有预约的情况下：空座位少、占位多、充电设备少、物品丢失等。当用户是以获取资源为目的进入图书馆时，主要涉及资源的查找和使用，体验低点主要在资源少、不会使用检索设备、无打印复印服务等。以会议研讨为目的用户，主要会经历的是寻找参会地点及可以互动交流的区域，此时体验低点在于难以找到正确的路线和会议地点、图书馆没有讨论休闲区域等。

用户旅程图可以帮助设计师梳理整个服务流程中用户体验和情绪的变化。针对具体的图书馆案例，还可以分为分析阶段的“实际体验”和原型设计中的“期望体验”，以此进一步明确服务缺失在哪里。在设计阶段添加触点，将新的用户旅程图、用户体验分析和服务质量评价结合使用，可以对设计进行更为全面的评价。

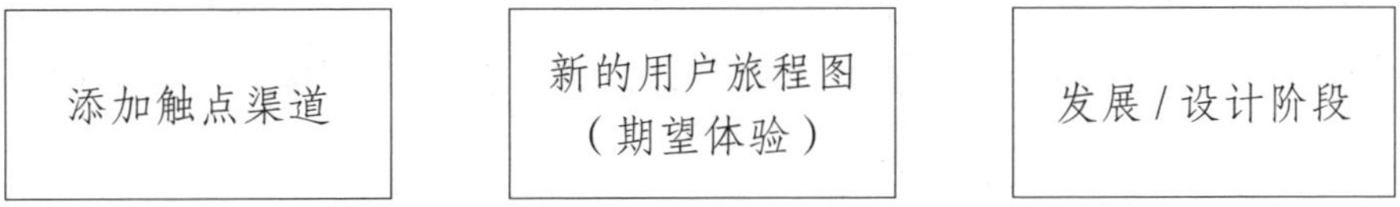

图 2-10 实际体验与期望体验

（四）评估决策类

评估和决策类是指在设计过程中用于评估设计方案并辅助决策的工具 / 方法。KANO 模型是经典的评估决策类设计思维工具 / 方法，在实际项目中有着广泛的使用。

KANO 模型由东京理工大学狩野纪昭（Noriaki Kano）教授提出，通过分析用户对产品功能的满意度来对产品功能进行分级，从而确定产品功能在实现过程中的优先级，是一种对用户需求进行分类和排序的工具。根据不同类型的需求与用户满意度之间的关系，该模型将影响用户满意度的因素分为兴奋型需求、期望型需求、基本型需求、无差异需求、反向型需求五类。

1. 兴奋型需求

兴奋型需求是用户自己也未能意识到的需求，需要进行深入挖掘才有可能获得。如果不提供此类需求，用户满意度不会降低；若提供此类需求，用户满意度会有很大的提升。此类需求往往代表顾客的潜在需求，如果能满足，会让用户产生惊喜。

2. 期望型需求

期望型需求是用户、设计团队乃至竞争对手都十分关注的需求，也是体现竞争能力的需求。对于此类需求，应该注重提高满足需求的质量，力争超过竞争对手。如果提供此类需求，用户满意度会提升；若不提供此类需求，用户满意度会降低。

3. 基本型需求

对于用户而言，基本型需求是必须满足的。如果不提供此类需求，用户满意度会大幅降低，但优化此类需求，用户满意度不会得到显著提升，即我们通常所说的核心需求，也是产品必备功能。正确的做法是不要在这方面减分，需要调查和了解用户需求，并通过合适的方法在产品或服务中体现这类需求。

4. 无差异需求

无差异需求是用户不会在意的需求，对用户体验没有影响。无论提供或不提供，用户满意度都不会改变。对于这类需求，正确的做法应该是尽量舍弃。

5. 反向型需求

用户没有此类需求，提供后用户满意度反而下降。对于此类需求，正确的做法是绝对避开。

简而言之，对于以上五类需求，应该做好基本型需求、期望型需求，然后避开无差异需求、反向型需求，如果可以的话，努力挖掘兴奋型需求。

可以从以下五个方面展开对该工具的使用。

①明确目的

必须明白调研的目的是什么，是否适合用 KANO 模型解决，以及为什么要用 KANO 模型解决等。

②设计问卷

为了解用户对于某类需求或功能的态度，需要设置问卷来获取相应的数据。设置问题的维度为“提供时的满意程度”和“不提供时的满意程度”。人的满意程度往往是渐变的，而不是突变的，因此满意程度被划分为五级。在设计问卷时，尽量做到清晰易懂、简单具体，避免语意产生歧义；选项给予说明——由于每个人对满意程度形容词的理解都不一样，所以最好有一个明确、统一的说明，方便用户填写。

③清洗数据

回收问卷之后，注意筛选掉那些明显胡乱回答的问卷，如全部问题都选择“我很喜欢”或“很不喜欢”的。

④整理分类

为了能够将需求区分为基本型、期望型、兴奋型等，需按照正向和负向问题的回答对属性进行分类，具体分类对照下表：

表 2-12 KANO 分类结果对照表

提供此功能 \ 不提供此功能	非常喜欢	理应如此	无所谓	勉强接受	很不喜欢
非常喜欢	Q	A	A	A	O
理应如此	R	I	I	I	M
无所谓	R	I	I	I	M
勉强接受	R	I	I	I	M
很不喜欢	R	R	R	R	Q

当正向问题的回答是“我喜欢”，负向问题的回答是“我不喜欢”，在 KANO 评价表中，这项功能特性为“O”，即期望型。如果将用户正负向问题的回答结合后，为“M”或“A”，则该功能属于基本型需求或兴奋型需求。其中，R 表示用户不需要这种功能，甚至对该功能有反感；I 类表示无差异需求，用户对这一功能无所谓。Q 表示有疑问的结果，一般不会出现这个结果（除非问题不合理，或者是用户在理解或

填写问题时出现错误）。

⑤量化表格

统计所有合理数据，计算各项占比，将每一项功能相同维度的比例相加，得到六个属性维度的占比总和。最大的属性维度总和便是该功能的属性归属。如果有多项功能需要判定，那么需要计算每一项功能的 Better-Worse 系数，用于表示某项功能可以增加满意或者降低不喜欢的影响程度。Better，可以解读为增加后的满意系数，数值通常为正，代表如果产品提供某种功能或服务，用户满意度会提升；Worse，可以叫作降低后的不满意系数，数值通常为负，代表产品如果不提供某种功能或服务，用户的满意度会降低。得出所有功能的 Better-Worse 系数数值后，可以将其制成散点图，并划分为四个象限，然后据此确立需求优先级。

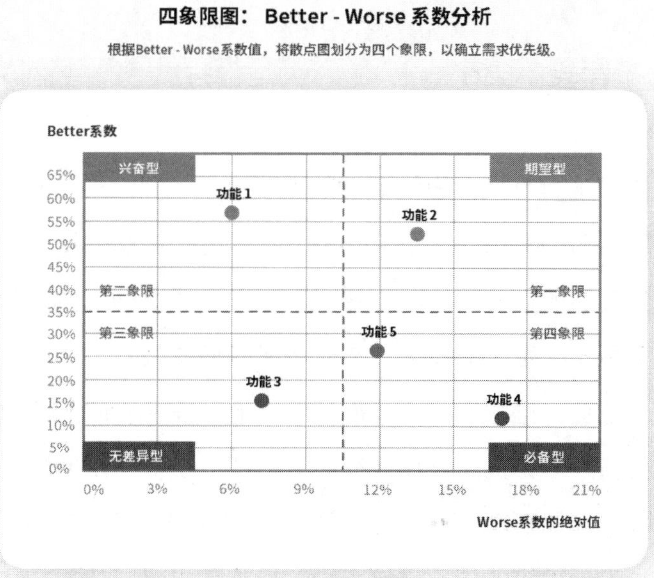

图 2-11 Better-Worse 系数分析

（公众号：宛苏）

（五）展示模拟类

展示和模拟是指在设计过程中用于展示和模拟设计提案的工具 / 方法。原型是最重要的展示模拟类设计思维工具 / 方法，在实际项目中有着广泛的使用。

设计思维提倡在原型制作和测试的过程中发现设计方案的不足和漏洞，进而改进和完善方案。包括斯坦福大学设计学院在内的许多设计院校和机构都会采用较为普通和廉价的材料比如卡纸、布条、雪糕棍、包装纸、易拉罐等模拟产品或服务的某些特色功能，邀请团队成员或者用户进行简单测试。基于原型，设计人员可以更好地发现方案的局限性和可能出现的问题，对用户在使用过程中的行为、想法和感受有一个更全面的理解。

由于后文还有多个章节涉及原型制作及测试，此处不再展开论述。

（六）在线协同类

在线协同工具是设计思维活动的重要辅助工具，在 IDEO《图书馆中的设计思维》中有专门的章节介绍。新冠肺炎疫情的暴发使得在线协同工具受到了前所未有的关注，客观来说，在线协同工具与前述的五类设计工具不是一个维度的概念：在线协同类偏重技术、功能，前述五类侧重方法、技巧，但即便不考虑疫情的影响，在线协同工具对于创新也有独特的价值——让团队协作变得更为方便、快捷，从而降低协同创新的成本，提高创新活动的效率。此外，在线协同工具造就的新的协同创新场景会给设计思维的应用带来不同的挑战和机会，值得关注。

在线协同工具根据功能、产品定位的不同，可以划分为综合的平台性工具与细分的专门性工具。前者功能较为完善，基本上具备人事管理、日程安排、在线文档、在线会议、云盘等相关功能。后者则根据承担功能的不同，分为即时通信工具、团队文档协作工具、项目管理工具、文件传输工具、在线会议工具、在线流程图工具等，详见表 2-13。

表 2-13 在线协同工具

类别		工具名称	简要介绍	功能特点
专门工具	即时通信	QQ/TIM	QQ 包含大量适合协作的功能，比如大文件传输、稳定多人通话、屏幕共享演示、聊天记录漫游等；TIM 是为企业打造的应用，有在线文档、日程管理等功能	QQ 不仅在功能上比微信全面、完善，每个功能点的完成度也很高，不需要额外配置与安装
		Slack	企业内部沟通协作工具，整合大量的第三方效率或生产力软件；整合公司内部沟通方式，包括邮件、IM、Asana 等；整合文件分享系统	优秀的分组管理功能，线上沟通分成不同小会议室，可选择开放或私密，管理灵活。在聊天功能和界面上也有大量创新，如机器人自动回复
	文档协作	Notion	整合了笔记 / 日记、知识库、Markdown 编辑器、任务待办、日历、看板 / 项目管理等功能，可以完美替代多款工具	笔记功能十分灵活，同时整合了多种生产力工具，是一个支持团队远程协作的全能办公平台
		石墨文档	一款包括了在线文档、表格的 Office 套件，支持多人实时协作，团队成员不用面对面，就可以一起制订工作计划、管理项目进度、编辑图文资料	上手简单，学习成本低，打开网页即写即存，一键分享给他人进行协作

表 2-13（续）

类别		工具名称	简要介绍	功能特点
专门工具	文档协作	WPS 云文档	金山软件旗下一款主要面向中小企业的文档存储、共享与协作平台，支持在线文档、表格和演示文稿的多人协作编辑	WPS 云文档支持多人协作编辑、文档内评论、历史还原和一键分享等功能。WPS 云文档整合了 WPS Office，可将文档自动存入云端，也可直接编辑存储在云端的文档，修改文档后无须反复上传下载
		腾讯文档	可以支持多人协作编辑的在线文档软件，拥有强大的跨平台能力，既有独立的 App，也能使用电脑或手机浏览器即时查看、编辑、创建文档	完全打通了 QQ、微信、TIM、企业微信等聊天产品间的隔阂，不仅可以在聊天软件内查看文档，还可以将文档同步分享给微信或 QQ 好友，修改操作自动同步到全部平台
	项目管理	Trello	轻量级的协同办公工具，团队成员可以用它来创建和分配任务，并跟踪任务进展情况。软件由看板、任务列表和任务卡片构成	界面设计直观简洁，成员可以快速了解信息，为各类项目添加评论、附件及到期时间
		Teambition	基于云服务的项目协作工具。可快速实现项目管理、任务协同、日程同步等功能	功能细致齐全，响应速度快；个人与企业共享账号，管理方便

表 2-13（续）

类别		工具名称	简要介绍	功能特点
专门工具	项目管理	Tower	基于云端的项目管理工具，主要功能有讨论、任务、文档、文件 4 大部分	“讨论”是特色功能，Tower 在协作平台内架设了论坛，所有成员都可以发布帖子并回复、讨论
	文件传输	坚果云	文件共享同步软件，个人和团队都可以使用。相比国内其他网盘，坚果云的核心优势在于同步功能、文件共享和数据安全	工作文件实时保持同步和一致，无须保存、上传、下载这些额外操作，支持自动同步
		奶牛快传	无须注册即可直接上传和下载文件，操作快捷方便，不限制文件大小。移动网页版和 iOS 客户端支持直接预览多媒体文件，无须反复下载	适合经常需要和他人快速共享文件的人士，特别是分享大文件
	视频会议	Zoom	为用户提供兼备高清视频会议与移动网络会议功能的免费云视频通话服务。用户可通过手机、平板电脑、PC 与工作伙伴进行多人视频、语音通话、屏幕分享等	投票、白板、分组讨论室等功能十分适合在线设计思维活动的开展
		Skype	支持实时信息发送，不同设备之间的语音和视频连线聊天	实时高清视频、实时共享和录制会议等功能可以有效支持在线协同创新

表 2-13（续）

类别		工具名称	简要介绍	功能特点
专门工具	视频会议	Mural	一款以白板形式界面设计为特色的在线协同设计工具。致力于为创作者提供可视的协作工具，能够直观地整理思路、研讨内容和搭配多媒体组件	可以设定不同分区，通过简单拖拽添加链接、文档、图片等多媒体元素来表达想法
		Explain Everything	基于 iPad 的白板工具，可以协同显示绘图、文字、方程式等	可在网页使用，无须注册；发起人可修改参与者权限；可以将白板导出为 PDF 等格式，书写过程可以录制保存
		会议桌	会议桌作为一款支持多人实时协作的在线白板，集合了实时同步白板、多人视频通话、屏幕共享、协作扩展应用于一体，适用于头脑风暴、在线研讨、需求讨论、设计评审、小组教学等在线沟通和协作场景	提供丰富的协作工具：便利贴、批注、思维导图、嵌入等；实时同步的在线白板，支持多人实时编辑互动；可分配不同参会权限
平台工具		企业微信	微信团队打造的企业通信与办公工具，具有与微信一致的沟通体验，集成了丰富的 OA 应用，具备连接微信生态的能力	更加专注于内部沟通，继承了微信的布局，并且与微信账号互通

表 2-13（续）

类别	工具名称	简要介绍	功能特点
平台工具	钉钉	阿里旗下移动协同办公平台，旨在让企业的内外沟通更加高效安全。钉钉支持群聊、单聊，也支持随时随地发起多人电话/视频会议和网络电话等。此外，钉钉还支持考勤打卡、审批、智能报表、日志汇报等功能	强于管理与沟通。通过信息分级提高沟通效率。包含云盘、电话会议、视频会议、考勤打卡等诸多功能
	飞书	一站式沟通协作平台，将即时沟通、日历、在线文档、云盘、应用中心等功能整合在一起，提升企业协同工作的效率	极高的沟通效率，极致降噪的群组沟通；简单智能的日程管理和易用的文档协作
	腾讯会议	互联网在线会议工具，支持电脑/手机客户端、小程序、电话方式一键入会；会议期间，提供发言管理、在线文档协作、实时屏幕共享等多个会议管控功能	有美颜和背景虚化等功能，避免在家视频会议可能出现的尴尬局面
	华为云 WeLink	面向政企用户的智能工作平台，支持实时互动沟通、高效协作，可便捷联结各种智能终端	用户可以随时随地、通过各类终端设备（手机、电脑、平板、电子白板等）实现协作办公

五、在线设计思维工作坊

“工作坊”一词来源于教育与心理学研究领域，20 世纪 60 年代美国的劳伦斯·哈普林（Lawence Harplin）将工作坊的概念引入都市计划之中，使其成为一种组织不同立场、族群的人们思考、交流的方式，一种鼓励参与、创新，以及寻找解决方案的手法。设计思维工作坊是设计思维系列阶段性活动的具体组织形式，可以将其视为头脑风暴、原型制作等主要设计思维工具 / 方法的“执行者”和“发生地”。设计思维工作坊通常包含破冰游戏、设计挑战、头脑风暴、概念图、原型制作、原型测试 6 个环节。图书馆的设计思维工作坊通常在会议室、活动室等中型空间举办，不需要太高端的设施，只要具备书写、画图、展示概念、制作原型的条件即可。然而，随着新冠肺炎疫情的暴发和持续，面对面的协同创新变得越发困难，考虑到工作坊需要尽可能多元背景的参与者，情况显得更为棘手。在线设计思维工作坊指基于在线协同工具开展的设计思维工作坊，能完全规避因为疫情带来的人员聚集风险，是新形势下最为理想的协同创新组织形式。

（一）线下 VS 在线

传统的线下工作坊是设计思维活动的重要载体，在设计创新项目中发挥了重要作用。随着新冠肺炎疫情的暴发和持续，线下工作坊受到了很多限制，而随着各类在线协同工具的不断涌现，在线设计思维工作坊有了越来越坚实的技术支持，具备了越来越清晰的推广前景。

然而，传统线下工作坊与在线工作坊在沟通渠道、组织形式、活动氛围等方面有着显而易见的差异。例如，线下工作坊成员之间的沟通交流非常简单、直接，团队氛围足，但需要更多地考虑场地和人员的问题；在线工作坊往往能“随地”开展，对时间的限制也更少，但由于缺少氛围，成员之间的沟通交流可能会不够投入和自然。

表 2-14 两种模式对比

	线下工作坊	在线工作坊
准备工作	需确定场地、日程等	时空限制少
沟通交流	面对面进行，氛围浓	需在线协同软件、显示设备支持，氛围弱
人员承载	需根据场地权衡	人数上限高

鉴于线下和在线两种形式的差异，需要对在线设计思维工作坊的关键步骤做出一定的调整。

1. 破冰游戏

破冰游戏能使组内成员在短时间内互相了解，拉近距离。线下工作坊由于同处一个物理空间，有很多快速“破冰”的方式可供选择；而在在线模式下，成员无法直接接触，加之所处环境不尽相同，“破冰”的难度会有所提升。在线破冰游戏必须简单、直接，将“间接接触”的负面影响最小化。例如让组员按顺序互换名字，主持人随机报出名字，相应换名组员答到——既能帮助成员彼此认识，也能制造笑点；再如每人一句话讲述自己印象最深刻的一次图书馆体验等，帮助成员快速了解彼此的经历和性格。

2. 设计挑战、头脑风暴

对于在线模式下设计挑战 / 头脑风暴工作的考验，主要集中在如何有效表述和展示每个人的想法，以及如何便捷地沟通和交流。该阶段是设计思维工作坊的核心环节，对在线协同工具的功能设置和交互设计有较高要求。当下的主流在线协同工具提供了很多的适用选项，例如共享白板功能，支持所有成员同步填写、依次讲述、集中交流。

3. 概念图

概念图旨在对头脑风暴结果进行筛选、聚类，保留、深化最优想法，构建产品 / 服务体验过程及场景。此处同样可以使用共享白板功能——对成员进行分组，确定每组的概念方向，各组在各自白板区域绘制……不同于前面以口头表达为主的设计挑战、头脑风暴交流，概念图的交流对图文表达的要求更高，因此对于在线协同工具的绘图和展示性能也有了更高的要求。

4. 原型制作

原型阶段最大的困难是成员们无法在同一空间进行原型制作。替代方案：每组讨论出理想的原型形态，确定原型的每一部分如何实现，最终由组长或选定一位动手能力强的成员进行制作（如果有超过一位成员处在同一空间，联手制作更理想）。制作时保持摄像头打开，组内成员可以随时提出建议。

5. 原型测试

原型测试侧重于用户对原型的直观感受，需要被测亲自体验原型。因此，组内成员之间的远程测试无法满足测试要求。原型完成后，可以先由制作者自行测试，随后寻找身边符合或接近产品 / 服务用户画像的用户进行测试，其间保持摄像头打开，成员可以在测试过程中观察和提问。

（二）在线设计思维工作坊准备

1. 人员 / 物资 / 设备

（1）人员招募

工作坊以师生为主，参考利益相关者地图中的人物角色，寻找尽可能多类型的参与者。选出主持人和记录者，主持人主要负责控制整体流程及进度，并向大家展示活动的主要目的、流程等内容；记录者负责录屏、录音并对活动过程中潜在的问题或设计点进行记录。

（2）物资购买

在设计思维活动的原型制作环节中，可能会用到一些手工制作的材料和工具，考虑到原型内容的多样性，建议准备如下：

模型材料：牛皮纸、泡沫、硬纸板、木条等。

组装材料：透明胶、胶棒、绳子、订书机等。

标记工具：便利贴、记号笔、铅笔、彩笔等。

制作工具：尺子、剪刀、美工刀、打孔器等。

（3）设备调试

所有成员安装腾讯会议（建议升级为最新版本）；主持人与记录者需准备至少一台性能良好的电脑，以备视频会议、录屏、录像之用；其他成员至少保证有一部摄像和网络功能良好的手机，尽量准备手机支架、笔、纸等，如有平板电脑、手绘板等设备更好。所有设备应预先在实际场景中进行调试。

2. 时间安排

完成人员、物资、设备的准备之后，需要进行时间规划。时间控制是工作坊的重要一环，也是判断活动是否成功的重要依据。以下是建议的时间方案：

项目引入及流程介绍 4 分钟；

破冰游戏 8 分钟；

确定成员角色 3 分钟；

选择设计挑战 10 分钟；

探究研究方法 5 分钟；

头脑风暴 30 分钟；

创建概念图 15 分钟；

原型制作 25 分钟；

调研提纲确定 10 分钟；

测试 15 分钟；

测试意见汇总 10 分钟；

总计 135 分钟。

（三）在线设计思维工作坊实践

1. 确定主题

高校图书馆是国家文化教育的中心，是师生学术交流的园地，此次线上设计思维工作坊以图书馆文化体验为主题进行创新设计。工作坊旨在通过设计专业师生、非设计专业学生及图书馆馆员等多方人员的共同探讨与交流，寻找提升图书馆文化氛围，优化用户文化体验的手段和方式。

2. 入场准备

（1）工作坊介绍

主持人阐述图书馆在文化传承方面的职能以及体验设计的特点，再从具体的图书馆文化体验设计入手,阐述此次线上工作坊的目的和流程，最后简要介绍工作坊主要用到的设计工具 / 方法，例如头脑风暴、创作概念图、原型制作等。

（2）破冰游戏

组内成员在线上聊天组自报姓名，按顺序两两临时组队互换姓名；主持人呼叫本组队员姓名时，本人应答，呼叫本人名字时，队员应答；随后用一句话概括自己与图书馆文化体验有关的一次难忘经历。

（3）成员分工

参考上述的一句话经历分享，根据成员的特质，分派不同的角色——能够快速、敏感获知他人感受的成员承担“人类学者”身份，带动团队在整个过程中框定课题，进行深层探讨；善于讲故事的成员承担“讲述者”身份，把所有的挑战、问题简明、生动地表达出来，引导、激发组员的想象力；能够运用逻辑从分散的想法中抽取、提炼关键要素的成员承担“解释者”身份，帮组员将“启发”期的灵感转化为观点和理念，将调研结果归纳成有助于设计规划的主题和疑问。

3. 协同创新

（1）启发

通过展示图书馆文化体验设计案例及传统文化元素如窗花、剪纸等引出主题，并抛出图书馆文化体验挑战，例如“如何在大学图书馆中增添本校或本地特色文化”；组员自由提出多个设计挑战，并以“用户群体包括哪些人”“可以解决哪些困扰着用户的问题”“是否可能采用多种方案”“用 5 ~ 6 周时间能否完成”等对上述几个挑战进行打分，缩小选择范围，确定最终设计挑战。

（2）构思

①头脑风暴

选择设计挑战进行头脑风暴。在开始头脑风暴前，强调规则和注意事项，如延迟判断、一次只能一人发言等，并提示成员利用图形直观表达想法的重要性。要求成员在 15 分钟内，围绕设计挑战在共享白板上写 / 画出尽可能多的想法。“风暴”结束后，成员基于白板上的图文陈述自己的想法，最后借助热图的方式投票选出最佳概念。

②概念图

所有成员分组进行沟通，确定本组的场景定义。通常分为 2 ~ 3 组，每组在各自的白板同步绘制，根据该想法所包含的用户体验，输出一系列概念图，其中包括理想的用户角色、用户使用概念产品或服务的场景等。每组通常推选一位善于表达的成员来绘制概念图，其他成员在线辅助或建议。

③原型

分组讨论理想的原型，以及每一部分具体如何实现，最终由组长或选定动手能力强的成员进行制作（如果有超过一位成员处在同一空间，联手制作更理想），制作时保持摄像头打开，组内成员应认真观看，随时提出建议。

（3）迭代

①测试

每组完成制作后，可以先由制作者自行测试，随后寻找身边符合或接近产品 / 服务用户画像的用户进行测试，其间保持摄像头打开，成员可以在测试过程中在线观察和提问。

②反馈

观察、记录、评价被测者在使用原型时的表现，重点关注被测者在测试中遇到的问题。可以向被测者提问，例如：

“可否描述一下该想法的哪些方面最吸引您？”

“如果可以对该原型提出一条修改建议，您的建议是什么？”

“您觉得这一想法还能不能改进？”

③思考

汇总各组方案的优点、问题以及未预料到的事情，思考下一步如何跟进。获得肯定的部分，可作为后续设计的重点；受到否定的部分，要认真询问并分析原因；集体讨论改进意见，确定采纳或忽视。

4. 总结回顾

主持人对整个在线设计思维活动进行总结，简要回顾工作坊各环节的完成情况，重点评价关键步骤、注意事项的执行效果，使参与者对在线工作坊和设计思维产生一个较为完善的认识，并对如何提升图书馆用户的文化体验有更深刻的见解。

（四）在线设计思维工作坊复盘

1. 阶段复盘

以“正”和“负”分别代表每个环节的积极方面和不足之处。

（1）项目引入及流程介绍部分（6 分钟）

正：主题“图书馆文化体验设计”具有较高研究价值和社会意义，难易程度适中，成员基本能把握主题内涵及设计目的；集中讲解的形式可较快地将方法传递给成员，使其对常用的方法如头脑风暴、概念图、原型制作等有一个大致的了解。

负：项目引入时间过长，背景介绍略显烦琐，可适当缩减。仅靠讲解的形式，成员难以深刻理解后续需要用到的方法，可考虑补充其他有助于成员掌握方法的方式，如组团提问等。

（2）破冰游戏部分（19 分钟）

正：游戏的内容，即“互换姓名”“用一句话描述印象深刻的图书馆文化体验经历”，破冰效果良好，让成员拉近了彼此间的距离，更快地进入了状态。

负：时间过长，比原计划超时 10 分钟左右；个人介绍内容偏长，且有“跑题”情况发生，主持人应视情况提醒，并将介绍带回主题；个人基本情况介绍可以考虑在破冰游戏之前以背景资料形式推送给成员。

（3）确定组员角色部分（4 分钟）

正：完成度良好，比较迅速地确定了三个角色分工——“人类学者”“讲述者”“解释者”。

负：成员数量较多的情况下应适当增添角色数量。

（4）选择设计挑战部分（30 分钟）

正：抛出“如何在大学图书馆中增添本校或本地特色文化”的挑战之后，成员的讨论参与度很高。

负：在选择挑战主题时，成员容易将“主题”和“方案”两个概念混淆，多数成员倾向于直接提出解决方案；提出若干个设计挑战后，在用“是否可能采用多种方案”“用 5 ~ 6 周时间能否完成”筛选最佳选择时，打分较慢，应精简打分安排或选用更便捷的在线评分插件。

（5）头脑风暴部分（41 分钟）

正：成员对该步骤很感兴趣，理解程度高，基本按既定流程进行。

负：所使用的线上软件无法灵活共享屏幕或白板，导致成员的想法无法有效地集中展示；在头脑风暴中，大家提出的想法数量未达到预期；现有热图工具不适合评价多个想法；整个过程占用时间略长，讲解部分超时 10 分钟左右。

（6）原型制作部分（34 分钟）

正：在制作后的分享阶段，成员的讲解非常流畅，交流十分热烈。

负：大家对原型制作的具体实施感到迷茫；基于手工材料的原型制作可能会限制成员的发挥，对非专业人员来讲，制作并不容易，可考虑将原型制作从手工扩展至绘图、列表等多种手段；原型制作的概念讲解占用了过多时间。

（7）总结回顾部分（2 分钟）

正：时间控制较好。

负：要点不够突出，对于成员的启发不够充分。

2. 整体复盘

（1）时间控制

尽管在准备环节已经对总时长和阶段时长进行了测试，实际用时依然超时半小时左右，部分阶段较为拖沓，以致后期成员活跃度有所降低。

（2）流程管理

①细节处理

主持人应时刻关注各成员的参与度与积极性，如在提问时尽量涵盖每一位成员，在互动时追问有意义的点，提示成员在规定时间内完成步骤（既有助于成员理解活动，也能提高活动的流畅性）。

②实践重心

在设计思维流程中，“构思”“原型”是相对重要的部分，此次实践活动的前期引入、背景介绍以及设计挑战部分所占比重偏大，导致后面的重心部分如“头脑风暴”“原型制作”没有足够的时间开展，成员的兴奋度和注意力也有所下降。因此，应适当减少前期部分所占比重，将更多的精力留给构思和原型阶段。

第三章

高校图书馆设计案例研究

设计思维既是一套创新方法，也是一种思考方式。本章将基于设计思维对高校图书馆移动平台、学习空间两个方面的案例进行分析和总结。

第一节 高校图书馆移动平台设计

一、国内外高校图书馆移动平台典型案例

此处列举东南大学、复旦大学、南京大学、上海交通大学、剑桥大学、麻省理工学院六所高校的图书馆移动平台建设情况，并以设计思维的角度切入分析。

（一）东南大学图书馆

1. 微信公众号

东南大学图书馆使用微信公众号提供移动服务，除了基础服务外，还嵌入了一些富有特色的服务。底部的基础功能菜单包括一些常见的服务，如“空间预约”“常见问题”“借阅图书”“馆藏查询”“新闻资讯”等；特色服务包括智能预测咨询问题并推送其他相关问题的“智能咨询”服务，还有“东南朗读”服务——使用录音的方式，鼓励读者展示和分享自己的声音。

2. 移动端官网

东南大学图书馆的官网对移动端进行了适配，首页展示图书馆相关信息与动态，能够满足检索、预约等基础需求，页面设计较为传统。

东南大学图书馆通过多种方式提供移动服务，包括微信公众号、移动官网等，但目前的服务功能和设计细节还不够完善，图书馆需要进一步思考用户的基本需求、期望需求、兴奋需求是什么，应该通过什么手段、借助什么技术为用户提供什么服务。随着时代的发展，人们的需求在不断变化，对服务质量和创意的要求也越来越高，高校图书馆的工作重心应不再局限于借阅图书、预约座位、学术搜索等基础性需求，可借助设计思维等创新手段，开辟更多元化、人性化的图书馆服务。

（二）复旦大学图书馆

1. 微信公众号

复旦大学图书馆微信公众号提供图书馆基础资讯、图书借阅、名师讲坛、微信打卡等移动服务。公众号的部分服务设有单独的页面，如历史消息是微信推送资讯的整合页面；部分服务则与图书馆官网相应页面链接，如图书馆开放时间。值得一提的是“名师讲坛”，有较完整的Web页面，包含“热播榜”“报告厅”“名师汇”等服务，提供各类名师讲座，如“知识胶囊”“30分钟讲座”“系列专题”等，内容丰富而充实，是图书馆的特色服务之一。

2. 移动端官网

复旦大学图书馆的官网较好地适配了移动端，信息和功能都十分丰富。首页主要设置了分类导航功能，包括馆藏目录、数据库、电子期刊、电子图书等；其他内容包括“开放时间”“培训讲座”“服务预约”“校外访问”“自助打印 / 复印”“咨询台”等服务项目，“研究支持”“教学支持”“资源”“服务 & 互动”“指南”等功能单元，以及“本月聚焦”“通知公告”“资源动态”等信息模块。

复旦大学图书馆通过微信公众号和充分适配移动端的官网来提供移动服务，涵盖图书馆信息介绍、借阅图书、空间预约、研究支持、教学支持、资源检索及动态等多项内容，层次十分丰富；界面布局及设计采用了适合移动端的模式，如信息卡片、图文信息流、宫格式导航、双列排布等，可用性良好。

（三）南京大学图书馆

1. 移动端官网

南京大学图书馆移动端官网信息层级设置全面、有序，首页设置了搜索入口、宫格式导航和侧边栏导航，用户能够快捷地找到需要的信息或功能。此外，在下拉页面还设有分模块的聚合信息流，包括电子资源、资源动态、设备服务、图书馆活动等，清晰、易用。

2. 移动端 App

南京大学图书馆移动端App底部四个Tab分别为“资源”“书架”“资讯”“我的”，功能框架全面，但是信息层级和实质内容尚未完善，页面风格也较为传统。

南京大学图书馆提供了较好的移动端服务，尤其是移动端官网的信息层级及功能设置内容均很丰富，较好地满足了用户的图书馆移动服务需求。不过图书馆 App 的使用性仍有待进一步优化，尤其需要考虑对于初次使用者而言，如何更好地展示特色功能及亮点信息。此外，如何基于 App 特有的智能推送、位置判断、数据收集等性能，提供更为安全、优质、贴心的服务也是一个值得深入探究的问题。

（四）上海交通大学图书馆

1. 微信公众号

上海交通大学图书馆微信公众号提供较为基础的移动服务，既有关于图书馆的信息介绍——资讯推送或链接至官网页面，也包含基础性功能——跳转至借阅图书、空间预约等服务页面。此外，微信公众号还设置“语音导览”专项，利用图文＋音频的方式向观众展示上海交通大学图书馆的空间、历史、服务等信息。

2. 移动端官网

上海交通大学图书馆移动官网对移动端进行了简单的适配，提供图书馆资讯、借还书、学术搜索等基础信息和服务。

上海交通大学图书馆利用了微信公众号、简单适配移动端的官网来提供移动服务，服务功能较为完备。值得一提的是用来介绍图书馆的基本信息及历史的“语音导览”功能，这种音频的形式一方面能给人新鲜感，另一方面方便用户在特定场景（不方便查看手机）中使用，值得借鉴。整体而言，该馆移动平台能满足基本的用户需求，但在功能设置、布局架构、界面设计细节上还存在一定的优化空间。

（五）剑桥大学图书馆

剑桥大学图书馆是世界上最大的图书馆之一，建馆于 1424 年，藏书超过 1500 万册。剑桥总馆下设有科技图书馆、医学图书馆、法律图书馆等学科馆，此外，各系和各书院都设有为本系和本书院学生服务的图书馆。

移动端官网：

剑桥大学图书馆的移动官网与移动端适配良好，内容丰富、功能完善、界面设计简洁、美观。移动官网主要提供了全面的图书馆信息服务，包括最近资讯、开放时间、资源检索等，对学生、馆员、新读者或访客等不同类型的群体有分类别的指导信息。

剑桥大学图书馆的移动官网以信息服务为主，每个信息模块都采用了针对性的排版方式，字体大小、颜色、间距、粗细等都经过了精心的设计。值得一提的是 FAQ（Frequenty Asked Questions，常见问题解答）页面，展示了图书馆相关的疑问关键词、热门问题及解答，有助于新手用户快速了解图书馆服务情况，是一种值得借鉴的信息服务方式。

（六）麻省理工学院图书馆

麻省理工学院图书馆由五个主要的图书馆和多个分馆组成。值得一提的是麻省理工学院的“DSpace”新型多媒体数字图书馆系统，可以处理教师和研究人员完成的海量科研成果，包括期刊论文、技术报告和会议论文等，囊括了文本、音频、视频和图片等各类媒体格式，成为世界其他高校搜集、保存和利用数字化科研成果的样板。

移动端官网：

麻省理工学院图书馆移动官网提供学术搜索、各馆地图导航、开闭馆时间、寻找学习空间等服务，以及图书馆资讯、研究导航等信息。移动官网布局简明清晰，界面设计符合学校形象，很好地适配了移动端。

在提供图书馆主要功能模块，满足用户使用需求的基础之上，麻省理工学院图书馆的移动官网还十分注重细节设计，例如在各馆开闭时间和地址模块加入了便捷的地图导航、电话询问、寻找学习空间等功能；再如在搜索功能、研究导航和专家模块，除了提供分类 / 选择建议外，还提供了留言询问的入口。麻省理工学院图书馆的移动端网站充分考虑了用户的各种使用场景，功能设置合理，界面设计到位，值得学习和借鉴。

二、高校图书馆移动平台分析

笔者继续调研了国内 18 所高校和国外 18 所高校的移动平台建设情况，并从“服务内容”“信息架构”“视觉设计”三个方面进行对比分析。

表 3-1 国内外高校图书馆移动服务对比

分类	移动服务模式		适配移动端	基础功能	特色活动
18 所国内高校	微信公众号	18	15	18	7
	移动端网站	18			
	App 客户端	3			
18 所国外高校	移动端网站	18	18	18	15

国内高校图书馆的移动平台主要分为微信公众号、移动端网站、App 客户端三种模式。微信公众号模式最为常见，受调国内高校全部

提供该服务模式；App 客户端较为少见，仅有 17% 的受调国内高校图书馆提供该服务模式；全部受调高校图书馆提供移动端网站，不过部分高校图书馆的移动端网站界面没有适配移动端，内容方面，都拥有较为齐全的服务功能，但是仅有 38% 的高校图书馆提供了特色服务。相比之下，受调国外高校图书馆的移动端网站都很好地适配了移动端，除基础服务功能之外，85% 的受调国外高校图书馆提供特色服务。

（一）服务内容

高校图书馆的移动服务内容可以归纳为馆务信息服务、个人信息服务、资源使用服务、参考咨询服务、外延拓展服务五类，受调高校图书馆的服务内容及占比如下表所示。

表 3-2 国内高校图书馆移动服务内容

服务内容	图书馆占比（%）	服务内容	图书馆占比（%）	服务内容	图书馆占比（%）
资源查询	100	绑定解绑	56	电子资源	43
本馆动态	60	文章推送	27	自动回复	23
馆藏目录	56	报告培训	37	宣传推广	22
预约服务	94	常见问题	34	订阅服务	10
续借服务	60	借阅服务	94	影音资源	39
路线导航	6	借阅排行	15	校外访问	11
服务指南	38	人员签到	17	自助打印	37
通知公告	54	馆际互借	11	新生专区	45

表 3-3 国外高校图书馆移动服务内容

服务内容	图书馆占比（%）	服务内容	图书馆占比（%）	服务内容	图书馆占比（%）
资源查询	100	服务指南	576	电子资源	29
本馆动态	84	报告培训	43	开放时间	85
馆藏目录	29	常见问题	85	特色展览	41
线路导航	28	咨询服务	84	校外访问	58

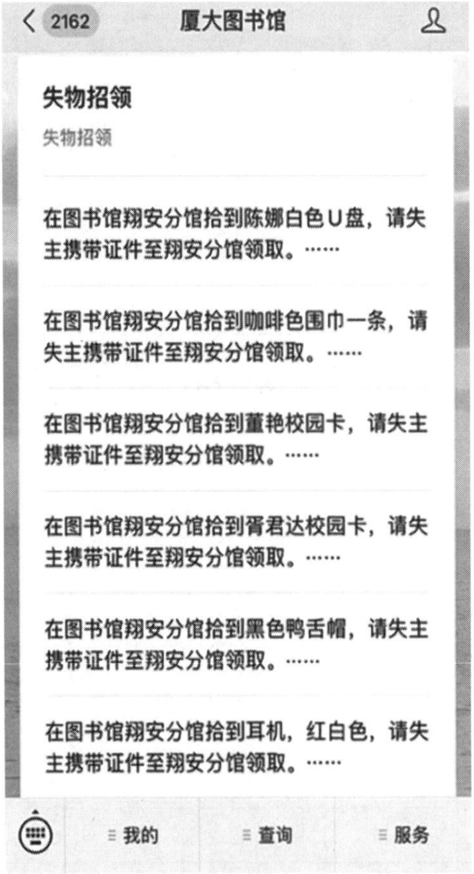

图 3-1 厦门大学图书馆微信公众号

馆务类信息服务包括本馆动态、服务指南、报告培训等内容，主要是向用户发布图书馆的新闻资讯、资源信息及科研动态等。个人信息服务包括用户绑定 / 解绑、借阅 / 续借服务、预约等内容，在高校图书馆的移动服务内容中，个人信息服务的使用频率最高。有的图书馆为了更好地推广此类服务设置了趣味益智环节，比如南开大学图书馆的答题专栏，用户需要答对所有问题才能获得借阅权限。资源使用服务包括了资源查询、电子资源、馆际互借等内容，用户使用图书馆最重要的目的是获取资源，因此所有高校图书馆都提供该类服务内容。参考咨询服务包括服务指南、常见问题等内容。外延拓展服务包括个性订阅、特色服务等内容。特色服务通常会在本校获得较多的关注，比如武汉大学图书馆的新生开卡游戏、厦门大学图书馆的失物招领功能等。

图 3-2 武汉大学图书馆微信公众号的新生开卡游戏

（二）信息架构

图书馆微信公众号属于轻应用，层级较浅，页面底部的导航栏通常是所有功能的入口，部分图书馆会设置文字链接跳转到相应的移动端网页，此外还设置了图文推送和自动回复功能。

在最为重要的移动平台——移动端网站方面，大部分受调国内高校图书馆对图书馆移动端网页进行了专门的设计开发，使界面能够适配移动端，但仍有部分高校图书馆直接使用了 PC 端官网的页面，给用户在移动端操作时带来了较差的体验。受调国外高校图书馆在网站的移动端适配上做得更好，专门设计开发了适合移动端的网页界面，服务导航、信息架构，符合用户的移动使用场景。此外，还有一些比较人性化的架构设计值得肯定，比如东京大学对用户群体进行了细分，为“在校生”“毕业生”和“非本校学生”三类不同的网站访问者提供了专门的页面。

在视觉设计方面，受调国内高校图书馆的微信公众号和移动端网站都还有提升空间，可以从排版、图形、细节、色彩等方面进行优化。例如设计风格未与高校形象契合，甚至没能与PC端官网一致；再如部分网站的色彩杂乱、搭配不佳，导致用户识别困难，容易感到视觉疲劳。当然，国内高校图书馆的视觉设计也有可取之处，比如天津大学图书馆的移动端页界面布局采用分类卡片、宫格结构、横式导航形式，配色素雅，看上去清晰、简洁、美观。国外有些高校图书馆的移动服务平台在视觉设计上更胜一筹，版式、图形、细节、色彩更考究，风格与院校形象更统一。例如哈佛大学图书馆移动端网站的设计风格就与大学形象、官网保持高度一致，呈现系列化的品牌风格，提升了图书馆的品牌认知和影响力；在设计细节上也十分有章法，例如使用单一色彩的渐变来区分层级，视觉效果和谐、明确。

三、国内高校图书馆移动平台的问题

设计思维是一种以用户为中心的思考方式，从设计思维的角度来看，部分国内高校图书馆移动平台存在以下三个方面的问题：

（一）功能规划不合理

只有符合用户心理模型和使用场景的功能规划才能充分满足用户的使用需求，有效提高任务的执行效率。一方面，部分有需求的服务在国内高校图书馆移动平台上未能出现；另一方面，很多国内高校图书馆的移动服务功能存在交叉或者重叠。后一个问题更为普遍，例如湖南大学图书馆微信公众号的“微服务大厅”“在线阅读”“线上新书闪借”就有许多交叉、重叠的细分服务。纯粹的“堆料”不可取，混乱的功能分区会让使用者陷入混乱。

高校图书馆应利用设计思维来建立不同需求层次的用户，发掘用户在不同场景下的行为特点和内在动机，科学合理地规划移动平台的功能架构，形成一个全面、系统的服务体系，满足各类用户群体的多样化需求。

（二）界面设计不考究

优秀的界面应该是实用功能和审美功能相结合的，界面的设计既要满足使用需求，又要考虑视觉美感。

国内高校图书馆的移动端网站界面大多采用宫格式和列表式的布局，乍一看功能框架全面，但实际上有些混乱，操作体验不佳。比如同济大学图书馆网页虽然对移动端进行了简单的适配，但信息、功能呈现层次较乱，主要服务入口过深，整体可用性偏弱。中国科学技术大学图书馆移动端网页的每个信息模块单独来看都简明清晰，但整体而言设计感不足，界面配色、模块间距、布局密度等质感不佳，例如背景与按钮（未选中）的色彩没有拉开层次，校 / 馆名字号偏小等。

图 3-3 同济大学图书馆 WAP 网站

图 3-4 中国科学技术大学图书馆 WAP 网站

运用设计思维可以有效解决上述问题。搭建符合用户认知的信息架构，需要建立用户模型，可以在设计思维流程的启发阶段通过用户访谈和观察来理解用户的行为、情境和目标，从而建立准确的用户模型。用户模型越准确，产品设计就越容易理解和使用。视觉呈现是用户体验重要的一环，决定了用户对该图书馆的第一印象，布局合理、视觉舒适的设计能够吸引用户进一步探索使用。在构思阶段，可以将视觉风格、色彩搭配、内容排版等纳入设计思维流程，通过多种设计工具 / 方法，例如形态分析，实现视觉呈现的优化。

（三）个性化服务欠缺

东京理工大学狩野纪昭教授发明的 KANO 模型将用户需求分为基本型、期望型、兴奋型、无差异型、反向型五大类，体现了产品功能和用户满意度之间的非线性关系。满足用户的期望型和兴奋型需求是提升满意度的重要路径，高校图书馆移动服务可以通过提供个性化服务来满足这两类需求。大部分国内高校图书馆移动服务未能与大学文化、校园生活形成深度融合，个性稍显欠缺。相对而言，国外高校图书馆所提供的移动服务包含更多的“个性”。

为了更好地发挥本校图书馆特色文献资源优势和学校学科专业特色，应大力建设具有自身特点的个性化移动服务内容。除了结合本校特色来设计个性化服务之外，也可以对本校师生用户的需求做更深入的调查和研究，换位思考，从用户角度来考察用户的感受和需求。具体方式是进行角色扮演，通过扮演用户来更好地体会他们的切身感受。当然，最好是能让用户直接参与到设计团队中，产出真正以用户为中心的优质服务内容。另外，国内高校图书馆也可以适当地学习国外的成功案例，增加相应的生活、休闲方面的移动服务内容，例如设置城市交通等功能，添加多媒体资源等，提高用户的使用率和黏性。例如武藏野美术大学图书馆，突破了一般意义上的图书馆概念，兼具美术馆、博物馆的角色，常态化地举办展览、教育推广等活动，移动端网站对这些活动进行了充分展示，输出了别具特色的移动服务内容。

图 3-5 武藏野美术大学图书馆 WAP 网站

第二节 国外高校图书馆学习空间

美国高等教育信息化学会（EDUCASE）提出：图书馆必须有效平衡独立学习场所和协作学习场所（亮点 4）；反思图书馆空间（中期趋势 2）。耶鲁大学图书馆名誉馆长斯科特・本内特（Scott Bennett）认为信息供应从稀缺到过剩的转变推动了图书馆空间设计范式从“以阅读[1]为中心”到“以馆藏为中心”，再到“以学习为中心”的演化。[2]今天，各种“以学习为中心”的范式如团队学习空间、信息共享空间、学习共享空间的充分设置已经成为图书馆的常态，越来越多的图书馆创建了这类有利于交流与协作的新型空间。它们在满足多样化学习需求，为图书馆带来活力的同时也引发了某些问题：传统的图书馆氛围被打破，喜好或需要安静的用户对图书馆空间的满意度有所降低。研究显示，在大多数英美高校，噪声是图书馆空间和服务最大的问题之一，用户对安静空间的需求在增长，图书馆需要在安静空间与协作空间之间找到平衡。[3]“安静”或“交谈”关乎不同学习目标下的不同学习方式，这正是“以学习为中心”空间设计范式下的核心问题之一。空间是设计思维在图书馆中的四大应用领域之一，而学习空间则是当前图书馆空间中最具用户价值的研究热点，是设计思维应用研究的理想对象。

---

［1］原文是“Reader”，从语境来看译为“阅读”更贴切，也便于区分当下流行的“以用户为中心”。

［2］Scott Bennett, “Libraries and Learning: A History of Paradigm Change”, *Libraries and the Academy*,Vol.9,No.2, 2009, pp.181-197.

［3］LibQUAL+®, ARL(Association of Research Libraries)& Group Notebooks, https://www.libqual.org/ publications.

在英文文献和国外图书馆中，学习空间主要对应两个词汇——Study Space、Learning Space，实际使用时，Study Place、Study Area、Study Zone 等词也常用来表述学习空间。作为图书馆场所来说时，Study Space 和 Learning Space 可以通用，斯科特·本内特在一篇探讨如何将学习因素融入图书馆规划的论文中就使用了“study/learning space”的表述[1]，以示研究的严谨性。相比 Study Space，Learning Space 一词的用法更为丰富——除了表示普遍意义上的学习场所，还特指某类学习空间；除了作为场所类型名称，还可以用来表征共享空间概念。Learning Space 的三种用法虽然会引起一定程度的混淆，但也恰是全面理解学习空间理论内涵的有益框架。

一、国外高校图书馆学习空间调研

（一）调研对象

课题组选定了北美、西欧、北欧、南欧、东亚、东南亚、西亚、澳大利亚 24 所著名高校的图书馆系统进行网络与文献调研，并对其中 4 所高校的总图书馆进行了实地考察，希望能在多国调研的基础上呈现当前名校图书馆学习空间的大体面貌。调研学校类型方面，在保证区域顶尖前提下既有哈佛大学[2]、耶鲁大学[3]这样的顶级名校，也包含代尔夫

[1] Scott Bennett, “Putting Learning into Library Planning”, Portal: *Libraries and the Academy*, Vol.15, No.2, 2015, pp.215-231.

[2] Harvard Library,Find a space, https:// library.harvard.edu/spaces?room_type=1146.

[3] Yale Library, Place to Study, https:// web.library.yale.edu/places/to-study?field_place_equipment_tid=22.

特理工大学[1]、哥本哈根大学[2]这样的中坚一流；既有起源于 1096 年的英语世界第一所大学——牛津大学[3]，也有创办于 1981 年的年轻名校——南洋理工大学；既有剑桥大学[4]这样体量巨大的综合性大学，也有罗德岛设计学院[5]这样小而精的专业院校。

从表 3-4 来看，各高校图书馆的学习空间无论是名称、类别还是分类维度都存在一定差异。例如，代尔夫特理工大学图书馆按照空间的开放程度将学习空间划分为“室”“区”两大类别，外加一个特色的 VR 地带，而爱丁堡大学图书馆[6]则从设施、使用群体、噪声情况、开放时间等多维度出发对学习空间做出了非常具体的划分。

表 3-4 24 所国外高校图书馆学习空间概况[7]

高校图书馆	独立学习空间	社交学习空间
哈佛大学图书馆	独立学习室、安静区、低语区、开放空间	团队学习室、实验室 / 工作室、会议与报告空间、开放空间、交谈区、沙发区
MIT 图书馆	个人空间、24/7 空间	团队空间、24/7 空间
耶鲁大学图书馆	独立学习室、安静区、PC 区	团队学习室、交谈区、沙发区、PC 区

[1] TUDelft, Facilities & Study Spaces, https://www.tudelft.nl/en/library/.

[2] Copenhagen University Library, Study and Reading Places, https://culis.ku.dk/studyplaces/.

[3] University of Oxford, Libraries,https:// www.ox.ac.uk/research/libraries?wssl=1.

[4] Cambridge University Library, About the Library, https://www.lib.cam.ac.uk/about-library.

[5] Rhode Island School of Design Library, Fleet Library, https://library.risd.edu/.

[6] The University of Edinburgh, Library study space, https://www.ed.ac.uk/information-services/students/ study-space/library-study-space.

[7] 学习空间信息源自各高校图书馆官方网站（英文版）。

表 3-4（续）

高校图书馆	独立学习空间	社交学习空间
斯坦福大学图书馆	独立学习区、绝对安静区、夜读区	团队学习区、交谈区、PC 区、夜读区
加州大学伯克利图书馆	安静学习区、夜读区	团队学习区、交谈区、夜间读区
罗德岛设计学院图书馆	独立学习区	团队学习区
多伦多大学图书馆	综合学习空间、独立学习室	团队学习空间、报告室、家庭学习空间
牛津大学博德利图书馆	阅览室	非正式学习空间、会议室、休息室、咖啡厅
牛津大学女王学院馆	阅览室	多功能室、团队学习空间
剑桥大学总图书馆	阅览室	会议室、茶室
剑桥大学中央科学馆	安静区	学习舱、团队学习室、Break Space
爱丁堡大学图书馆	书桌学习空间、无声学习空间、研究生学习区、24/7 区	PC 学习空间、团队学习空间、非正式学习空间、咖啡学习空间、24/7 区
阿伯丁大学图书馆	综合学习空间、无声学习空间	Co-Labs、弹性学习区、休息室
帝国理工学院图书馆	学习地带	团队学习室、培训与会议室
慕尼黑工业大学图书馆	学习区、独立学习室	学习区、团队学习室、演讲人角
代尔夫特理工大学图书馆学习中心	学习室、学习区	学习室、学习区、VR 地带
阿尔托大学学习中心	阅览室	综合工作与学习空间、团队工作 & 会议室、活动空间、工作室、VR 中心

表 3-4（续）

高校图书馆	独立学习空间	社交学习空间
哥本哈根大学图书馆	阅览室、安静区、无声学习区、硕士论文座	休闲区、团队学习区、电脑工作站
巴塞罗那大学图书馆	学习室	学习室、机房、培训室
东京大学综合图书馆	阅览室	媒体广场、学习共享空间、屏幕区
首尔大学图书馆	阅览室	团队学习室、休息厅
南洋理工大学图书馆	安静地带	学习共享空间、综合与开放空间
阿卜杜拉国王科技大学图书馆	学习区	电脑工作站、机房、团队学习室、会议室、展览区、咖啡厅
特拉维夫大学图书馆	阅览室、安静区	团队学习室、团队学习区、会议室、机房、咖啡厅、餐饮区、豆袋室、亲子室
悉尼大学图书馆	安静地带、学习空间	学习空间、团队学习室、电脑
墨尔本大学图书馆	独立学习室、安静学习区、研究生学习空间	团队学习、研究生学习空间

（二）空间类型

从功能类型上看，大学图书馆的学习空间主要分为个人学习空间、团队学习空间、休闲空间，此外还包括一些特色空间。

1. 个人学习空间

个人学习空间主要指用于个人学习的图书馆场所。结合案例来看，个人学习空间包括了阅览室、研修间，以及一些设置于开放空间的个人学习区。

（1）阅览室

阅览室是高校图书馆的标配，一些重要的阅览室往往是图书馆甚至大学的标志，例如拉德克利夫楼的圆形阅览室就作为牛津的象征出现在诸多宣传资料中；再如牛津大学的汉弗莱公爵图书馆，始建于1488年，是牛津最古老的阅览室，因电影《哈利·波特》取景于此而广为人知。这类阅览室对于用户的意义已不仅仅是提供学习空间，更有一种精神上的激励。麻省理工学院的巴克图书馆主页上写道："在大穹顶下获得启示。""大穹顶下"正是图书馆的主阅览室。[1] 对大多数高校图书馆来说，使用频率最高的是不配备书籍或只有少量报刊和工具书，专供用户自习用的阅览室，上表中的"个人空间""安静学习"等多指这类空间。在数字资源与移动设备大行其道的今天，一个桌椅舒适、照明充足、电源便利、Wi-Fi 流畅的自习阅览室往往是用户个人学习的首选，也因此成为高校图书馆学习空间拓展的一个重点。学习桌是阅览室中最基础的设施，是空间体验的重要影响因素。耶鲁大学斯特灵纪念图书馆的传统长桌与复古台灯的组合带给用户庄重典雅的阅读体验；牛津大学博德利图书馆的阅览桌横向有高度适中的隔板，纵向有多条间距合度的界条，给予用户舒适的个人空间；许多自习阅览室会设置大量有三面隔板的工位式学习桌，虽然不如前两者那样有文化气息，但它营造的"学习工厂"氛围也很受学生欢迎，尤其是在考前复习阶段。有学者曾专门对阅览桌上的隔板进行研究，发现用户满意度和学习效率最高的是类似牛津这种有分隔功能、无封闭感觉的隔板，因为用户既想要个人空间，又想有集体氛围。[2]

---

［1］ MIT Libraries, Barker Library Engineering, https://libraries.mit.edu/barker/.

［2］ Çağrı İmamoğlu, Meltem Ö. Gürel, "Good Fences Make Good Neighbors: Territorial Dividers Increase User Satisfaction and Efficiency in Library Study Spaces", *The Journal of Academic Librarianship*, Vol.42, No.1, 2016, pp.65-73.

为了让用户有更好的学习体验，许多图书馆配备了一些特殊的学习桌，例如多伦多大学图书馆的站桌可解用户的“久坐”之困，剑桥大学中央科学图书馆配置了“坐—立”工作台，用户可以自由调节至舒适的高度坐着或站着学习。除了常规家具，阅览室一般还会配备扫描仪、复印机、打印机、公共电脑等 IT 设备，以及微缩胶片阅读器、海绵书托等阅读工具。

图 3-6 牛津大学博德利图书馆的学习桌

（https://www.accessguide.ox.ac.uk/old-bodleian-library）

（2）研修间

研修间[1]即上表中的个人学习室，通常指供单个学生学习的独立房间，哈佛大学也有容纳两人至三人使用的研修间。或许是必要性不太大——阅览室更符合多数用户对个人空间和学习氛围的双重需求，很多大学图书馆没有设置研修间，即便有，也不会太多。例如麻省理工学院没有研修间，耶鲁大学仅有两个馆配置了少量研修间，而拥有全美最大高校图书馆系统的哈佛大学也仅有五间。在所调研国外大学中，研修间数量最多的是南洋理工大学图书馆，有 14 间，但与阅览室座位数相比还是非常少的。研修间的设施比较简单，一般是学习桌、椅子、台灯，

---

［1］为行文方便，笔者借用清华大学图书馆的命名方式，将个人学习室统称为“研修间”。

少数还会有显示屏等设备或衣架等小家具。

除了阅览室和研修间，许多图书馆会在大厅边缘、书库角落、走廊侧旁等比较僻静的边角空间摆放一些学习桌，例如在耶鲁大学斯特灵纪念图书馆书库的角落、悉尼大学法学图书馆走廊的凹室都可以见到这类设置，由于“人少地偏”，很受那些觉得阅览室不够安静、私密而又约不到研修间的学生欢迎。

2. 团队学习空间

顾名思义，团队学习空间是学生以交流协作为基本形式开展学习的图书馆场所。社会建构主义认为，学习是一个文化参与的过程，学习者通过参与某个共同体的实践活动来建构有关的知识。学习不仅是个体对学习内容的主动加工，而且需要学习者进行合作互助。团队学习空间正是在这一背景下的产物,发展到今天也基本成为大学图书馆的基本单元，一般可以分为开放的团队学习区、隔断的团队学习室及休闲空间。

（1）团队学习区

团队学习区的形式比较丰富，既有跟自习阅览室格局类似的普通团队学习区——二者的区别关键在于是否允许交流，也有设计更考究、设施更先进，被南洋理工、东京大学等称为学习共享空间[1][2]的新型团队学习区。为方便交流互动，普通团队学习区一般没有阅览室里常见的长桌，超过四人的学习桌通常采用圆形或椭圆形，加州大学伯克利商学图书馆中的团队学习区就以五人圆桌为基本单元。学习舱是新型团队学习区的典型配置，

[1] Nanyang Technological University, About NTU Library, https://www.ntu.edu.sg/library/About_NTULibrary/Pages/Guidelines-and-Policies.aspx#use.

[2] University of Tokyo Library System, General Library Guide, https://www.lib.u-tokyo.ac.jp/en/library/general/about.

可容纳数人协作学习，是不完全遮挡和隔音的半封闭空间。帝国理工学院中央图书馆用架空的半透明板材围合舱室，以合适的间距排布舱位，让不同团队既可独享小空间，又能感受大氛围。除基本的讨论桌、座椅、显示屏之外，有些学习舱，例如爱丁堡大学的，还会配置主机、白板等更进一步的团队学习设施。有些图书馆对团队学习区做了进一步的探索。南洋理工大学“李伟南图书馆空间”设有三个区域：建有看台、配备大型触摸屏的会展区；设置了学习舱、学习廊，以及各式学习桌的学习共享空间（团队学习区）；配备了高端计算机的数字区。该空间进一步弱化了场地的形态限制和用户的人际边界，更宽松、灵活，开放度更高、社交性更强。

图 3-7 南洋理工大学“李伟南图书馆空间”

（https://blogs.ntu.edu.sg/lib-lwnlspace/events-space/）

（2）团队学习室

团队学习室是封闭和隔音的独立房间，与窄小的个人研修间不同，它可能是仅供三五人使用的研讨间，也可能是十人规模的小会议室，甚至是类似教室的大房间——哈佛和耶鲁大学图书馆的团队学习室可容纳 20 余人。团队学习室的数量通常远多于研修间——耶鲁有团队学习室 15 间，哈佛有 26 间，麻省理工有 33 间。除了桌椅，团队学习室的基

本设施有显示屏 / 投影仪、白板 / 黑板，有些图书馆还会有摄像机、交互式白板等更专业的设施。学习室的设施通常会因为场馆、学科等因素而存在差异，例如麻省理工学院的巴克图书馆（工程学）的团队学习室可供 8 人使用，配有桌椅、白板、显示屏等，而杜威图书馆（管理与社会科学）则能容纳 12 人，除常规设施外还有视频会议设备，颇有几分跨国公司会议室的感觉。

3. 休闲空间

休闲空间在某种意义上是更加灵活和丰富的团队学习空间，可视作“弹性设计和互动空间趋势”[1] 的具体体现。休闲空间通常有三类，一是开放空间里允许交谈的软座区，二是以咖啡厅为代表的餐饮区，三是专门设计的休闲区 / 室。新建图书馆的大堂都是一个休闲空间，例如罗德岛设计学院图书馆的总服务台和流通台前就是数十张颇有设计感的软座沙发，代尔夫特理工大学、爱丁堡大学皆有类似设置，沙特阿拉伯的阿卜杜拉国王科技大学则有一个面向红海的大厅休闲空间，该空间也成为图书馆的一个标志性空间。对牛津大学博德利图书馆、剑桥大学总图书馆这类厚重、庄严的馆舍来说，咖啡厅和茶室可能是最休闲的场所了，学生可以在与正式学习空间全然不同的氛围下碰撞、交流。当然新建图书馆咖啡厅会更有学习空间的感觉，例如爱丁堡大学和代尔夫特理工大学的咖啡厅就是在入口处，可以直接由咖啡厅进入大厅，而前者直接叫作“咖啡厅学习空间”。最后一类是专设的休闲区或休闲间，它们通常会有非常有意思

---

[1] Rebecca M. Sullivan, “Common Knowledge: Learning Spaces in Academic Libraries”, *College and Undergraduate Libraries*, Vol.17, No.2-3, 2010, pp.130-148.

的设计或配置。例如阿尔托大学学习中心的洞屋就因为极具设计感的形态而成为图书馆乃至整个大学的象征；而代尔夫特理工大学图书馆学习中心的休闲区不仅有国际象棋这样的游戏设施，还有类似按摩椅的康乐设施供学生放松；特拉维夫大学图书馆的豆袋区是非常经典的休闲区配置，在欧美很多大学都有类似设置。剑桥大学中央科学馆还有一个比普通休闲空间更进一步的 Break Space，官网如是介绍：这是一个你可以在紧张学习中喘口气的地方，有最舒适的椅子、可调节的沙发，还有很多的豆袋。你可以看各式各样的文学作品，玩不断更新的拼图和桌游，饮料和零食售卖机触手可及。最重要的是可以喝饮料！可以吃零食！没有音量限制！[1]

图 3-8 阿尔托大学学习中心的洞屋

（项目成员拍摄）

休闲空间与团队学习空间的差异可以视为娱乐与学习比例的不同，与更正式、需要预约，更具目的性的团队学习空间相比，休闲空

[1] J R Clarke, Break Space, https://moore.libraries.cam.ac.uk/news/break-space.

间无疑更放松、更具有共享和不确定性。这些也是促进创新的重要因素。这也就不难解释近年来休闲空间越来越流行，与团队学习空间的界限越来越模糊。休闲空间之于学习的促进作用在社交学习这一基本面外还有两点。首先，有研究显示，短暂的转移可以极大地提升注意力[1]，这也正是剑桥设置 Break Space 的原因所在；其次，有学者认为概念距离越远的知识越能成为突破性创新的灵感来源[2]，休闲空间中那些与眼下学习无关的交谈和浮想或许反倒能引发意想不到的创意。这可能也是以设计学科见长的阿尔托大学有如此大比例休闲空间（约 1/3）的原因之一吧。

4. 特色空间

除却个人、团体与休闲空间，很多高校图书馆还有很多颇具特色的学习空间。例如哈佛大学的可用性实验室、多伦多大学的家庭学习室、哥本哈根大学的硕士论文专座、阿尔托大学的摄影室、代尔夫特理工大学的 VR 室、慕尼黑工业大学的演讲角、特拉维夫大学的母婴室、东京大学的图书馆广场、南洋理工大学的语言学习室、悉尼大学的思考空间等。

（三）管理制度

图书馆学习空间的相关制度有很多，各高校也不尽相同，噪声控制和空间使用管理与用户体验关系最为密切，需要展开分析。

---

[1] Diana Yates, Brief diversions vastly improve focus, researchers find, https://news.illinois.edu/view/6367/205427.

[2] Dedre Gentner and Arthur B. Markman "Structure Mapping in Analogy and Similarity", *American Psychologist*, Vol.52, No.1, 1997, pp.45-56.

（1）噪声控制

以综合案例来看，高校图书馆的噪声控制管理有无声、安静、低语、交谈、不限五个级别。无声代表噪声控制的最高级别，即使是敲击键盘的声音也不允许——牛津大学博德利图书馆的哲学阅览室禁止使用电子产品，东京大学综合图书馆阅览室有无键盘区，多伦多大学格斯坦科学信息中心有独立的无声空间。安静是最常见的级别，一般禁止交谈，但可使用笔记本电脑，是所有图书馆都有的噪声级别。低语指允许低声说话，只有少数图书馆有该噪声级别，哈佛有低语区，而耶鲁、麻省理工、斯坦福等高校均没有。需要注意的是，安静与低语在实际执行中的差异通常很小，例如悉尼大学图书馆的安静区明确允准在不影响他人的前提下低声说话，很多高校的安静区也都存在默许低语的情况。交谈是指可以用正常音量说话，和安静一样，是所有图书馆都有的噪声级别。不限即没有噪声限制，用户可以尽情谈笑，设有这类区域的图书馆很少，目前只在剑桥大学中央科学图书馆的 Break Space 见到不限噪声的规定。代尔夫特理工大学图书馆在噪声管理上十分灵活。常规时段，所有的开放学习区都允许团队讨论，一旦进入考试周期，这些学习区都会改为“禁止交谈”。

图 3-9 代尔夫特理工大学图书馆学习中心的团队学习区

（项目成员拍摄）

（2）使用管理

学习空间的用户旅程包括获取空间、占用空间、退出空间三个环节，最后一个环节对用户体验的影响微乎其微，而前两个环节则会直接影响用户的满意度。

对于一个有明确空间需求的用户来说，获取包含两个问题：从哪里获取？如何获取？即用户首先需要知道目标空间的位置和当前的占用情况，然后付诸行动——先到先得？提前预约？

哈佛大学图书馆有友好的学习空间查询页面，各类信息一目了然，用户可基于类型、管理、容量等多个指标寻找自己需要的空间。哈佛大学图书馆提供的是静态信息，用户无法判断目标空间当前的占用情况。墨尔本大学图书馆主页可以实时显示学习空间的总体占用情况，虽然无法明确到具体位置和数字，但还是有助于用户做出判断。代尔夫特理工大学图书馆的空间查询系统特别强大，涵盖了 3D 楼层图、线路导航、空间设施及空间占用情况——具体到可用座位数。

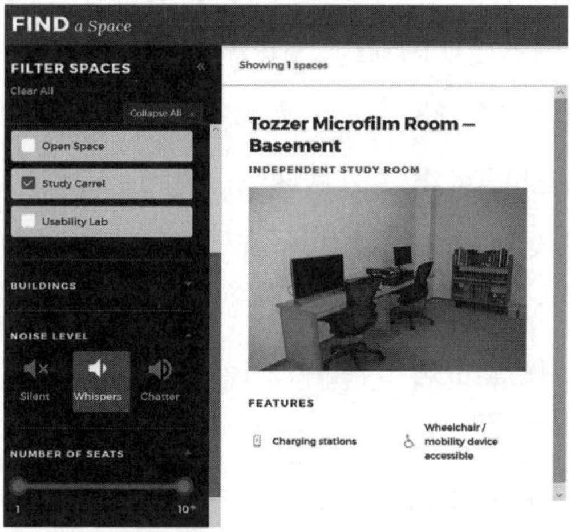

图 3-10　哈佛大学图书馆的空间查询页面

（https://library.harvard.edu/spaces?room_type=506&room_type=1146）

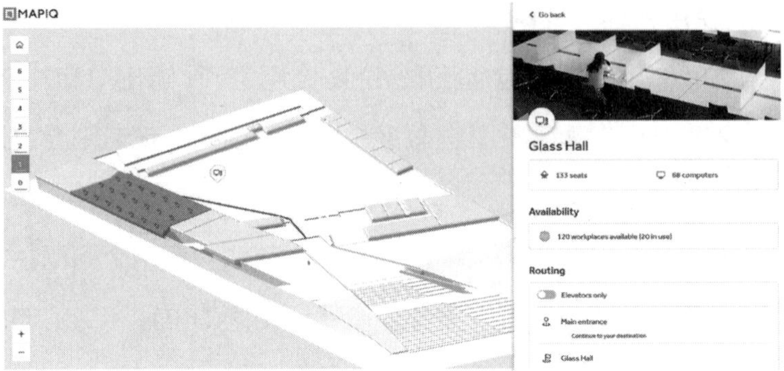

图 3-11 代尔夫特理工大学图书馆的空间查询页面

（https://tudelft.mapiq.net/library#/places/find-a-place-to-work&floor=3）

先到先得与提前预约是学习空间获取的两种基本方式。一般而言，开放学习区的座位无论用于个人学习，还是团队学习都会采用先到先得的方式。但也有例外，悉尼大学图书馆的开放学习区有可供预约的座位。半封闭的学习舱既有提前预约，也有先到先得。研修间和团队学习室通常需要提前预约，但也有例外，阿卜杜拉国王科技大学图书馆的团队学习室就采用先到先得的管理方式。具体到预约操作，阿伯丁大学图书馆需要通过邮件或服务台现场预约，剑桥中央科学图书馆采用在线填写预约申请的方式，悉尼大学则推出了直观、便捷的预约系统——用户可以清楚看到空闲的空间及时段，并快速进行预约。先到先得或提前预约并无高下，但悉尼大学图书馆的预约系统显然用户体验更佳。

采用先到先得方式获得的座位只要本人在场就没有占用时长的限制，但如何在离开时保留座位是一个服务设计问题，“人去座失”会引起使用上的混乱，而长时间空置又会造成浪费，损害其他用户的权益。帝国理工学院图书馆推出了短期留座的休息卡，用户可用填好离开时间的卡片占座，如果离开超过半小时，工作人员会清理个人物品，让座位重新流通。提前预约的座位都有时间要求，而房间还会有人数下限，例如阿伯丁大学图书

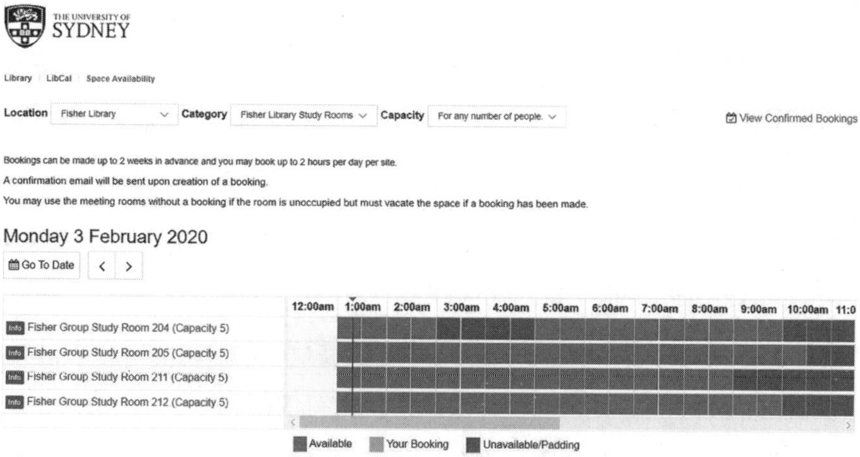

图 3-12　悉尼大学图书馆的团队学习室预约界面

（https://usyd.libcal.com/reserve/fisher）

馆的团队学习室规定每组每天最多占用两小时，迟到 15 分钟取消预约，使用人数不少于 4 人等。上述规则基本在所有高校的预约要求中都能见到，大同小异，不过有些特殊座位、房间的占用和预约可能会不同。哥本哈根大学南区图书馆有可占用 6 个月的研究生论文席，供学生撰写学位论文使用，预约需携带学生证、“论文计划”前往服务台办理；阿伯丁大学医学图书馆有可以占用 3 个月的研究室，供研究生和教工进行研究和写作，预约需提供导师或上级的推荐信，还需说明用途并支付押金。

二、典型国外高校图书馆学习空间分析

（一）哈佛大学图书馆学习空间

哈佛大学位于美国波士顿，是世界顶尖的私立研究型大学。哈佛大学图书馆（系统）是美国最古老的图书馆，也是世界上藏书最多、规模

最大的大学图书馆之一，包含 90 多所分馆，其中 49 所位于哈佛大学本部（哈佛图书馆主页列有 28 所分馆的链接）。其学习空间散布于 15 座图书馆中，包括团队学习空间、独立学习室、媒体实验室 / 工作室、会议与报告空间、开放空间、学习卡座、可用性实验室等细分空间。在所有的 97 处学习空间中，23 处要求静音、23 处可以低语、51 处可以交谈，36 处供应咖啡、40 处允许饮食。

哈佛大学图书馆的团队学习空间既有具备先进信息化条件的，例如配有电脑、高清液晶屏、远程会议设备，也有仅提供座椅的；仅以椅子为例，既有偏商务的办公椅，也有休闲、配有脚托的软椅，还同时配有写字板和转椅。在所有的学习空间中，允许交谈的空间占到了多数，安静的学习空间其实不多。开放空间中既有公用的大桌，也有独立的座位，既有十分开放的沙发，也有具备一定私密性的学习工位（Pot）。图书馆还有多个多媒体实验室和一个可用性实验室，尤其是后者，在笔者团队调研的多家图书馆中仅此一家。

在哈佛大学图书馆的学习空间中，大到空间规划、设施配置，小到声音管理、饮食供管，均充分考虑了各类用户的不同需求，体现了以用户为中心的设计思维。

（二）牛津大学图书馆学习空间

牛津大学图书馆系统由 100 多家图书馆构成，是全英最大的图书馆系统。牛津大学有两套建制，一是传统的书院制，二是现代大学的系科制。每个书院都有自己的图书馆，一些比较大型的书院，例如基督教堂书院甚至不止一所图书馆，这类书院图书馆通常只对本院学生开放。第二类图书馆总称“博德利图书馆群”（Bodleian Libraries

Group），亦有 31 个专业图书馆，涵盖了现代学科划分的所有专业。还有一类是牛津大学公共图书馆，有 33 个，它甚至包含了一些著名的博物馆，如自然历史博物馆、科学史博物馆等。考虑到牛津大学如此惊人的图书馆数量，笔者重点对其中具有标志性的博德利图书馆进行学习空间考察与分析。

博德利图书馆位于大学城中心，是牛津大学图书馆系统的主馆，也是仅次于大英图书馆的全英第二大图书馆。该馆由三幢建筑构成：居中的是老博德利馆，是一幢四合院建筑；一侧是圆形的拉德克里夫馆，是牛津的标志性建筑；另一侧是方形的韦斯顿馆，也叫新博德利馆。学习空间在几幢主建筑、部分辅助建筑以及主建筑之间的地下通道中都有设置。老博德利馆的学习空间主要有下阅览室、上阅览室和汉弗莱公爵图书馆，这些学习空间主要用于文献阅览，有十分便利的扫描、影印设施；全馆都是用于独立学习的安静空间，一些区域被进一步划为无声区——不允许使用任何电子设备。拉德克里夫馆的学习空间主要分布在一层和二层，基本情况和老博德利馆类似，全部是安静空间。格莱顿地下通道连接着老博德利馆和拉德克里夫馆，额外提供了 120 个学习座位。克莱斯顿地道是一个非正式的学习环境，允许相对安静的讨论和团队学习。韦斯顿图书馆是近年翻修的图书馆，旨在为博德利的特藏提供高质量的存储，同时为前沿研究和公共参与开拓更多的空间——设有用于文献借阅的三间阅览室，用于安静学习的 11 间学习空间，用于讨论的三间讨论室、一间数字学习中心、一间访问学者中心。此外还有用于休闲、交谈的公共沙发区和咖啡厅。

博德利图书馆作为学习空间的魅力一方面来自其悠久的历史、典雅的建筑、精美的设施及珍稀的典籍，另一方面源于博德利图书馆以用户为中心的设计理念，服务贴心、细节到位、规则人性化。博德利图书馆开辟了巨大的地下书库，将地表的层楼尽可能用作学习空间；按照学科分为相对独立又相通的不同的阅览室，除了四壁书柜陈列常用书籍外，阅览室中间全部空出，以提供更多的座位；很多书桌可以升降，便于用户获得最舒适的坐姿；每个阅览室都有很多大小不一的海绵书托，为用户阅读大部头著作提供“支持”。所有的设计和细节，无不体现了以人为本、服务用户的理念。

（三）代尔夫特理工大学图书馆

代尔夫特理工大学位于荷兰代尔夫特，是荷兰历史最悠久、规模最大、专业涉及范围最广的理工大学，被誉为“欧洲的麻省理工”。代尔夫特理工大学图书馆系统包括总馆、特藏馆及诸多院系分馆。顶部附满绿草的总馆是学校的标志性建筑，多次被评为全球最美的图书馆。总馆于 1998 年春开放，并在 2010 年的翻新中转型为“图书馆学习中心”。通过实地考察发现，除了一面由底至顶的“书墙”及少量书架，整个总馆几乎全是学习空间，“图书馆学习中心”名副其实。

总馆的学习空间主要包括项目区和学习区，休闲区也具备一定的学习功能。项目区按照容纳人数分为三类，共计 15 个，每个房间配有现代技术设备，可以根据需求灵活布置，是工作坊、研讨和会议的理想场所。其特色是以大洲、元素、名人、色彩来命名，并根据命名进行主题装饰。列斐伏尔于 1974 年在其代表作《空间的生产》中直白地表明了一种观点：空间从来就不是空洞的，它往往蕴含着某种意义。代尔夫特项目区通过紧扣主题的氛围营造，使身临其境的用户产生某种积极的心理反应，比如“生物”项目区能强化用户投身科学事业的决心，“斯蒂文·乔布斯”项目区则能带给人设计创新的冲动等。

学习区共计六大块，座位数超过 1250 个，既有安静学习区，也有开放学习区，均配置了适合读写的桌椅、照明设施，以及充足的电源接口。一些区域还配有个人电脑，不过随着移动电脑的普及，个人电脑的数量呈下降趋势，目前不足 70 台。安静学习区分布在总馆的多个楼层，禁止喧哗，大多数区域禁止饮食，部分区域需要预约座位。开放学习区主要集中在中央大厅以及“大尖顶”的 3 层至 6 层，可自由出入、随意交谈，不限饮食，考试期间会临时改为安静区域。休闲区主要分布在一层大堂及几个边角处，摆放着舒适的沙发和软椅。部分区域还配置了按摩椅和国际象棋等休闲娱乐设施，学生可以在放松中进行学术交流和思想碰撞，具有十分重要的开放学习功能。

整体来看，代尔夫特理工大学图书馆一方面有非常多样化的学习空间类型，能满足不同的学习需求；另一方面，鼓励交流与合作的项目区、开放学习区、休闲区等团队学习空间要明显大于以安静学习区为代表的个人学习空间。这种空间规划与图书馆的理念是一致的，图书馆主页的机构介绍这样写道：“从‘安静和专注’区域到‘会议和互动’空间，环境的多样性十分重要”“团队开放空间的座右铭是：遇见、学习、工作、放松、启发……我们努力为渴望学习、结识伙伴和以各种方式合作的学生提供最佳的学习环境”。

（四）阿尔托大学学习中心

阿尔托大学图书馆于 2010 年由赫尔辛基工业大学、赫尔辛基经济学院和赫尔辛基艺术与设计大学的图书馆合并而成。2015 年，它更名为阿尔托大学学习中心，从某种意义上说，阿尔托大学没有图书馆，只有一个具有图书馆功能的学习中心。

阿尔托大学学习中心由哈拉尔德·赫林（Harald Herlin）主学习中心和其他服务点组成。主学习中心是学习支持业务的核心，其他服务点都提供图书馆服务和设施。主学习中心提供了分布于各楼层的数百个各式各样的学习空间，能够满足个人和各种大小的团队。二层是禁止喧哗的安静学习空间，包含一个百人阅览室，以及极具未来感的“洞屋”。一层和地下一层可以交谈，适合团队学习和小组讨论。学习空间包括几个限员 10 人的团队工作室、两个可容纳 10 人以上的会议室、两个可容纳 20 人以上的会议室、三个可容纳约 80 人的活动空间以及一个咖啡厅。地下一层还有几个媒体工作室，可以用来制作和输出数字媒体作品。除了上述比较正式的房间或空间，还有一些零碎的学习空间，例如书架间的沙发。

实地考察该馆的感受：阿尔托大学学习中心的空间体量不大，藏书也不多，确实不像常规意义上的图书馆，但空间设计极佳，尤其值得称道的是馆内照明设计，除了充分满足照明需求，在氛围营造、环境优化等方面也贡献颇多。

三、国外高校图书馆学习空间的社交性分析

（一）学习空间的社交性

随着“以学习为中心”设计范式的推广，图书馆界关于“安静或交谈”的讨论愈发热烈，由此引出学习空间的社交性问题。从学习空间的理论来看，互动、协作、团队、共享、灵活、开放等具有社交意味的空间概念已经成为其内涵的一部分，并显现越来越蓬勃的势头。马修斯（Matthews）认为最有意义的学习发生在个体参与社交学习

活动时。[1] 无论团队学习空间还是学习共享空间，均可视作对用户社交学习需求的一种回应。本内特（Scott Bennett）认为图书馆面临的挑战已经从学习与社交之间的竞争转变为对本质上既有学术性又有社交性的行为的管理 [2]，鉴于图书馆不言自明的学术性，社交性无疑成为“管理”的主要着力点。在笔者看来，高校图书馆的学习行为有两种基本模式：一是独立思考、独立学习，二是互相启发、合作学习。二者的根本区别可以归结为前者没有社交性或社交性弱，后者社交性强。学习空间的社交性可以理解为支持社交性学习行为的一系列空间属性的总和，包含空间布局、学习设施、环境设计、使用规则等一系列能够影响学习行为和社交体验的因素。社交性可以作为一个考察图书馆学习空间的基础指标，用它来串联环境、设施、规章、制度等一系列空间设计与管理因素，将所有的图书馆学习空间类别置于同一维度之下进行分析和评价。以社交性为考察维度不仅能划分出“独立”和“社交”两大学习空间阵营，还能进一步明确同一阵营下不同空间的社交性强度（如小组学习空间与交谈空间同为社交学习空间，但后者的社交性可能更强），有利于细化对各类学习空间的分析与评价。

深入调研发现，各高校均有非常丰富的学习空间形态与管理模式：从噪声管理政策来看可以分为“无声”“安静”“低语”“交谈”“不限”五个等级；从空间的开放程度来看可以分为封闭、半封闭、开放三种类型；从占用方式来看可以分为随到随用和预约使用两种模式。这些

---

［1］ Kelly E. Matthews, Tori Andrews, Peter Adams, “Social Learning Spaces and Student Engagement”, *Higher Education Research and Development*, Vol.30, No.2, 2011, pp.105-120.

［2］ Scott Bennet, “First Questions for Designing Higher Education Learning Spaces”, *The Journal of Academic Librarianship*, Vol.33, No.1, 2007, pp.14-26.

都是学习空间社交性的重要影响因素。此外，准入人数、室内设施、环境设计等也会对学习空间的社交性造成影响。基于这些影响因素，笔者将上述高校图书馆学习空间归纳为零社交学习空间、弱社交学习空间、强社交学习空间、学习型社交空间四类。

（二）学习空间的社交性分析

1. 零社交学习空间

零社交学习空间主要有研修间和无声（Silent）学习区。研修间指供单人学习使用的隔间，有些高校也叫研读间，十分安静和私密，是一种没有社交性的学习空间。无声学习区是对声音控制极严的公共学习空间，有些高校也叫绝对安静区，不仅严禁交谈，而且禁止使用带键盘的电子产品（避免键盘敲击声），如笔记本电脑。极为严苛的声音政策杜绝了空间中任何程度的社交学习行为，使其成为一个零社交学习空间。调研发现，只有部分高校设置了无声学习区，例如牛津大学博德利图书馆的哲学阅览室、东京大学综合图书馆主阅览室的无键盘区、多伦多大学格斯坦科学信息中心的无声空间等。

2. 弱社交学习空间

弱社交学习空间主要指安静学习区。安静学习区是“请勿交谈”的公共学习空间，有些高校也会沿用阅览室、自习室等传统名称。与无声学习区不同，安静学习区允许使用键盘设备，而且通常默许短时低声交谈。略有弹性的声音政策让轻微的社交学习行为有了发生的可能，使其成为一个弱社交学习空间。安静学习区几乎是所有图书馆都具备的学习空间类型，而且通常也是占比最大、使用频率最高的学习空间。各式学习桌是安静学习空间的基础设施，学习桌的隔断设计会对所处空间的社交性有微妙的影响。耶鲁大学斯特灵纪念图书馆没有隔断的传统长桌而让用户彻底“暴露”于环境之中；牛津大学博德利图书馆的书桌中央有与视线平齐的挡板，给予用户一定的个人空间；还有一些高校会设置挡板三面环绕、高过头顶的卡座式书桌，几乎能完全“包裹”学生。

3. 强社交学习空间

强社交学习空间包括团队学习区、团队学习室和创客空间等。团队学习区是供多人进行协作学习的公共区域，有些高校也称为非正式学习空间或学习共享空间，用户在此可以充分地交流、互动，具有显著的社交性。团队学习区是所有调研对象都具备的学习空间类型，而且通常也是占比较大、使用频率较高的学习空间。团队学习区主要有两种形式：一种没有任何隔断，例如加州大学伯克利商学图书馆以五座圆桌为“元件”组合成一片完全开放的团队学习区；另一种以学习舱为基础单元，学习舱是不完全遮挡、不完全隔音，可容纳数人共事的半封闭空间，例如帝国理工学院图书馆[1]用一个个学习舱组合成一片营地般的团队学习区，身处其中的学习团队既能享有专属空间，又能感受整体氛围。没有隔断的开放学习区可能仅有基本的学习桌，也可能会配置屏幕、白板等社交学习设施；半封闭的学习舱通常设施齐备。团队学习室是封闭和隔音的独立房间，有些高校也称为研讨间或讨论间。得益于高度的私密性、完备的团队学习设施，团队学习室可以让用户进行高效的讨论与协作，是最受用户欢迎的社交学习空间。团队学习室存在于所有被调研高校，

[1] Imperial College London, Get to know our libraries, http://www.imperial.ac.uk/admin-services/library/newstudents/get-to-know-our-libraries/.

并且数量上普遍多于独立学习的研修间，例如耶鲁大学图书馆有团队学习室15间，哈佛有26间，麻省理工有33间。创客空间是一种让用户聚集，在实践中学习、交流和创新的空间类型，具有很强的社交性。斯坦福大学莱斯洛浦学习中心的“Create: Space”、悉尼大学图书馆的“Think Space”都凭借精良的设计和先进的设施给笔者留下深刻印象。由于国内近年对于创客空间已经有了非常充分的案例研究，故不再展开探讨。

4. 学习型社交空间

学习型社交空间主要有活动空间、休闲空间及新型团队学习空间，是社交性最强的学习空间。活动空间是指用来举行集会和展览的公共场所，有些高校也称为开放空间，多数活动空间其实是一块“交通”便利的开阔区域，根据需要临时举行学术集会和展览。由于此类空间侧重于学术社交，已非一般意义上的学习空间，故称之为学习型社交空间。在被调研高校中，新建馆舍，如阿伯丁大学图书馆[1]，基本都有活动空间；而传统馆舍，如牛津大学博德利图书馆，则大多没有。休闲空间主要分为公共空间里的软座区、以咖啡厅为代表的餐饮区、专门的休闲区/室三类，是典型的学习型社交空间。笔者调研的所有高校图书馆都设有休闲空间：多数图书馆会在大堂或是窗边布置一个软座区，用户可以在此放松地阅读或交谈；爱丁堡大学主图书馆的咖啡厅名为“咖啡厅学习空间”，是“在编”的学习空间；阿尔托大学学习中心[2]的洞屋是专门的休闲区，环境酷炫，用户可以缩在墙洞里、窝在吊椅上阅读、聊天。

[1] University of Aberdeen, Rooms and Spaces, https://www.abdn.ac.uk/library/using-libraries/rooms-and spaces-62.php.

[2] Aalto University, Learning Centre, https://learningcentre.aalto.fi/en/category/spaces-and-facilities/.

新型团队学习空间指以南洋理工大学“李伟南图书馆空间”和东京大学“图书馆广场”为代表的空间类型，主要由活动区、团队学习区混合而成，是社交性极强的学习型社交空间。南洋理工大学“李伟南图书馆空间”被定义为“学习与协作空间”。[1]活动区与团队学习区的混合是该空间的灵魂，活动区集会或展览所带来的信息量和人流量使此处的团队学习区与普通团队学习区产生了很大的不同。普通团队学习区的模式一般是既定团队围绕既定主题展开协作，而“李伟南图书馆空间”的用户有更多机会获取新知识、结识新伙伴，尤其是那些来自其他学科的知识与伙伴。“李伟南图书馆空间”可以被整体视作一个社交性更强的新型团队学习空间。无独有偶，东京大学“图书馆广场”也是一个类似的团队学习空间，《新图书馆计划》描述道：在没有分割的圆形空间中，各种人聚集在一起，你可能会不经意看到别人的活动，听到别人的交谈，是一座刺激的“圆形知识广场”。[2]实际上，上述两个空间已经涉及学习共享空间之后的“共享空间概念的第三次迭代”——弱化了场地的形态限制和用户的人际边界。有意思的是，南洋理工大学和东京大学也恰好是为数不多的直接在图书馆空间分类名称中使用“学习共享空间”一词来表征传统团队学习区的高校。

（三）图书馆社交性分析

不仅特定学习空间具有某种程度的社交性，学习空间作为一个整体也可以进行社交性评价。考察各校图书馆强 / 弱社交学习空间的比例，

[1] Nanyang Technological University, Lee Wee Nam Library Spaces, https://blogs.ntu.edu.sg/lib-lwnlspace/.

[2] Takuya Abe, The University of Tokyo Library System Bulletin, Supplement Tokyo: Koichi Onari,2016: 6-7 ,https://www.lib.u-tokyo.ac.jp/html/newlib-archives/ja/about/.

可将其整体社交性划分为“极弱”“弱”“中度”“强”四个等级。“极弱”即弱社交空间占有绝对优势。不算咖啡厅，牛津大学博德利图书馆的老馆和拉德克里夫楼全部是安静学习区；除一间茶室、一间会议室外，剑桥大学图书馆全部为安静学习区。因此，牛津和剑桥总馆的社交性整体上是极弱的。“弱”即弱社交学习空间的占比显著大于强社交学习空间。爱丁堡大学主图书馆三至六层全部为安静学习区，二层与地下一层为混合空间，一层为团队学习区，独立学习空间是社交学习空间的近三倍，因此整体上是一个弱社交学习空间。“中度”是指强/弱社交空间的比例大体相当。哈佛大学图书馆将学习空间分为“交谈”“低语”“安静”三类，在总共97处空间中，“交谈”51处、“低语”23处、“安静”23处。依据前文研究将 “低语”与“安静”合并计数，哈佛大学图书馆的学习空间在整体上具有中度社交性。“强”是指强社交空间的占比显著大于弱社交空间。阿尔托大学学习中心总计三层，其中地下一层与一层分别是休闲空间与团队学习区，二层为安静学习区，整栋馆舍是一个典型的强社交学习空间。代尔夫特理工大学图书馆在社交性管理方面值得关注。常规时段，该馆有安静学习座位371个，团队学习座位超过700个，是一个显而易见的强社交学习空间；一旦进入考试周期，该馆会将所有开放空间中的团队学习区改为安静学习区，安静学习座位增至1000个左右，整体社交性由强转弱。

（四）基于设计思维的案例启示

1. 平衡发展具有不同社交性的学习空间

从调研来看，虽然高校图书馆非常重视社交学习空间建设，各种社交学习空间“遍地开花”，但零社交性、弱社交性的各种独立学习空间其实也在扩容，不同社交性的学习空间整体呈现平衡发展态势。牛津大学博德利图书馆将“学习空间数量增加 4%”作为重要成果写入了 2017—2018 年的年报[1]，此处的“学习空间”是弱社交性的独立学习空间。两大类空间的平衡发展还体现在它们的和谐共处上：在空间有限的情况下，图书馆会修建玻璃墙等隔音设施来减少干扰，很多图书馆都有类似举措；在空间相对充裕时，通常用分层划区的方式来隔离两大类空间，例如阿尔托大学学习中心采用的“低层闹、高层静”的规划方案；更有大学为社交学习空间修建了专门的馆舍——东京大学的学习型社交空间“图书馆广场”建于综合图书馆广场的地下区域，独立于全部是弱社交学习空间的综合馆，实现了彻底的“闹静分离”。平衡发展不是平均发展，而是不盲目跟风，合理、务实地设计发展模式。

2. 提供多样化的学习空间

调研对象在不同社交性的学习空间之下都有丰富的具体实践。哥本哈根大学图书馆的硕士论文席、阿伯丁大学图书馆的研究室都是零社交学习空间之下的设计探索，对应不同情境的独立学习需求。爱丁堡大学图书馆的咖啡学习空间、特拉维夫大学图书馆的“豆袋室”[2]都是学习型社交空间下的具体实践，可以满足不同目的的社交学习需求。一些高校图书馆会从用户需求出发设置一些特殊的学习空间。例如多伦多大学罗巴茨图书馆的家庭学习空间[3]，同时配备电脑、工作台、白板等学习

[1] Bodleian Lbraries, Year in review 2017-2018, https://www.bodleian.ox.ac.uk/__data/assets/pdf_ file/0007/261646/YrinReview_17-18_0719_ONLINE.pdf.

[2] Tel Aviv University, Libraries, https:// en-libraries.tau.ac.il/libraries.

[3] University of Toronto Libraries, Family Study Space at Robarts, https://onesearch.library.utoronto.ca/ family-study-space-robarts.

设施，以及玩具、游戏桌、小黑板等儿童设施，满足了家长兼顾（团队）学习和（结伴）育儿的需求。更多的特殊学习空间源自用户在专业学习和技能训练上的需求，例如慕尼黑工业大学图书馆[1]设置了演讲人角，配有摄像头、麦克风、扬声器、聚光灯、触摸屏和实物投影仪，用户能够练习使用设备，并通过录像了解自己的演讲效果。总体来说，社交学习空间的细分类型更为丰富。

3. 注重细节与空间服务

调研中发现了很多令人印象深刻的空间与服务细节，虽然它们不足以影响全局，但无疑能在很大程度上提升用户的独立或社交学习体验。在独立学习空间里，常常可以看到一些辅助用户查阅文献、方便用户持续学习的服务。例如爱丁堡大学图书馆提供海绵书托和包布钢链，前者用于支撑书本，后者用来固定书页，是浏览大部头典籍的绝佳辅助工具；再如帝国理工学院图书馆推出的“休息卡”，用户可用填好离开时间的卡片临时占座、离开休息，为用户的持续学习提供便利。在社交学习空间里，不时能够发现一些帮助大家放松、增强团队凝聚力的设计。例如代尔夫特理工大学图书馆在大厅一角摆放了多台按摩椅，用户可以在休息、放松中互动、交流；再如南洋理工大学“李伟南图书馆空间”用著名科幻作家姓名、角色名和地名来命名学习区域，除了激发学生对科学探索的兴趣，还能让学生因某一科幻 IP 产生更强的团队归属感。诸如此类的空间与服务细节不胜枚举，充分体现了图书馆对用户的重视和关怀。

---

［1］University Library Technical University Munch, Study Areas & Facilities, https://www.ub.tum.de/en/facilities.

4. 从实际情况出发设置社交性

为了更好地认清国内外高校图书馆在学习空间社交性方面的差异，更好地吸取国外案例经验，课题组还对包括清华大学在内的十余所国内高校图书馆进行了学习空间考察。调研过程中，清华大学人文社科图书馆一位副馆长提出："静"是图书馆最宝贵的资源（之一）……为了追求"静"，清华大学图书馆不仅规划了大面积的安静学习区，还设置了远超国外高校的 57 间独立学习室（研读间）。[1] 清华大学也积极顺应教育模式、学习范式的变革，用各种社交学习空间为用户提供更多元化的服务，但对于"静"的追求和践行仍体现于整体和细节的方方面面。

就整体而言，清华大学图书馆无疑是一个弱社交学习空间，其他国内高校，如北京大学、复旦大学、中山大学、北京邮电大学、深圳大学、首都医科大学等也大抵如此。可以说，独立学习空间仍是中国高校图书馆学习空间的主流，这不仅仅是发展水平的问题，也是学习习惯和"学习性格"的问题。社交学习空间的学术价值毋庸置疑，学习空间的社交性也是一个值得高校图书馆思考和探索的问题。综合国内外调研，笔者提出以下有关学习空间社交性问题的建议：第一，在空间紧张时应该全力发展独立学习空间，满足用户的独立学习需求；第二，在空间基本充足的情况下细化独立学习空间，满足用户不同情境的独立学习需求，设置社交学习空间；第三，在空间充足的情况下细化社交学习空间，并尝试强化社交学习空间的社交性，发展学习型社交空间；第四，注重通过细节来强化独立 / 社交学习空间的特质；第五，必须保证社交学习空间不侵扰独立学习空间。

---

[1] 清华大学图书馆，关于研读间，研讨间预约系统，2020 年 1 月 10 日。http://www.lib.tsinghua.edu.cn/service/booking.html.

第四章

高校图书馆设计创新实践

近年来，笔者团队开展了多项高校图书馆设计创新实践活动，既有应用设计，也有服务设计，还有空间设计。本章将从每个项目伊始存在的问题、团队的解决方案以及整个实践过程中对于设计思维的运用情况三方面来进行介绍。首先解释驱动项目的设计问题；再以用户体验五层级为切入点，从用户需求、产品特色、功能模块、页面布局及视觉设计五个方面展开阐述；最后参考 IDEO《图书馆中的设计思维》一书中所提到的“准备”“启发”“构思”“迭代”来呈现设计思维在实践过程中所扮演的角色及发挥的作用。

第一节　高校图书馆 App 概念设计

一、现有问题

移动网络时代下，高校图书馆用户对于移动信息服务的需求日益增长。目前，高校图书馆移动服务普遍存在服务方式雷同、特色匮乏、服务体验不佳等问题，未能深度挖掘高校用户的特征与需求。因此，高校图书馆应着力提高个性化服务能力，以达到优化高校图书馆服务质量、提高用户满意度的目的。

二、解决方案

笔者团队[1]通过对目标用户群体进行深入研究，总结用户特征和需求，运用设计思维创立了一款高校图书馆服务 App。该 App 能够更好地适应当前用户的行为习惯与信息需求，提升高校移动图书馆的服务体验。参考用户体验五层模型，将产品的用户体验层次归纳如下：

[1] 主要设计者为蔡佳雯。

（一）用户需求

产品目标用户为高校学生，通过文献分析、用户访谈等调研方法将目标用户需求分为三大类：信息需求、服务需求和个性化需求。

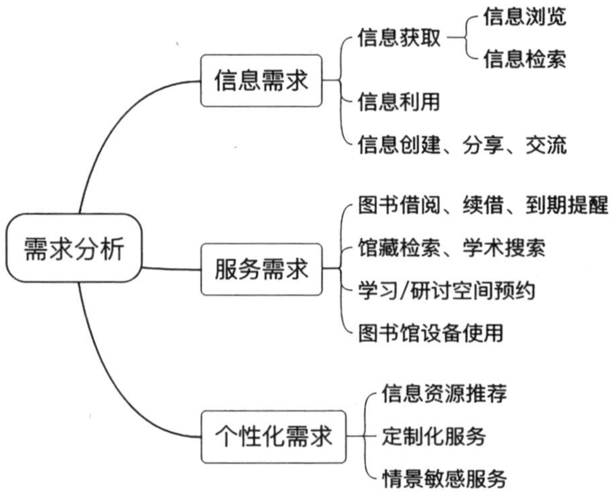

图 4-1 高校图书馆用户需求分类

（二）产品功能

产品定位为辅助高校学生学习、生活的新式移动图书馆服务平台。此平台不仅整合了基础的移动信息服务，还融入了适用于疫情的延伸服务、情景化智能服务等创新功能，使服务内容更贴合当下高校用户的图书馆信息和服务需求，为用户提供更优质、有趣的移动图书馆体验。

（三）信息架构

如下图所示，主要由“资源”“自习室”“学习圈”“服务”“我的”五个功能模块构成。

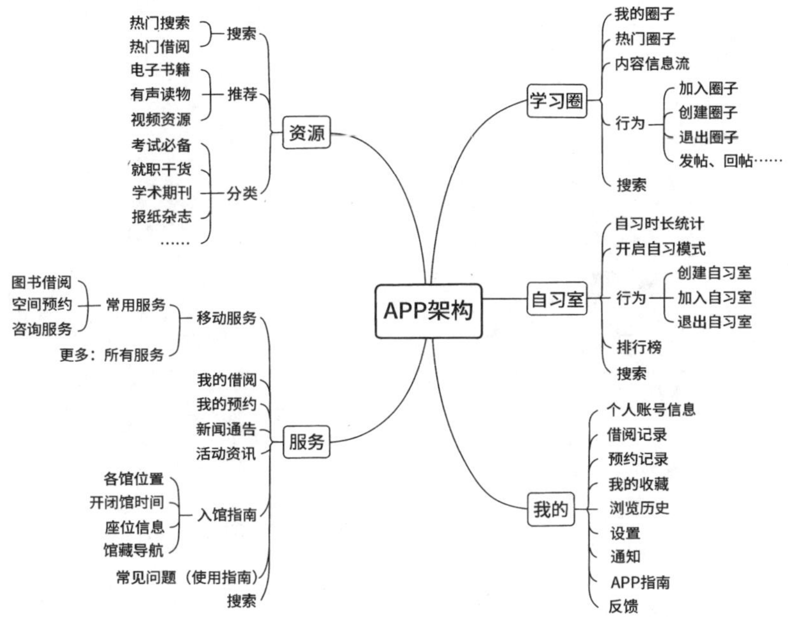

图 4-2 信息架构

1. 资源模块

资源模块包含丰富多样的信息资源，有个性化推荐的信息流以及多个不同分区的信息流，内容载体包括图文、电子书、视频等。资源中的“以书会友”模块类似 QQ“漂流瓶”的模式，用户可随机向其他用户推荐自己喜欢的书籍，也可接受他人的推荐，是一种以书籍为纽带的轻社交方式。

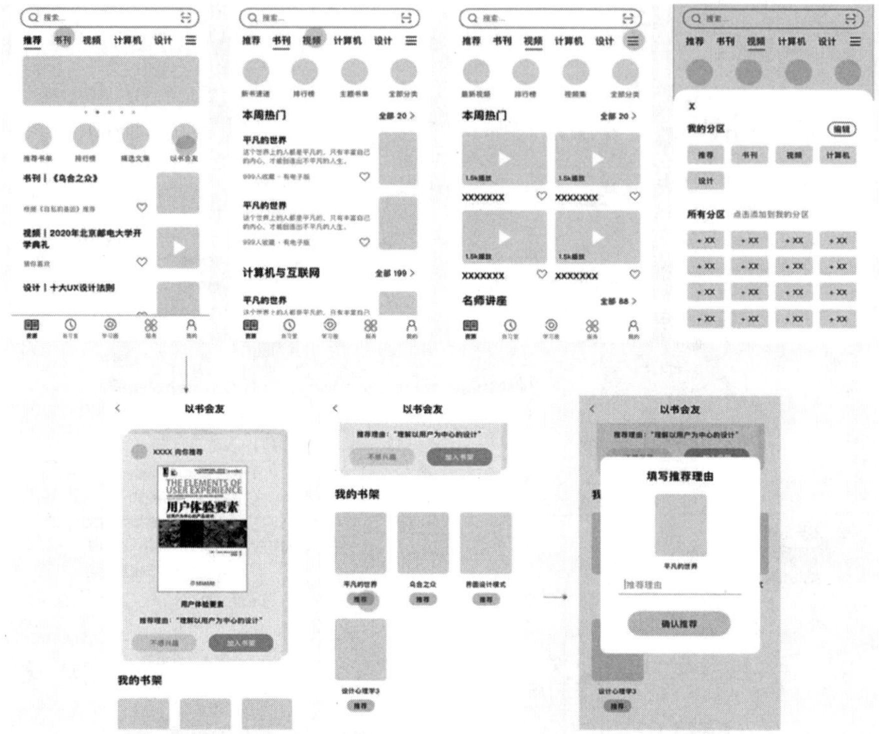

图 4-3 资源模块＋以书会友原型图

2. 自习室模块

线上自习室把传统自习室的概念迁移到线上，主要目的是帮助用户进行专注学习、自我提升。在专注自习时间内，用户不能离开专注页面，否则视为失败。该模块既继承了线下自习室多人在同一空间里自习、相互促进的特征，也加入了线上的特色元素，设置了累计自习时长、积分排行榜等功能。

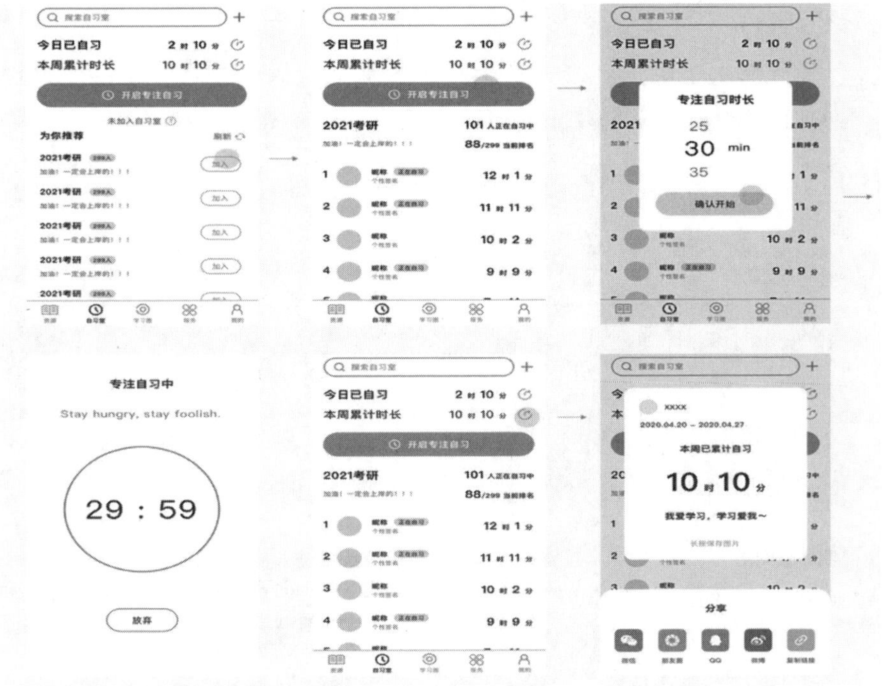

图 4-4 自习室模块原型图

3. 学习圈模块

学习圈模块是围绕某个主题的互动社区，用户可以加入自己感兴趣的圈子，浏览、回复或发布帖子，与圈内的用户进行沟通交流。

图 4-5 学习圈模块原型图

4. 服务模块

服务模块是对于高校图书馆基础服务与资讯的整合，包括图书借阅、空间预约等与线下结合的、模式已经较为成熟的服务，也包括咨询服务、新闻公告、活动资讯等纯线上服务或信息。

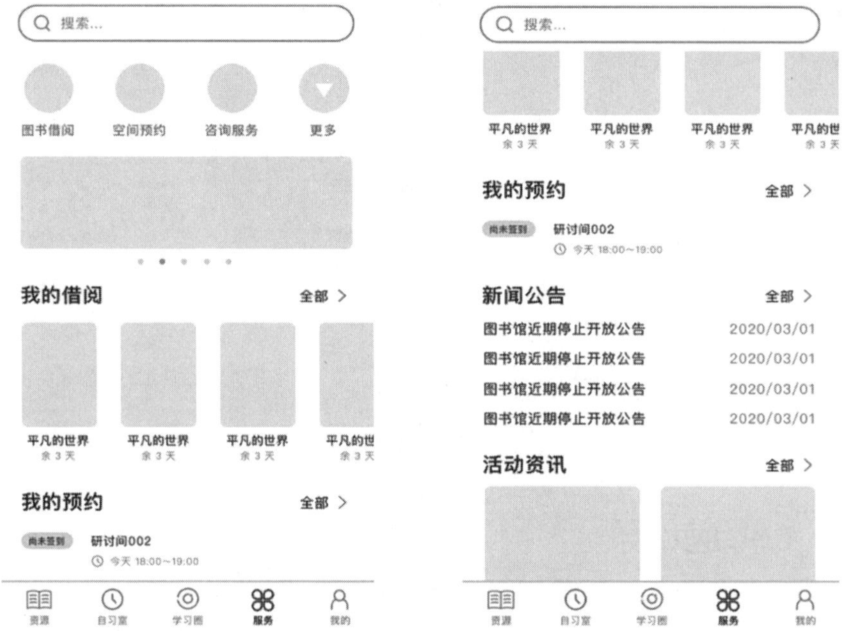

图 4-6 服务模块原型图

5. “我的”模块

高校用户可以绑定个人信息，选择学校、院系、专业等，便于平台结合相关信息在资源或学习圈里做个性化推荐，提供更为精准的图书馆服务。情境智能服务中的“情境”包含时间和空间两个维度。时间上，有图书借阅临期提醒、空间预约到时提醒等服务；空间上，主要利用定位技术来提供特定的服务，如显示周边馆藏信息、相关功能导航等。

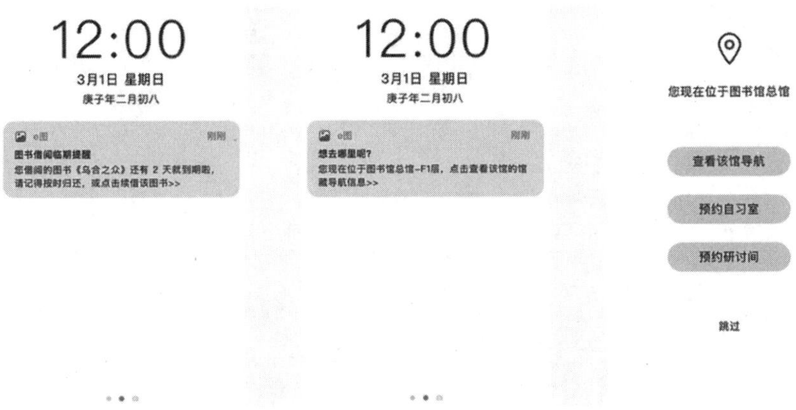

图 4-7　情境智能服务模块原型图

（四）界面布局

图 4-8 是页面展示，整体界面采用了列表式排版，使视觉流从上至下，引导用户阅读信息，并沿着明确方向进行相应的交互操作。界面主要使用左文右图和上图下文的布局方式，前者凸显文字，用于新闻动态的展示，后者强调图片，用于书籍信息的展示。此外，产品在资源页采用了顶部导航栏，这种导航栏的标签没有上限，有着非常好的拓展性，可以根据需要增减标签数量。

（五）视觉设计

界面采用了极简设计风格，由于页面提供内容较多，此设计风格可以减少无用信息的干扰，让用户快速聚焦到内容本身。页面整体采用了低饱和度的色彩，以缓解视觉疲劳，同时加入以黄色为主的高饱和度色彩进行调和，一方面达到视觉平衡的效果，另一方面通过色彩层次的变化来突出重要信息、明确版块划分。

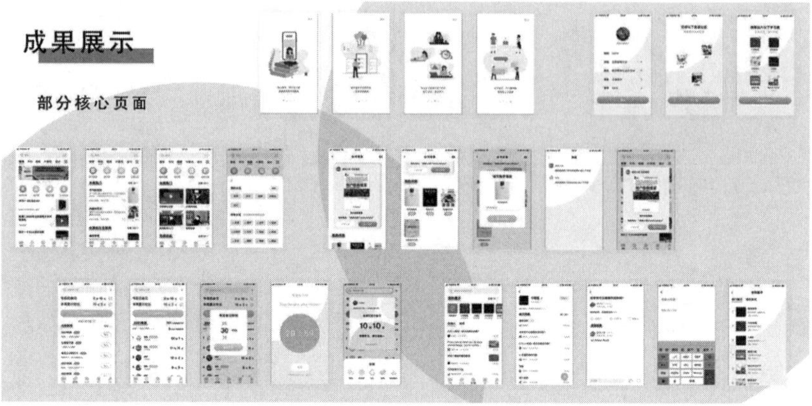

图 4-8 部分核心页面展示

三、设计思维过程

下面将基于 IDEO 的设计思维模型对该产品的思维过程进行归纳和总结。

（一）准备

项目前期，主要基于文献对高校图书馆移动服务的发展现状与服务趋势展开调查，明确高校图书馆服务将朝着多元化、个性化、智能化的方向发展。在移动网络时代的大背景下，满足高校用户需求、提供积极情感体验的图书馆服务 App 不仅能改善高校用户的学习与信息生活，也对高校图书馆服务的延伸与迭代具有重要意义。

（二）启发

为了更深入地了解用户行为及需求特征，团队运用了文献研究、用户访谈等研究方法，确定高校图书馆移动服务的目标用户，并对用户特征及需求进行分析。

1. 用户特征

高校图书馆最大的用户群体是高校学生。学生群体在图书馆的信息需求上呈现多样化、动态化的特点；在信息查找上，趋向碎片化、实时性和突发性；在信息获取和输出行为上，趋于表面化、片段化、注重时效性。因此，在总结用户需求时要充分考虑用户在不同情境和任务下的行为特征。

2. 用户需求

为了进一步了解实际用户的需求，选取了部分高校学生进行深入访谈，将其需求概括为信息需求、服务需求和个性化需求三类，并基于三类需求总结现有痛点和理想状态。

表 4-1　目标用户现有痛点及理想状态总结

	现有痛点	理想状态
信息需求	信息分类较混乱、种类较少； 感兴趣的信息不多、信息不够新颖； 有效电子资源少	能快速找到想要的信息； 信息资源丰富、时效性强； 有个性化的信息推荐
服务需求	体验不佳，如忘记预约时间、忽视提醒； 使用服务步骤较烦琐； 线上服务的种类较少、品质较低	贴心的服务； 流畅的体验； 丰富服务形式
个性化需求	基本没有个性化服务； 情感体验较差	有个性化、智能化的服务； 适当给予情感价值

（三）构思

1. 功能构思

基于前期调研，将产品定位为辅助当代高校学生学习、生活的新式移动服务平台；将产品的突破点即设计重点总结为移动信息需求、自我提升、社交互动、情境潜在需求；从产品定位出发，针对每个设计重点提出解决方案，分别为“资源整合页面”“线上自习室”“学习圈”“情境智能服务”。最后结合竞品分析与调研结果，将所有方案归纳为四个功能模块，利用头脑风暴得出功能细分。

表 4–2 产品功能细分

基础功能	高校特色功能	疫情延伸功能	个性化功能
信息资讯 图书借阅 馆藏查询 空间预约 期刊论文查阅 搜索	新生指南 学科资源 名师讲座 咨询服务 线上阅读体系	在线自习室 学习互动社区 积分排行榜	个性化推送 情境智能服务 定制化服务

2. 基于 KANO 模型的功能划分

基础功能模块是目前高校图书馆移动产品的必备功能，满足用户的必备型、无差异型需求；高校特色功能是参考高校用户特征和需求、依据高校特色信息资源而设的功能，主要针对移动信息需求，满足用户的期望型和兴奋型需求；延伸功能的出发点是大家的信息需求和行为习惯因疫情影响发生了变化，而且这种影响可能较为深远和持续，主要针对用户的社交互动需求、自我提升需求，满足用户的必备型、期望型需求或兴奋型需求。个性化功能包含个性化、智能化的服务，主要针对高校用户在图书馆各类情境中的潜在需求出发，满足用户的期望型和兴奋型需求。高校特色、疫情延伸、个性化三个功能模块属于能够满足期望型、兴奋型需求的功能，考虑到目前已有的高校移动图书馆服务在期望型、兴奋型需求方面仍有所欠缺，所以应以此作为重要切入点来设计创新、优质的服务体验。

（四）迭代

整体方案迭代：在进行详细信息架构规划之前，考察、评估 App 的整体方案。所有的整体方案都会包含前述全部功能点，但在架构上会有不同的侧重，应逐一分析后再择优进行详细的信息规划设计。

表 4–3 整体方案迭代

	侧重内容点	页　面
方案一	信息资源	首页、服务中心、我的
方案二	线上服务与互动	首页、学习圈、我的
方案三	线上阅读与学习	首页、资源、收藏、我的
方案四	平衡方案二、三，强调“线上”	首页、学习圈、资源、我的
方案五	专业性学术检索	首页、搜索、资源、我的
方案六	线上内容和服务，提高“资源”的优先级	资源、学习圈、服务、我的

考虑到前述的产品定位以及设计重点，首先留下更加强调线上内容和服务、互动学习社区的方案四和方案六；进一步考虑移动信

息需求的重要性，选定“资源”页优先级更高的方案六作为基础架构方案。考虑到功能细分中的在线自习室相较于传动移动图书馆产品而言是一个较新的功能点，所以把“自习室”也作为 App 主架构的一级导航。

（五）可用性测试

在完成初步原型设计之后，为了解用户在使用过程中的问题与感受，邀请四名高校图书馆用户进行了可用性测试。从测试结果来看，产品基本交互流程没有问题，但由于新功能模块缺少引导，部分用户会在初次使用时产生疑惑，影响整个体验链条。为解决上述问题，添加了初始推荐资源分区和学习圈。

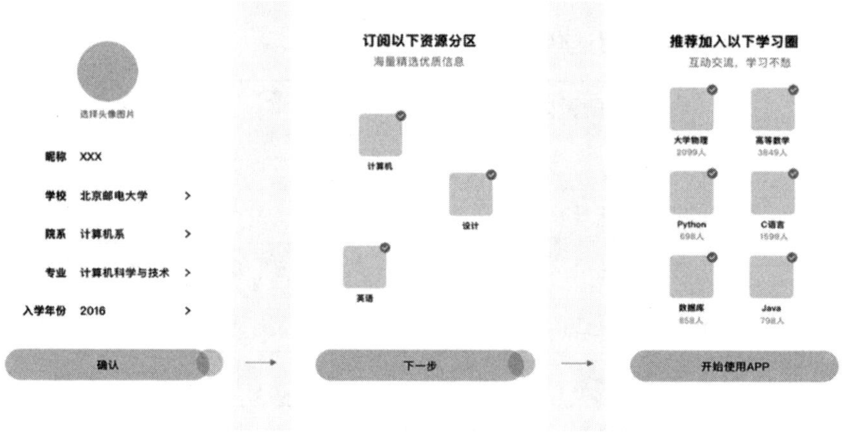

图 4-9 添加初始推荐资源分区和学习圈

第二节　读书养成 App 设计

一、现有问题

随着信息技术的高速发展，高校图书馆正处于以互联、高效、便利为主要特征的智慧图书馆形态，移动阅读、电子阅读已经成为大学生日常生活的一部分。当代大学生的阅读行为正变得越来越快餐化、跳跃式，追求短暂的阅读快感和心理愉悦的“浅阅读”变得越来越普遍，这对大学生的深度阅读和知识获取构成了挑战。如何培养大学生爱读书、深读书的习惯，使大学生的阅读行为更为稳定和持续，成为当下高校图书馆阅读推广服务中面临的重要问题。

二、解决方案

针对以上问题，笔者团队[1]以北京邮电大学（以下简称北邮）图书馆用户为研究对象，运用设计思维产出了一款以养成概念为基础的App，旨在通过虚拟宠物养成的趣味性和成就感来激励用户进行深度阅读，以下通过用户体验的五个层级要素对 App 进行介绍。

（一）用户需求

团队通过用户访谈、问卷调查、行为观察等调研方法，总结出图书馆移动服务的用户需求并进行分类：

---

[1] 主要设计者为冯宇婷。

表 4-4 校图书馆移动服务用户需求总结

需求类别	需求内容
读书激励机制	通过激励措施弥补用户自身阅读动力不足、阅读深度不够的问题
个性化推荐	根据课程体系推荐相关辅助书籍；根据用户阅读数据推荐相关书籍
书籍相关信息	书籍信息用户筛选成本大，需要丰富相关信息帮助用户决策
阅读社交化	增强读者与读者之间的互动与联系；建立线上社区、同爱好读者交流平台；借助名人效应、领袖意见帮助用户建立书籍评价体系
基础功能	增加网课等资源形式；优化移动图书馆 App 交互设计，优化用户操作体验

（二）产品特色

团队将产品目标用户确定为认同深度阅读的重要性且本身有阅读需求但缺乏良好阅读习惯的大学生，产品的主要特色是以养成概念为基础，通过阅读社交、阅读奖励及深度阅读氛围营造等机制激励大学生的深度阅读行为，培养大学生的深度阅读习惯。

（三）功能模块

App的信息架构如图4-10所示，由养成系统、阅历系统、标签系统、社交系统、推荐系统五大相关的功能模块组成。

1. 养成系统

用户自注册产品起即获得一只虚拟宠物，宠物有信仰、形象思维、逻辑思维、行动力、幸福感五种基本属性，对应着图书的五种分类；每

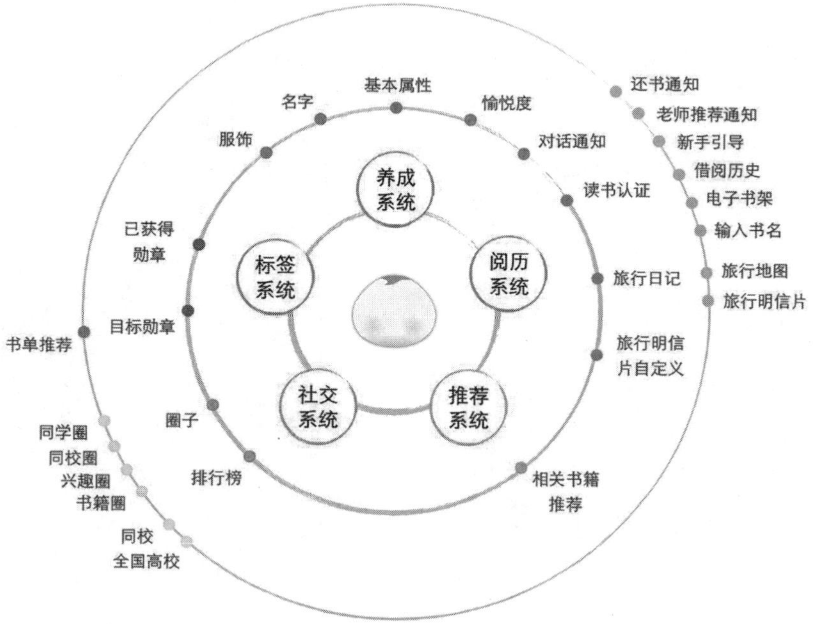

图 4-10 信息架构

一类属性分为六个等级，当用户阅读完某类书籍后，对应属性的等级会提高（象征宠物的成长），并且会将阅读记录有形地在属性树上进行展示（如图 4-11）。此外，用户还能通过阅读书籍来增加宠物的愉悦度、更换服饰数量等。

2. 阅历系统

用户可在读书养成主页下认证书籍——答对五道与该书籍内容相关的题目就能通过认证，并成功解锁该书籍对应的旅行日记场景（如图 4-12）。此外，用户还可以自己制作匹配的旅行明信片（如图 4-13）。阅历系统通过答题解锁旅行地图的方式帮助用户理解书籍的深刻内涵，营造阅读氛围，打造阅读仪式感。

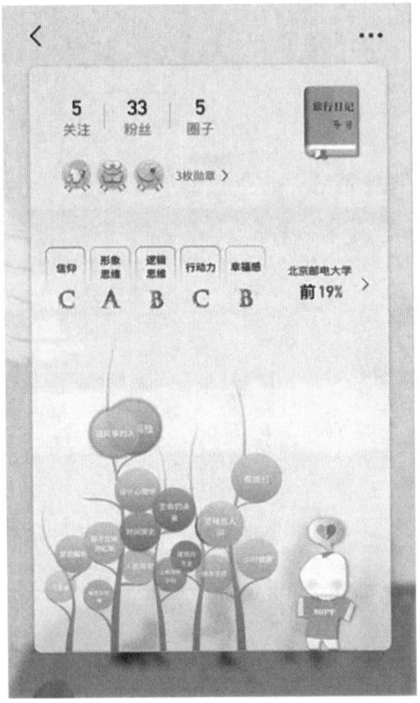

图 4-11 主页

图 4-12 旅行日记场景

图 4-13 旅行明信片

3. 标签系统

为书籍赋予一个或多个勋章属性，当用户认证书籍的数量积累至五本，即可获得此勋章。如计算机类书籍的勋章属性为“技术大牛”。

4. 社交系统

用户不仅能相互关注和私信其他人，在各种圈子发布书评、帖子等，还能通过参与各种类型的排行榜来增加阅读的社交性和成就感。

图 4-14　勋章页

图 4-15　圈子页

图 4-16　排行榜页

（四）界面布局

页面流程图的界面主要采用了上下分割式排版以及常见的标签式导航模式。主页的个人信息与成就达成采用上下排版，用户可拖动属性树上多本书籍进行元素合并，也可点击宠物选择服饰更换。灵活的交互设计增强了用户的操纵感，提升了使用体验。勋章、圈子、排行页都采用列表式布局，内容从上向下排列，前后布局层次展示清晰明了，浏览体验自然、流畅。

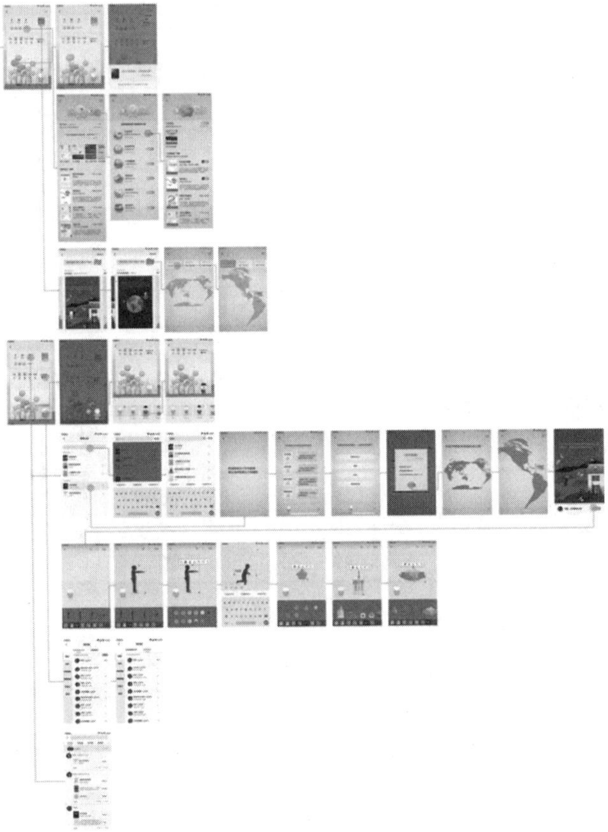

图 4-17 页面流程图

（五）视觉设计

App 界面采用扁平化设计风格，没有过多的装饰效果，用户能免受无关元素的干扰，准确接收信息。整体背景使用纸质感的米白色，宠物采用纸片人的平面形象和纸质纹理，呼应阅读主题，营造读书氛围。图标使用同系列低饱和度色彩，使界面看起来既统一和谐，又富有活力。

三、思维过程

（一）准备

以高校图书馆服务为研究对象，通过文献研究总结国内外高校图书馆服务的现状及发展趋势。智能化是当前高校图书馆服务的趋势之一，多用于自助借还、自动分拣与移动服务等。随后，进一步确定研究范围为高校图书馆借阅服务、移动服务。

（二）启发

为了更好地理解学生对于高校图书馆的需求及在使用过程中所遇到的问题，对北邮学生及教职工进行了用户访谈和问卷调查，对调研结果进行分析，总结了以下几个主要问题：

第一，图书馆移动服务对于学生的吸引力较差。

第二，借阅流程复杂、还书困难。

第三，由学生自我驱动力引发的阅读动机不够强。

图 4-18 工作坊现场图

第四，书籍信息筛选成本高。

基于前述调研结果及院校特点，选定图书馆移动服务而非图书馆借阅服务为研究方向，开展了以“我们应如何使高校移动服务发挥更大价值”为主题的工作坊活动。

（三）构思阶段

1. 头脑风暴

为了获得尽可能多的想法，来自不同学科背景的多名参与者围绕工作坊主题进行了头脑风暴。具体形式为参与者每人在便利贴上写或画出自己的所有想法，贴在墙上向大家阐述。一轮阐述结束后，总共获得想法 70 多个，将这些想法进行聚类，最后归结以下八个大类：“移动图书馆 App 基础功能完善”“读书激励机制”“个性化推荐”“丰富书籍相关信息”“书籍差异化聚合”“服务功能拓展”“服务内容拓展”“社交”。

2. 建立概念图

针对以上八个类别的想法进行集体投票，“书籍差异化聚合”“社交”得票最高，随后将参与人员分成两个小组分别对这两个方向进行深入设计，采用的方法是建立概念图，步骤如下：首先由小组成员展开讨论得出概念，将概念写在白纸顶部并拟定一个标题；再描述理想用户、建立用户画像，包括用户的行为态度和个人特征；进而拆解用户体验，描绘整个历程或者一系列场景。

通过建立概念图得到两个初步方案：“书籍的思维导图”和“图书森林”。“书籍的思维导图”是丰富书籍相关信息，以提供帮助用户进行决策的依据；“图书森林”是根据用户读书数据生成对应标签，并将读过同本书的用户组成一个阵营，激励用户读书和分享。

3. 竞品分析和用户定义

为了进一步深化以上方案，笔者团队对读书激励竞品展开分析，发现三个相关特点：第一，以阅读养成计划推广高校图书馆阅读活动，吸引粉丝；第二，用读书社交榜单唤起用户竞争意识，激励用户读书；第三，通过打卡认证使用户获得阅读成就感，培养用户阅读习惯。通过调研，笔者团队将核心目标用户定义为认同深度阅读的重要性，本身有阅读需求，但缺乏深度阅读良好习惯的大学生，并将使用场景定义在移动图书馆 App 上，通过读书历程记录、与他人互动等行为获得深度阅读成就感、仪式感与参与感。

（四）迭代

1. 产品迭代

基于竞品分析和用户定义，将上述初步方案迭代为“读书与旅行”“用户动态标签系统” 两个概念设计方案。前者赋予每一本书地理及时间坐标，以引导学生深入理解书的精神内核，后者通过“文艺青年”“技术大牛”等读书标签增强移动阅读的社交性。最后，结合前两个概念的优秀之处，增加养成概念，迭代为高校图书馆移动服务读书养成计划。

2. 视觉迭代

在宠物形象的设计上，最初运用渐变色塑造了微立体形态，该方案虽然符合现代审美习惯，但动作的可拓展性与象征性较差。迭代形象采用纸片人的平面形象，添加纸质纹理，使宠物形象更加符合主题，动作的可拓展性更强。

图 4-19 宠物形象迭代

（五）用户测试

在完成 App 功能、交互、视觉设计之后，团队制作原型进行用户测试。测试反馈：首页宠物基本属性与下方的属性树的树枝一一对应的关系不明确。随后据此进行页面迭代，如下图所示。

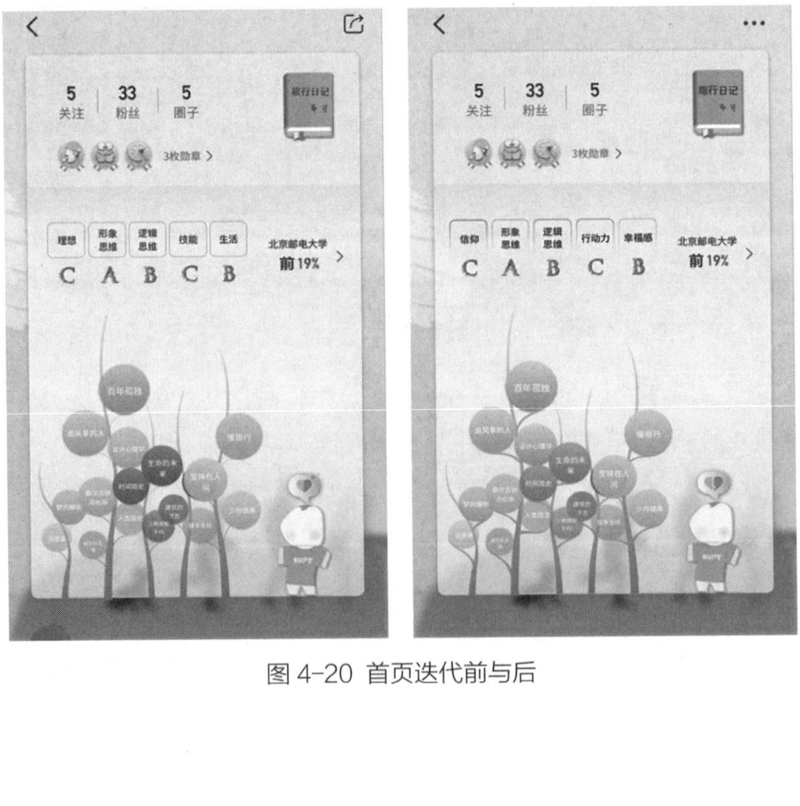

图 4-20 首页迭代前与后

第三节　馆际互借服务设计

一、现有问题

我国高校的馆藏资源服务作为助力高校教学科研发展的关键要素，有很大的优化空间。BALIS 馆际互借是北京地区高等教育文献保障系统提供的一项免费服务，旨在整合北京高校丰富的馆藏资源，拓广高校师生资源获取渠道。然而近几年的数据显示，BALIS 馆际互借服务业务量呈明显下降趋势，服务成效不甚理想。BALIS 馆际中心有必要通过创新升级服务，使馆际互借的价值得到更好的体现。

二、解决方案

现有数据显示，影响 BALIS 馆际互借服务业务量的主要原因是服务模式的单一化，以及宣传和普及力度不够。为了优化 BALIS 馆际互借的用户体验，增强用户活跃度，使业务量数据趋于理想，笔者团队[1]运用设计思维产出了一款 BALIS 馆际互借 App，以一种有趣的服务形式满足高校师生用户高效、便捷获取图书馆信息资源的需求，以下是对 BALIS 馆际互借 App 的介绍。

[1] 主要设计者为谢建利。

（一）用户需求

产品的目标用户是互联网产品使用经验丰富的高校学生和教师群体，每当在本校图书馆无法获取目标资源时，就在BALIS馆际互借线上平台查询、申请目标资源，此时他们希望不仅能高效便捷地获得高校图书馆资源，同时还能享受有趣、安全、可靠的服务。

（二）产品特色

产品将现有馆际互借服务迁移到移动端，实现了用户对于便捷移动化服务的需求。除了优化馆际互借服务之外，还设计了三项增值子系统，从增加个性化推荐、加强用户社交分享、建立用户与成员馆的交流渠道三个方面来使高校师生体验到高效、专业、有趣的BALIS馆际互借服务。

（三）功能模块

App的信息架构，除了为优化馆际互借主流程而增加的“借还提醒”和“成员馆影响力榜单”功能等外，前文所提到的三个子系统对应的具体功能模块分别为“涨知识”“会书友”“生活馆”。

馆际互借主页：用户在BALIS主页搜索框里输入资源名，显示所有成员馆的该资源馆藏情况，在确认申请借阅之后可更换配送方式，除了免费物流配送的默认选择外，用户还能通过自取功能高效快速地获取资源。此外，首页还提供了“我是骑手”志愿者活动入口，该活动不仅能节省馆际互借中心物流开支，还能增强师生用户对其他成员馆的了解。

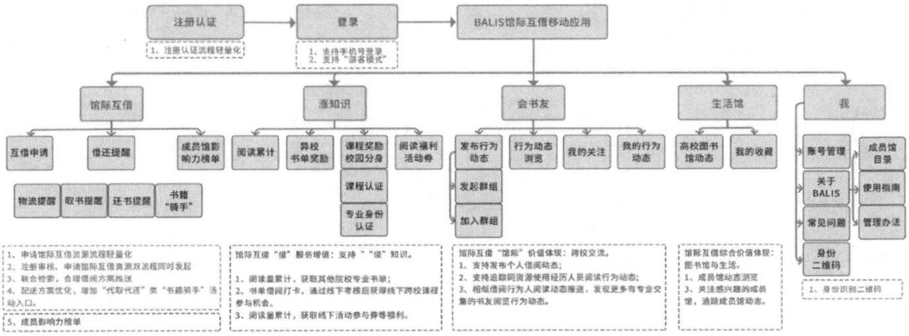

图 4-21 信息架构

图 4-22 BALIS 馆际互借流程页面

1. 涨知识

在“涨知识”模块中，系统不仅能生成用户书单，还支持获取异校用户书单。完成异校书单中书籍的借阅打卡操作，就可以参加由成员馆组织的笔试 / 面试，通过后即获得线下异校课程参与机会，即完成基于借阅行为的“涨知识”。该服务增值系统在满足求知需求的前提下，有效地延展了馆际互借服务价值。

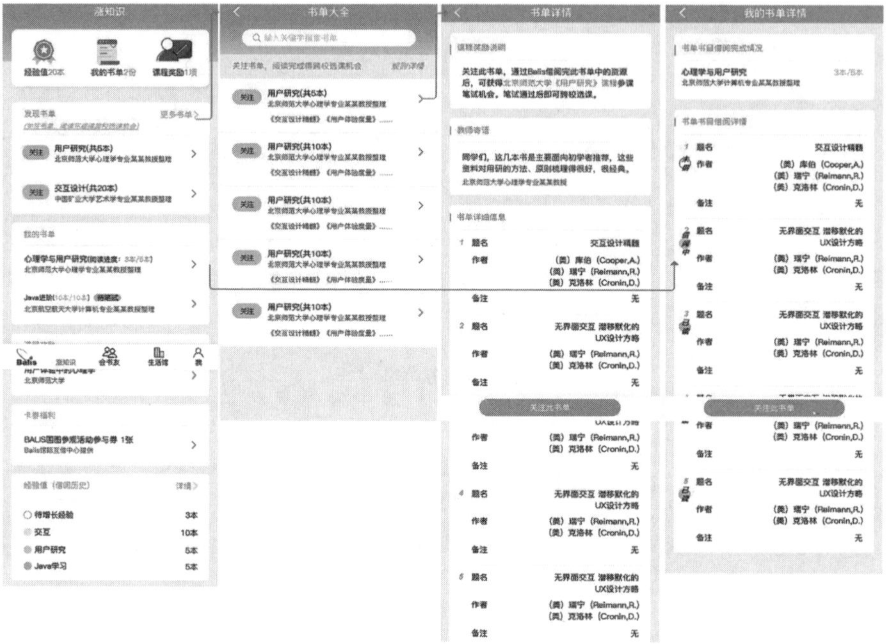

图 4-23 “涨知识”操作流程页面

2. 会书友

“会书友”模块支持用户就最近借阅的书本发布借阅行为动态，可为每本书添加借阅留言和感想贴纸，并实时发布到会书友动态广

图 4-24 “会书友”操作流程页面

场。除此之外，还支持追踪同资源使用经历用户的阅读动态，以及推送相似借阅行为人的阅读动态，帮助用户寻找更多有专业交集的书友。

3. 生活馆

“生活馆”模块会显示成员馆动态概览信息，包括成员馆名称和标识、消息内容前三行纯文字、动态内容封面，并支持师生用户、各成员馆账号点赞感兴趣的动态。用户与成员馆的互动（朋友圈式点赞、即时发布动态等）在满足用户填补碎片化时间需求的同时，拉近了高校图书馆与用户之间的距离，使其有可能在师生用户生活中产生更大的影响。

图 4-25 “生活馆”页面

（四）界面布局

App 的整体界面采用列表加卡片的复合式布局，可展示内容较长的菜单或拥有次级文字内容的标题。界面内容从上向下排列，按照其信息功能的不同进行模块区分，确保用户能够理解信息的层级关系，使浏览体验快捷流畅。导航主要使用了顶部和底部 Tab 栏，直观显示用户当前位置，而且方便用户切换同一层级之间的不同模块。

（五）视觉设计

BALIS 馆际互借 App 采用极简主义设计风格，界面整体简洁大方，用色单纯统一，视觉中心明确，大面积留白使图、文、底主次分明，具有较强的可读性。App 主题色选用渐变蓝——蓝色代表理性与逻辑，也给人科技与创新的感觉，符合高校图书馆的学术形象；渐变色给整体的极简风格增加了立体感和格调，又能较好地营造视觉的层次感和分量感。点缀色使用了粉红色，与蓝色形成冷暖对比，突出想要强调的内容。

三、思维过程

（一）准备

通过文献阅读、馆员访谈、用户反馈分析三种渠道对我国高校图书馆的用户体验现状进行了调研分析，发现高校图书馆在服务要素上主要存在以下三方面的问题：

第一，空间资源使用分配问题：空间资源紧缺、公共环境不佳、个人空间与公共空间维护规范冲突。

第二，信息资源问题：可访问性不足、个性化供给机制缺失。

第三，对教学科研的支持问题：图书馆对个人需求响应不及时，信息资源与学业科研信息需求贴合度不高。

（二）启发

结合前期调研所得用户体验现状，从信息和空间两方向进行了概念设计。

概念 1：建立图书馆高效“学习”工具包，例如委婉、合理表达对其他人员的不满情绪或者提醒的“简易”实体媒介、趣味性的“提醒器”等，但由于工具包使用的主要场景为图书馆自习，设计价值存疑，故舍弃此概念。

概念 2：在 BALIS 馆际互借服务设计中探索满足用户信息、教学科研支持方面需求的方案。由于 BALIS 馆际互借服务设计有现实需求基础，故选取此概念进行设计深化。

（三）构思

1. 业务分析和用户研究

为了更好地满足 BALIS 馆际互借中心与读者用户两方的需求，团队进行了 BALIS 馆际互借中心的业务分析和用户研究。

团队分析了馆际互借中心在宣传推广、服务方式及评估指标三方面的业务后，明确了馆际互借中心的核心业务目标为增加请求提交量、图书外借量。此外，团队组织了以“我们应如何使 BALIS 馆际互借服务更贴近用户需求，进而达到更好的推广效果(营造良好的校园读书风气)”为主题的工作坊。

团队通过工作坊发现，BALIS 馆际互借服务的目标用户为互联网产品使用经验丰富的高校师生，他们对 BALIS 馆际互借服务的需求是不仅能高效便捷地获得高校图书馆资源，还能享受兼具趣味性和可靠性的服务。

图 4-26 工作坊现场图

2. 概念设计

基于业务分析和用户研究，团队将设计目标定义为：以一种有趣、体现官方可靠性的服务形式，满足高校师生用户免费、高效、便捷获取高校资源的需求，并使馆际互借服务价值在各成员馆“图书外借量”“提交请求量”数据指标上得以体现。依据设计目标，团队将本次服务设计方案的实现形式定为移动线上平台，即 BALIS 馆际互借 App。

团队围绕该 App 展开了头脑风暴，提出了大量与设计目标契合的想法，聚类后分为：“免费安全”“高效便捷”“数据指标助力”“服务价值挖掘提高”“趣味性”。针对这些想法进行集体投票，“高效便捷”“服务价值挖掘提高”“趣味性”得票最高，故确定以产品的“高效便捷”作为馆际互借服务流程的必备型属性，将“服务价值挖掘提高”“趣味性”定为馆际互借服务的期望型属性、兴奋型属性。

（四）迭代

在确定了从增加互借的高效便捷以及提高趣味性两个方向开展设计之后，团队开始了详细的功能设计，并反复迭代优化。第一版设计方案主要分为三个功能模块：

1. 宣传推广

线上进行各种宣传活动，如公众号推送、朋友圈转发，宣传内容可以是名师荐书、跨校借书推荐、专业书单借阅排行等。

2. 社交互动

标签化各馆馆藏特色，设置成员馆影响力排行榜；开展线下形式的 BALIS 成员馆集体宣传活动；添加成员馆“朋友圈”；通过地图形象化展示各成员馆空间分布，增进用户对 BALIS 成员馆的了解。

3. 专业体验

由 BALIS 成员馆提供专业书单，用户在阅读数量、阅读质量达标后，可升级在该校图书馆的借阅权限、跨校修课权限等。

团队在第一版设计方案的基础上，对细化功能进行优先级处理和迭代，得出第二版方案，即前文展示的 App 的三项增值子系统：“涨知识”“会书友”“生活馆”。

完成原型设计之后，团队邀请数名学生用户进行了可用性测试，用户反馈：手机注册、登录若改为学号登录更为便捷；在“会书友”系统中，趣味性的实现对任务完成效率有一定干扰。后续基于以上两点做了进一步完善。

第四节　互动体验系列设计

一、高校图书馆文化体验设计

（一）现有问题

高校图书馆不仅是知识获取的基地，也是文化传播的窗口。当下国内高校图书馆主要关注借阅、自习、信息咨询、学科服务等实用功能的优化，文化体验方面的建设还不够完善。

（二）解决方案

设计团队[1]以高校图书馆为设计场景，以文化体验为着力点，以装置艺术为主要形式展开设计活动。设计团队在实地考察、文献分析、用户研究的基础上得出指导性意见，对高校图书馆职能进行发散，运用加权矩阵法选出最优主题——“珍惜时间”。装置艺术讲究在特定的场地内运用特定的载体来寄托或表达情感，不但可提升图书馆的文化氛围，还可以增强图书馆对于用户的吸引力。下面将基于用户体验五层级模型对该方案进行介绍。

1. 用户需求

用户认为当下图书馆文化氛围薄弱，无论是在图书馆内自习、阅读

[1] 主要设计者为刘昕晖。

或是讨论，均未获得印象深刻的文化体验；少量用户参与过图书馆举办的文化交流活动，大部分用户表示图书馆的此类活动没有吸引力；在图书馆自习或阅读的用户认为馆内一些基本设施操作不够有“趣味”或有“品味”。总的来说，用户希望图书馆能够提供实用功能之外的文化功能，可以体验物质获得感、知识获得感之外的文化获得感、精神获得感。

2. 产品特色

综合前期研究所得，图书馆文化体验设计应具备“循环、永续、有趣”的理念，体现高校图书馆肩负的文化传承、精神窗口责任，符合创造社会价值、文化意义的设计使命。最终，团队将文化体验设计定义为——通过对图书馆文化信息的挖掘，选取符合社会主流价值观、具有显著图书馆特征、满足用户期望的图书馆文化元素，以装置艺术的形式为读者创造有趣的文化体验和实用的服务功能。

3. 功能模块

围绕高校图书馆职能进行思维发散，运用加权矩阵法进行评价，得出“读书”这一综合得分最高的方向；以“读书”为主题词进行传统文化调研，演绎出“珍惜时间”主题。最终设计团队将装置艺术定义为一个向用户暗示“时光流逝”的“时钟”；通过信息技术实现“时钟”与用户的交互，让用户在与时间互动的乐趣中感受“寸金难买寸光阴”的情怀。具体功能如下：

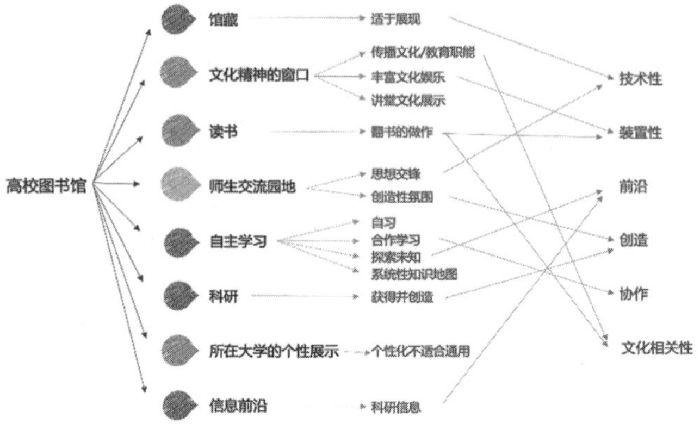

图 4-27 高校图书馆关键词图

理念→ / ↓业务标准	加权	馆藏	文化精神的窗口	读书	师生交流园地	自主学习	科研	所在大学的个性展示	信息前沿
装置性	3	1	1	3	1	2	2	2	2
前沿	2	2	2	2	2	1	3	1	3
创造	2	1	1	2	2	2	2	2	1
文化相关性	3	1	3	3	2	1	1	2	1
总计		12	18	26	17	15	19	18	17

图 4-28 加权矩阵分析

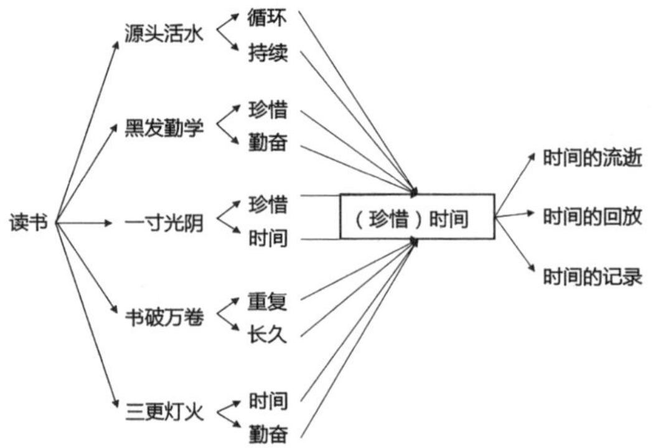

图 4-29 设计概念分析

（1）报时功能

装置同时展现六大时区的时间，针对不同时区的即时昼夜状态，将六个区域的色彩进行差异化处理，以亮色和彩色代表白昼，以暗色和灰色代表黑夜，用昼夜交替的视觉变化暗示“时间总在悄无声息地流逝”；在方格图案的缝隙中显示时刻，让用户产生一种时间在缝隙中流走的感觉。

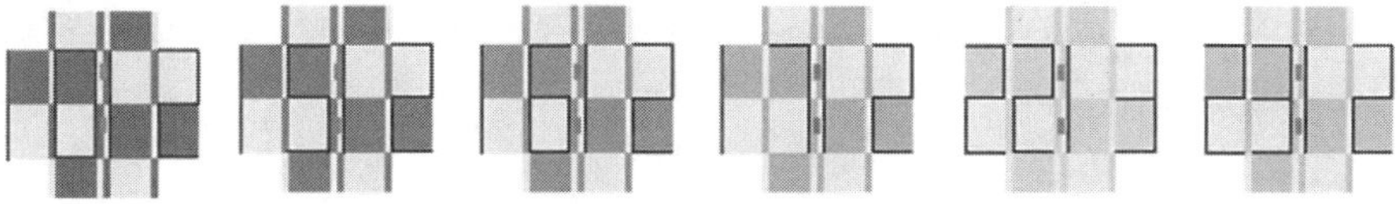

图 4-30 报时功能平面整体效果

（2）记录功能

当用户走近装置并与之互动时，显示内容会更换为类似报时的六位数字。如“25 ： 10 ： 36”，表示该用户本月在馆总时间为 25 小时，进馆次数为 10 次，借阅 / 下载的文献数量为 36 本 / 篇。数字在互动状态中改为彩色显示，既区别于静态报时模式，也让三组用户数据更易区分。

图 4-31 记录功能三维整体效果

4. 界面布局

该装置没有一般用户体验意义上的界面布局，故不予讨论。

5. 视觉设计

该装置的造型源自由指针式时钟的 12 个数字引申出的正十二边形，以六项重复排列完成六大时区的展示。每个正十二边形采用拼接方格图案呈现，单元方块采用不同的厚度，营造错落有致的视觉效果。在色彩方面，装置主要采用较为活跃的橙黄与粉白组合，任意相邻矩形区域显示不同色彩；当装置处于报时功能时，数字采用电子手表显示常用的深灰色；当人走近，装置切换到交互与记录功能时，数字采用彩色显示，以示与静态报时状态的区别，也让各类用户数据更易区分。

（三）思维过程

1. 准备

对体验设计的特点与优势、高校图书馆文化元素的挖掘与应用、装置艺术的现状与趋势进行了调研，得出高校图书馆文化体验设计的基本方向。

2. 启发

对北京邮电大学沙河校区图书馆展开实地调研，总结了六个典型设计类别，提炼了“循环”“永续”“趣味”三个关键词。对文化体验场景从一般属性和场景属性两方面来进行定义，进而产出此项设计活动的最终定义——通过挖掘图书馆的文化资源，选取符合社会主流价值观、具有显著图书馆特征、满足用户期望的文化元素，以装置艺术的形式为读者创造有趣的文化体验和实用的服务功能。

3. 构思阶段

（1）思维发散

对高校图书馆职能进行思维发散，从不同角度构想与高校图书馆有关的文化主题词，如作为传播优秀文化的窗口，承担弘扬优秀文化的社会职能等。

（2）主题评价

对高校图书馆相关主题词进行评价，将“装置”“前沿”“创造”“文化”四个关键词作为评价标准，选出最优主题词。最终，主题词“读书”评价最高，后续将以“读书”相关的文化元素为主要设计素材。

（3）概念设计

由朱熹的哲理小诗“问渠那得清如许，为有源头活水来”得出“源头活水”的艺术装置概念，拟以装置与使用者之间的交互来展现源头活水的意境；通过多个与读书有关的二级主题，抽象出关键词如“持续”“勤奋”“珍惜”“重复”等，进而提炼出“珍惜时间”的概念。基于此，将概念确定为带给用户“时光流逝”暗示的艺术装置，通过信息技术实现装置与用户的交互，让用户在互动的乐趣中感受传统文化所蕴含的哲理与智慧。

（4）迭代阶段

“时间”方案拟定为一个墙面时钟，在未与人互动时承担报时功能，同时展示六大不同时区的时间；在与人互动时，原来六个时区所对应的六个区域，依次对应三组用户使用图书馆的数据。比如

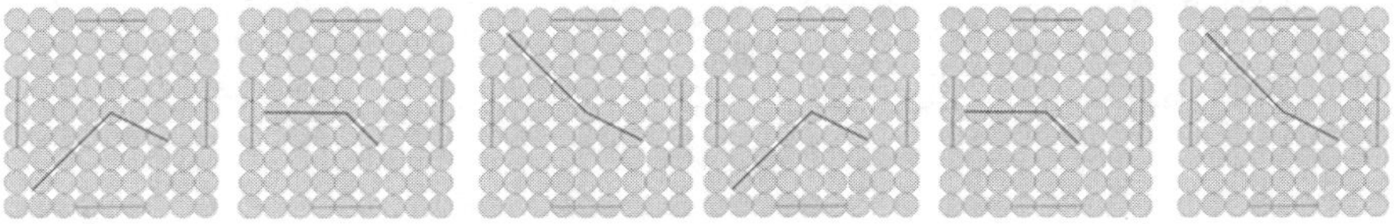

图 4-32 报时功能展示

15 ：38 ：47，15 代表该用户一周内借阅 / 下载过的文献数量，38 表示在馆有效学习时长，而 47 代表用户的在馆时长。

在测试中发现时钟方案存在以下两个问题：时钟之间存在间隙，在“报时”功能内，指针会存在不连续的情况；而在“记录”功能部分，有效学习时长不容易测试，每个人有效的标准不尽相同，无法量化，因此关于三个数字所代表的含义也有待进一步斟酌。最终，装置迭代为前文所述的式样。

二、高校图书馆交往空间互动装置设计

（一）现有问题

随着教育理念的变革，图书馆正从传统的单一空间转向复合空间，而交往空间作为图书馆朝开放性、多样性转变过程中最具代表性的空间类型，受到了越来越多的关注。当前，作为重要文化场所的高校图书馆交往空间面临诸多现实问题，如空间辨识度低、空间形式趋同等，以致空间无人问津，空间利用率情况与建造规划不匹配。因此在高校图书馆交往空间的氛围营造方面，一些新的表达方式有待探索。

（二）解决方案

笔者团队[1]基于对代表性无意识设计作品的分析与研究，梳理了无意识设计的典型设计方法，运用认知心理学、符号学等理论剖

---

［1］主要设计者为林怡菁。

析其内核，提出一条基于无意识设计方法的互动装置设计路径，并尝试以馆内无意识行为为切入点，完成在北京邮电大学沙河图书馆交往空间内的互动装置设计实践。设计过程所对应的用户体验五要素如下：

1. 用户需求

师生用户需要有吸引力的交往空间，吸引驻留并促发交往行为，提升高校图书馆作为师生文化交流、休闲交往场所的作用和价值。通过对国内外图书馆交往空间以及互动装置艺术的研究现状进行调研，对交往空间中装置艺术、人、空间三者的关系进行了探讨和确定。在用户调研阶段，采集用户的无意识行为，并对行为事件从“人与群体的无意识互动”“人与个体的无意识互动”“个体的无意识行为”三方面来进行分析，推导行为背后的动机，拆解出行为触发的必备物理条件，再通过主观联系的方式对行为事件做符号上的匹配。

2. 产品特色

以“连接”为设计主题，在“人与群体的无意识互动”版块中，由物理约束达成引导作用——引导人们打破“社恐”；在“人与个体的无意识互动” 版块中，通过捕捉用户落座交流时的行为特征，制造装置间的“连接”感；在“个体的无意识行为”版块中，通过设备感应人们的移动，将个体行走的轨迹视觉化。

3. 功能模块

从互动过程的三个阶段——互动前、互动中、互动后入手，通过“引导”或“约束”的方式完成设计转换。

（1）行为事件 1：落座交流时会侧身转向对方

互动前：个体与个体之间交流讨论时会不自觉侧向对方，离对方更近一些。装置夸张、具象化这一行为——通过充气饱满的外观造型、便于移动的万向轮配件推动人们的“碰撞”。

互动中：两个装置靠近，发生碰触，位移传感器（接近开关）传递信号给控制器，坐垫适时亮起，犹如刹那思维火花的闪现。

互动后：将研讨交流过程中的行为碰触和思想交流强化表达为碰碰车的碰撞，通过完整的互动流程体验让使用者对讨论的意义有外显的感知。

图 4-33 思想的“碰撞”

（2）行为事件 2：两人接水时会排队，而不是同时接水

互动前：等待在后方的个体 B，看到前面接水的个体 A 在按下出水按钮之后，出水口上方的显示屏随机闪现“石头”“剪刀”“布”的手势。互动前并没有改变个体行为的触发动机，但在原本的按键动作后增加了一些效果反馈。

互动中：后来个体 B 按下另一侧的出水按钮，也会出现“石头”“剪刀”“布”的其中一种手势。与此前另一侧由 A 触发显现的手势配对，构建个体之间的对话，让相互隔绝的个体有了“猜拳”的机会。

互动后：儿时的“石头、剪刀、布”游戏是通用且易懂的互动方式，自带亲切感，给这个空间、这种行为一点人情味，是疏密关系中的调味剂。

图 4-34 猜拳开关

（3）行为事件 3：在休闲区的沙发选择座位时会尽量远离他人

互动前：长椅在有人 A 落座后会在远离该个体的位置区域亮起荧光。

互动中：亮起的光对后来人 B 造成落座心理压力，使其下意识地选择没有光亮的，距离 A 更远的位置区域。

互动后：通过光影压力，让个体忽略了群体压力问题。换言之，是用另一种更强烈、直接的压力对抗潜意识里的群体压力。将人们推到舒适区域之外，提取他们的基本自动反应。

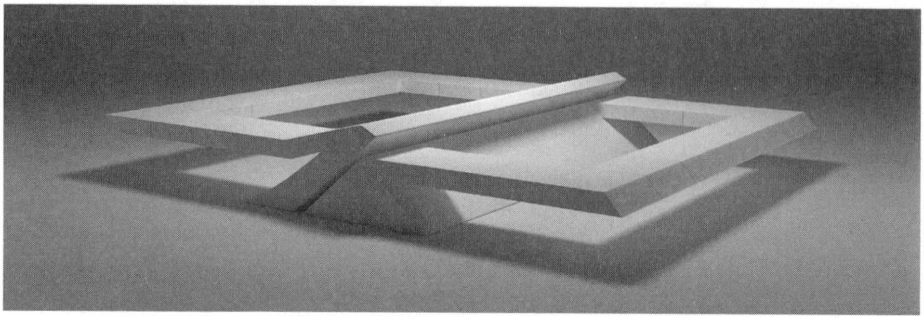

图 4-35 靠近一点点

（4）行为事件 4：思考 / 通话时会无目的地来回踱步

互动前：没有通过任何视觉符号的联系去引导个体触发装置，个体的无规律行走会在地面装置上留下行走轨迹记录，将个体在图书馆广场空间的无意识漫步的轨迹转换成涂鸦。

互动中：行走的个体变成不同类型的“画笔”，在“画布”上画下行走线条。每一次重新踏上该地面装置都会生成新的“笔触”。一天结束的时候就是当天“画作”定稿的时候。

互动后：个体独一无二的漫步痕迹，让个体在意想不到的舞台上成为表演者。人体的无意识活动被可视化为一种直接的感官体验。

图 4-36 行走涂鸦

（5）行为事件 5：人经过时带起风翻动书页

互动前：崭新的图书书页带着韧劲，在空中摇摆不定，来一阵风，就会被吹拂倒向一侧。让经过的个体产生“风起纸翻”的心理预期。

互动中：个体经过装置的时候，红外感应器传递信号，屏幕开始播放书页翻动的视频，制造出行走所带起的风翻动了书页的效果，让经过的个体留下“书痕”。

互动后：装置本身只是将图书馆里最常见的翻书动作提取出来，用无意识去对话潜意识，让个体行走的痕迹、互动的痕迹外显。所有人的痕迹都可以在这个装置上得到连接。

图 4-37 “文风而动”

4. 界面布局

此处的“界面”已经突破二维图形界面的范畴，扩展至整个三维交互空间。为保证该装置艺术的体验效果，必须保证相关尺寸符合特定人机工程参数。以我国男女平均人体身高 168cm 为基准，视高约为 152cm。人的最佳视野范围：水平方向双眼区域左右 60° 以内，垂直方向分别是标准视线以上 30° 和标准视线以下 40° 。15 寸显示器最佳观看距离为 50 ~ 70cm，公共空间里人与 15 寸装置显示屏的最佳观赏距离可取最大值，所以可知在地面以上 90cm 的区域陈列装置，可以获得良好效果。

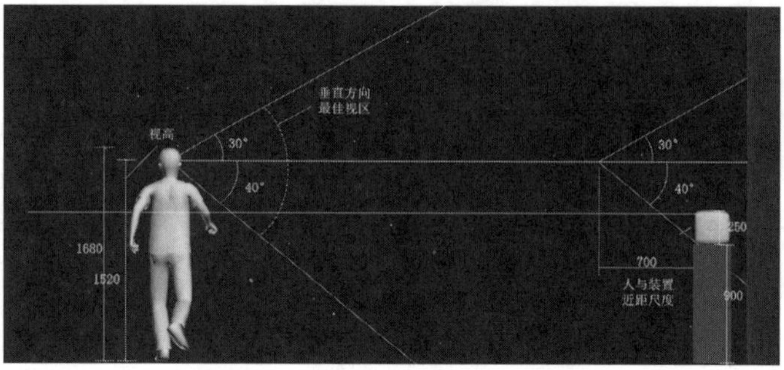

图 4-38 该艺术装置相关人机尺寸

5. 视觉设计

对应于视觉上的“翻页”动效，主要以 Adobe After Effects 软件实现。

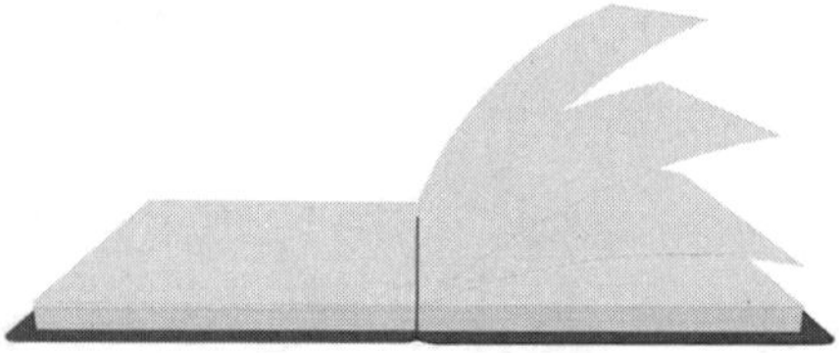

图 4-39 翻页动效

（三）思维过程

1. 准备

基于文献研究考察国内外相关领域研究现状，探讨装置艺术、人和空间三者之间的关系。同时，结合实地调研对该交往空间存在的问题进行归纳，如“空间形式趋同”“空间主题 / 职能表达不清晰”等。最后，以互动装置为切入点，对装置艺术分类以及装置与空间的关系进行厘清，为互动装置艺术与高校图书馆交往空间之间的结合做了铺垫。

2. 启发

首先明确设计意图、定义问题场景，随后采集用户的无意识行为。

以北京邮电大学沙河校区图书馆的交往空间为调研对象，为避免过多外部因素对学生进入图书馆人次的影响，选取 2020 年 10 月 25 日和 27 日两天作为调研时间，调研的时间段为 10 点至 20 点。通过观察记录和相机拍摄的方式收集各类交往空间中的学生行为。结合 1977 年拉普拉塔以“私密性”为依据划分的交往活动三种类型，以及“连接”这一设计主题，将图书馆内发生的无意识行为分为三种类型——“人与群体的无意识互动”“人与个体的无意识互动”“个体的无意识行为”。

3. 构思

从三种类型里挑出一些完成率较高的行为事件，进一步探究如何通过装置来传递主题“连接”，并从互动过程的三个阶段——互动前、互动中、互动后入手，通过“引导”或“约束”的方式完成设计转换，形成五项行为事项：

第一，思想的“碰撞”——落座交流时会侧身转向对方。

第二，“猜拳”开关——两人打水时会形成排队的趋势，而不是同时打水。

第三，靠近一点点——在休闲区的沙发选择座位时，会尽量远离他人。

第四，行走涂鸦——思考 / 通话时会无目的地来回踱步。

第五，“文风而动”——人经过时带起风翻动书。

4. 迭代

该阶段主要分为两部分，一部分是针对设计创意的迭代，由于装置艺术的特性，未开展基于原型的用户测试，主要由设计团队内部完成。另一部分是针对设计方案的原型测试，根据原型的实现程度又可以分为两部分。一部分是针对所有装置方案的基本评测，使用筑学中的 SD 法来获取用户广泛、直观的空间体验主观评价；另一部分针对已经实现的装置“文风而动”进行空间体验评估，通过对北京邮电大学学生进行访谈，对比其在体验装置前后对特定空间的主观描述和评分，进而判断装置对于空间的影响效果。

第一部分的原型测试结果如下：

在同一组的对比样本里，空间在置入装置后，评价得分都显著高于原空间。在空间的视觉感受方面，装置的介入极好地提升了被调查者对空间美感、动感、色彩丰富度的评价；在非视觉的空间感受方面，装置将空间气氛、吸引力、趣味度大幅提升；在场所设施方面，替换的装置也令被调查者对场所设施的舒适度和丰富度有了更好的评价。

第二部分“文风而动”对空间体验的影响评估——被访者的主观描述词云，如图 4-40。

图 4-40 装置体验前后的空间描述关键词词云

通过体验前后两幅词云图对比，可以发现因为装置的引入，被访者对当前空间的趣味性和吸引力维度的评价有了明显的正向提升。此外，满意度评价中的各项评价分数也均得到提升，说明装置充分优化了用户的空间体验。因为经费和时间的限制，以及装置艺术自身的艺术属性，该项目在原型测试后没有进行再进一步的迭代。

第五节　儿童服务创新设计

一、现有问题

良好的阅读习惯对儿童成长十分重要，但目前针对儿童这一用户群体的图书馆数量相对较少，且多存在阅读服务、阅读环境、阅读设备不符合儿童需求和特点的问题。针对儿童图书馆进行服务创新设计十分必要。

二、解决方案

本课题[1]结合儿童图书馆现状，聚焦于针对性服务不足，以及对儿童吸引力较弱等问题进行创新性服务设计。设计过程与用户体验五要素的对应关系如下：

（一）用户需求

通过问卷调查、用户绘画创作等形式进行用户调研，围绕七个儿童图书馆进行多角度竞品分析，以用户画像、移情图和用户旅程图等多种形式展现用户的内心历程。基于调研可以将痛点归结为“没时间”“图书馆不完善”“吸引力不够”“社会关注度不够”，排序为没时间 > 吸引力 > 储存量 > 宣传。注：儿童的“没时间”可理解为儿童 / 家长没有时间。

---

[1] 主要设计者为许佳慧。

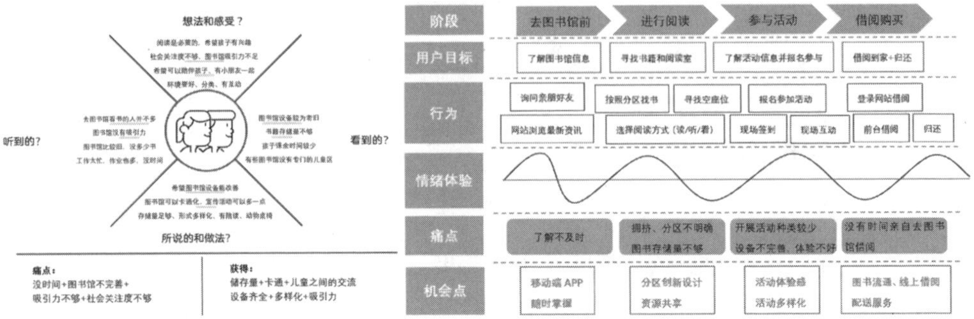

图 4-41 移情图及用户旅程图

（二）产品特色

设计定义——旨在让儿童提高阅读兴趣，解决儿童时间不足，以及增加多样化互动方式的图书馆儿童创新服务设计。通过分析“家—流通车—配送服务—图书馆”服务，针对痛点做出改进：增加流通车站点第三空间服务，可在流通车内进行借阅、归还和阅读；增加线上 App 借阅、订购及配送服务。

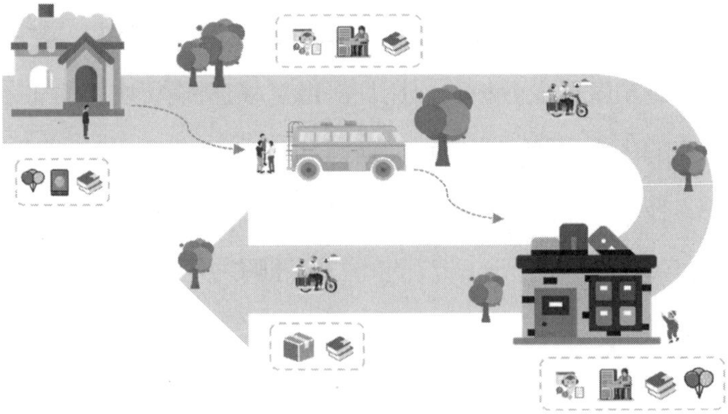

图 4-42 外部服务

上述各阶段所对应的服务：

家中提供的服务——线上报名、线上借阅、查看个人信息和配送情况。

流通车服务——阅读、借阅 / 购买、咨询、交流互动。

图书馆提供的服务——阅读、咨询、借阅 / 购买、文化活动。

配送服务——为书籍的借阅 / 购买和归还提供物流配送。

（三）功能模块

针对设计定义进行方案发散，围绕痛点提出一系列解决方案；将用户需求转化成关键设计点，并根据实际情况排列设计优先级。运用利益相关者图及服务蓝图等工具确定该服务的三项主要功能模块：

1. 一卡通形象设计服务

家长协助儿童实名注册之后可以以线上或线下的方式让儿童自己设计并制作一卡通样式，提升儿童对于该服务的兴趣。

2. 辅助工具 App

App 主要架构如下：

首页——自助借阅和归还图书、了解图书馆相关信息、近期活动的报名及提醒、辅助型服务指南、图书馆介绍。

资源——在线查询馆内资源信息，如书籍库存、所在场馆、数字共享资源、流通车信息等，或选择线上借阅 / 购买，图书馆会进行相关的配送服务。

捐赠——开展贫困帮扶活动，读者可直接捐书，也可以选择使用阅读时长兑换“爱心”进行捐赠。

社区——为儿童或家长提供一个互相分享与交流的平台。

我的——实时了解本人信息和记录、查询时长积分情况兑换礼品、查看已报名的活动、查看个人借阅配送详情及一卡通信息。

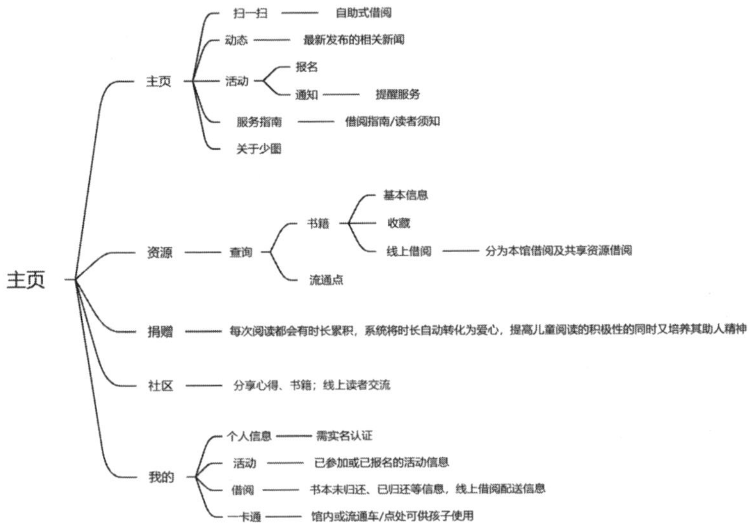

图 4-43 App 信息框架

3. 流通车

一层为书架摆放处，用户可以在此寻找自己想要的书籍，设有自助借还机，供用户现场借还。二层放置儿童桌椅、童趣书架等富有儿童特色的物品，儿童可以在此阅读和学习。

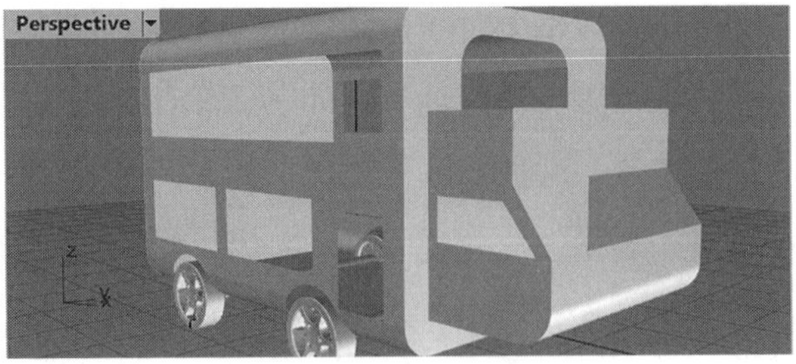

图 4-44 流通车示意草模

（四）界面布局+视觉设计

在“首页”“资源”“捐赠”“社区”“我的”五项主要功能的基础上，细分 App 所包含的功能模块及逻辑框架，并根据信息架构绘制线框图，如图 4-45。

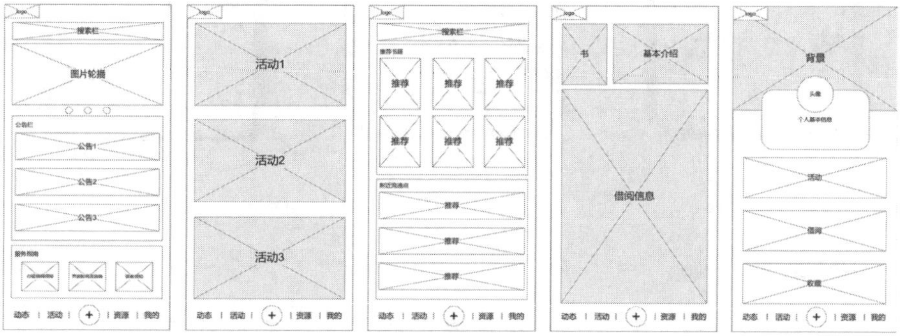

图 4-45 线框图

在确定信息架构及功能布局之后，输出高保真原型。信息展现形式为标签式与陈列馆式相结合，以图片为主，辅以文字。主色调采用充满活力与生机的绿色，寓意儿童是未来与希望。

1. 首页

动态——发布图书馆动态，动态含有标题、阅读量、日期等信息。左侧含有红色大头针的标签是最近动态。

活动——发布图书馆活动，以陈列馆式的布局进行排列，清晰易懂。每个窗口包含活动名称、活动地址、报名时间段、剩余名额及预定按钮。

指南——包括借阅指南和读者指南。借阅指南包括办证、借阅须知、开放时间及咨询电话；读者指南包括低幼读者、小学读者等不同年龄段的指南信息及一卡通绑定。

图 4-46 首页

2. 资源

“资源”类别下包含少儿频道、探索之旅和成长道路等多个版块，还设有年龄和类型等限定条件的筛选，便于用户高效使用平台资源。

图 4-47 资源及其具体书籍

3. 捐赠

用户可在平台用个人阅读时长兑换积分，为贫困儿童公益项目贡献自己的力量——可选择直接捐赠或积分捐赠两种形式，在激励儿童阅读的同时培养孩子善于分享、乐于助人的精神。

4. 社区

制订每日打卡计划，用户完成阅读后可打卡或发布动态分享感悟和心情，也可对陌生用户进行点赞、评论和关注。

5. 我的

包括粉丝、关注、收藏、用户信息（年龄＋性别＋地区等）、活动报名（已报名的活动会有倒计时提醒，日期近的活动会优先展示）和借阅信息（可查看已借阅的书籍，并查看线上配送的物流信息）。

图 4-48 捐赠

图 4-49 社区

图 4-50 我的

三、思维过程

儿童图书馆服务创新设计运用了设计思维，具体流程如下：

（一）准备

通过问卷调查和用户访谈开展用户研究，发现儿童期望中的图书馆是充满趣味性的多元化形态。同时，通过调研湖南、福建、天津、广东、广西、北京的六家儿童图书馆，从布局、活动形式、社会公益、风格呈现及图片展示等方面对当下儿童图书馆的现状进行总结。

（二）启发

在用户调研的基础上，通过移情图对用户所感受的、听到的、看到的、说的、做的以及想法进行总结，分析出痛点和期望，帮助设计

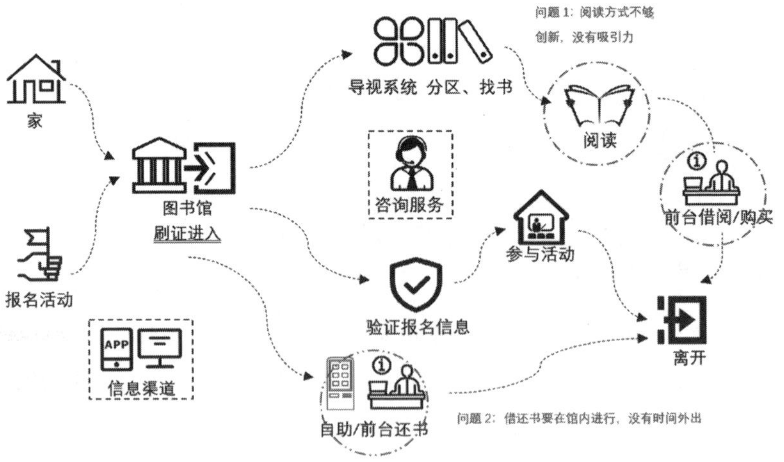

图 4-51 服务流程图

师站在用户的角度思考问题；分析用户在图书馆阅读的四个阶段的不同目标、行为、情绪体验，发现若干痛点，如阅读服务的吸引力不够，借还书只能馆内完成等。

（三）构思

针对上述痛点进行思维发散，产出方案概念：

没时间——流动图书车、自助借书系统、社区定点派送、线上借阅系统、数字资源、外借服务。

吸引力——卡通化装饰、阅读分享会、储存量（各地图书馆共享）、亲子阅读活动、表演比赛、手工 DIY、故事会、夏令营、虚拟现实体验、科普活动、见面会、培训会、多媒体阅览、动漫体验区、定期举办的主题活动。

支持——移动端 App、一卡通、社会宣传（书刊发行、视频号）、资金流问题（书籍售卖、政府支持、慈善机构）、无障碍设计、公益活动。

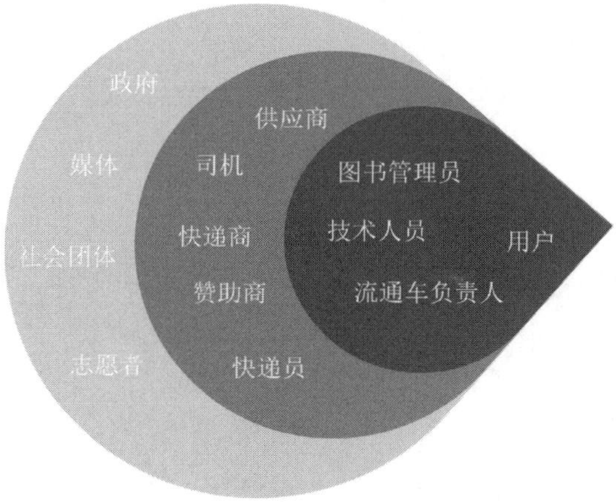

图 4-52 利益相关者地图

通过利益相关者地图，分析其核心利益相关者、重要利益相关者和相关利益者；产出服务蓝图，针对不同场景分析用户行为、前台、后台及系统支持；以系统图的形式展现儿童图书馆的整个服务流程，其中包括信息流、资金流、人员流和物质流四个不同的组成部分，具体的构成为图书馆、供应商、政府、公益组织、物流、管理层、线上 App、用户、流通车，以及它们之间的交互关系。

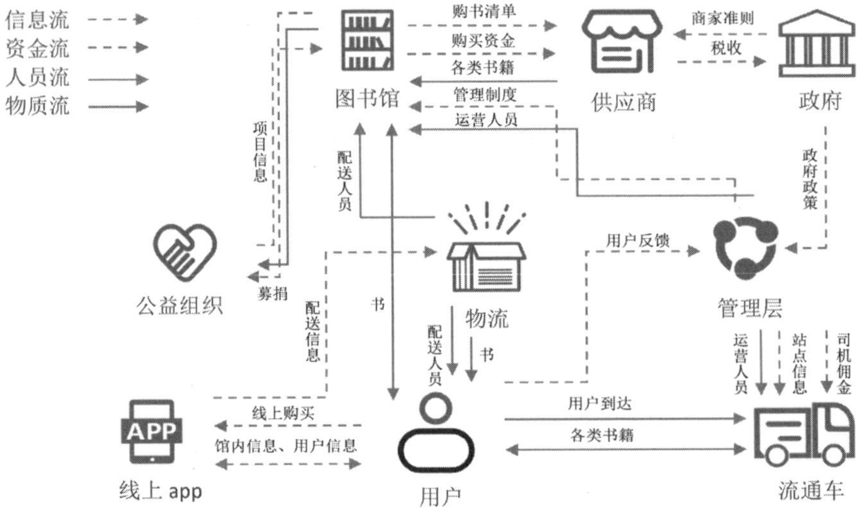

图 4-53 系统图

（四）迭代

增加流通车站点第三空间服务，可在该空间借阅、归还和阅读如图 4-54；增加线上 App 借阅、订购及配送服务。

图 4-54 第三空间服务

第六节　导视服务系列设计

高校图书馆是为用户提供各类学术服务的公共空间，用户的空间体验是服务质量的重要组成部分，而导视对空间体验的优劣有着显而易见的影响。导视不是单纯的标牌，而是结合了空间特点、目标人群、文化背景等因素，能融合空间环境，具有指示功能的信息界面系统。高校图书馆的导视系统除了需要具备路线引导、分区提示、服务指南等功能，还应该在营造学术氛围、塑造文化形象方面发挥一定作用。作为大型公共空间的基本构成元素，导视系统的设计水平将直接影响图书馆用户的行为及体验。学生是高校图书馆最重要的用户，笔者团队从学生视角出发，基于设计思维，运用一系列用户研究方法和信息设计手段对目标高校图书馆的导视系统进行研究与设计。

一、图书馆导视设计研究现状

国外图书馆的导视设计研究注重从用户角度出发，遵循一套比较完整的研究流程，既有设计方法层面的理论探讨，也有认知规律层面的实证研究。马克（Mark）、埃米（Amy）认为图书馆的导视是有生命的，应随着图书馆的自我改造活动而活动。他们提出了一套充分考虑用户偏好的图书馆导视设计方法，包括制定工作路线、导视政策，进行部门沟通，规划导视标识分布以及创建新导视。[1] 曼德尔（Mandel）提出了一种清点和评估导视标识的标准化方法，让人们可以依据图书馆间的数据对比来制订细化的导视设计指南，提出可基于类型、用户量等指标来推导导视标识最优数量值的公式。[2] 曼德尔还以 Passini 的寻路概念为指导，通过对中型公共图书馆入口区域的用户寻路行为进行调查，探究了寻路行为与导视系统、时间等要素之间的关系。[3] 剑桥大学图书馆 Futurelib 计划中的 Tracker 项目聚焦于微观空间，通过让用户佩戴数字眼动眼镜完成既定任务来掌握用户的行为和困难，并针对每个场馆提出个性化设计建议和导视标识设计方案。[4]

国内对图书馆空间导视系统的研究虽然相对较少，但仍在设计方

---

［1］ Mark Aaron Polger, Amy F. Stempler, "Out with the Old, In with the New: Best Practices for Replacing Library Signage", *Publicservices Quarterly*, Vol.10, No.2,2014, pp.67-95.

［2］ Mandel Lauren H. and Melissa P. Johnston, "Evaluating Library Signage: A Systematic Method for Conducting a Library Signage Inventory", *Journal of Librarianship & Information Science*, 2017, pp.150-161.

［3］ Lauren H. Mandel and Kelly A. LeMeur, "User Wayfinding Strategies in Public Library Facilities", *Library & Information Science Research*, Vol.40, No.1, 2018, pp.38-43.

［4］ Cambridge University Library,Futurelib innovation programme, https://www.lib.cam.ac.uk/futurelib/tracker-project.

法、技术实现、研究角度方面具有一定的启发。刘绍荣通过分析图书馆大空间、全开放环境中导视系统的功能与问题，指出图书馆导视系统不仅要具备指引、提示的作用，还应兼顾服务指南、馆藏揭示、文化渲染等功能，从导视系统功能的角度出发，提出导视系统的设计原则、设计步骤及智能导视系统的发展趋势。[1] 李师龙认为导视系统应对图书馆的空间布局进行集中揭示，对设施、设备进行有效提示，建议除了通过传统模式进行导视呈现外，还应积极利用各类新技术，制作图书馆虚拟导航系统，并通过图书馆网站及微信平台进行宣传。[2] 高迎平等提出利用遗传算法在图书馆空间导向标识布点设计中，通过建立数学优化模型对空间导向标识设置点进行优化选择，在满足服务需求的前提下，减少使用者的信息接收量和投入。[3] 阚丽秋依托于语言景观、空间再造、制度建设和黑箱方法等理论，分析了国外图书馆地面视觉地标的引申性、符号性、艺术性和简约性，探究了地标在增强读者心理暗示、实现图书馆他律与读者自律结合、服务育人和美化环境等方面的功能，为图书馆地面视觉标识的应用与设计提供借鉴。[4]

总体来看，虽然导视系统是图书馆服务研究的小众领域，但仍然有非常丰富的研究产出：既有普遍设计原则、方法的研究，也有具体设计形态、方案的探索；既有着眼于整体的宏观系统研究，也有聚焦于局部的微观单元分析；既有侧重理性功效的研究，也有关注情感体验的思考。这些“原则”“方法”“系统研究”“单元分析”看似纷繁，其本质仍

[1] 参见刘绍荣《开放空间格局下图书馆导视系统的设计与思考》，《现代情报》2016 年第 10 期。

[2] 参见李师龙《高校图书馆空间变革研究》，《图书馆界》2017 年第 4 期。

[3] 参见高迎平、纪赛赛、孙蒙蒙《遗传算法在图书馆内部空间导向标识设计中的应用——以河北工业大学新建图书馆为例》，《物流工程与管理》2017 年第 10 期。

[4] 参见阚丽秋《图书馆内部地面视觉标识功能与设计研究》，图书馆建设网站。

是以用户为中心的设计思维。设计团队基于设计思维，运用用户体验评价模型，从学生视角出发对目标图书馆的导视系统进行调研和评价，并围绕问题和需求展开不同层面的导视系统概念设计。

二、高校图书馆导视系统调研

导视系统是图书馆空间的“信息界面”，用户通过导视系统与图书馆空间进行“交互”，导视对于图书馆用户体验有着不言而喻的重要影响。导视不仅是一个视觉设计问题，更是一个系统性的用户体验问题，要想深入研究导视设计，必须从用户体验出发。

（一）图书馆导视系统用户体验评价模型

用户体验这一概念最早被广泛认知是在 20 世纪 90 年代，由美国认知心理学家、用户体验设计师唐纳德·诺曼（Donald Arthur Norman）提出并推广。[1]IOS 针对用户体验概念的补充说明为：用户在使用一个产品或系统之前、使用期间和使用之后的全部感受，包括情感、信仰、喜好、认知印象、生理和心理反应、行为和成就等方面[2]，可归结为有用性、可寻性、可用性、可得性、满意度、可靠性和价值性[3]七大核心要素。

ACSI 是福内尔（Fornell）等人创建的顾客满意度指数模型。模型共有六个变量，顾客满意度是最终所求的目标变量，预期质量、感知质量和

[1] 参见王鑫《图书馆用户体验领域研究热点分析》，《图书馆学刊》2014 年第 7 期。
[2] ISO 9241-210-2010, Human-centred design for interactive systems.
[3] Peter Morville,User Experience Design, http://semanticstudios.com/publications/semantics/000029.php.

感知价值是顾客满意度的原因变量，顾客抱怨和顾客忠诚则是顾客满意度的结果变量。[1] 六个变量取自用户行为理论，每个变量又可由一个或多个用户行为为指标进行观测衡量。张宁等学者借鉴美国顾客满意指数(ACSI)模型，从“感知质量”和“用户期望”两个方面建立适用于图书馆数字体验空间的用户体验服务评价模型并以此模型对当前服务工作开展情况进行评估，并对数字图书馆体验区实际的服务效果提出了发展建议。[2]

设计团队基于用户体验的基本概念和张宁等人的服务评价模型，提出面向图书馆导视系统用户体验评价模型（如图 4–55）。用户体验评价模型包括用户期望和感知质量两个部分。用户期望指用户对于图书馆导视系统服务体验的期望，包括体验内容、体验方式和体验系统；感知质量则主要针对用户使用导视系统过程中的实际感受,包括对导视内容、导视媒介，以及整个导视系统和场馆环境的直观感受。用户期望和感知质量都将对用户评价产生影响，同时用户期望还将影响实际使用过程中的感知质量。基于模型包含的六个维度，可以分别选择适合的方法来调研当前导视系统存在的问题、需要注意的方面，为后续的导视系统再设计提供参考。

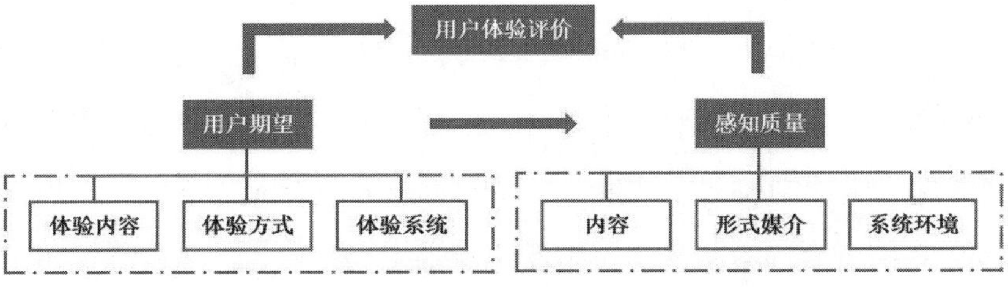

图 4–55 图书馆导视系统用户体验评价模型

[1] 参见白雪、李文《顾客满意指数测评基本模型的改进》,《情报科学》2008 年第 5 期。

[2] 参见张宁、李雪《用户体验服务模式在图书馆中的应用实践——以国家图书馆数字图书馆体验区为例》，《图书情报知识》2017 年第 2 期。

（二）北京邮电大学沙河图书馆导视系统调研

北京邮电大学沙河图书馆于 2019 年正式全面启用，占地面积约 20000 平方米，地下一层，地上五层，总建筑面积 36700 平方米。一层为自习区，二层为自然科学文献借阅区，三层为社会科学文献借阅区，四层为样本图书阅览区，五层为文化创意创新展示区，内部开放式阶梯由一楼延伸至五楼提升纵深。

团队基于图书馆导视系统用户体验评价模型，首先从感知质量角度出发，借助调查问卷和用户访谈了解学生使用场馆的基本状况及主观满意度，通过任务访谈法、隐蔽观察探究学生在任务执行过程中遇到的问题；再从用户期望角度着手，借助服务蓝图对学生的交互行为、心理、前后台服务反馈进行梳理和分析，探究用户隐性需求及导视设计重心；最后进行包含馆领导在内的图书馆工作人员访谈，考察设计初衷的达成程度，了解使用中的具体情况，从而全面、深入地为沙河图书馆空间导视系统提出优化方案。

1. 问卷调查、用户访谈

采用邀请学生填写调查问卷的方法，了解学生对图书馆导视系统的主观满意度，以及在常用操作如寻书、借还书等方面的感受。调查面向北京邮电大学沙河校区在校生（主要为本科大一、大二学生）展开，共收集 219 份有效问卷，受访者男女比例基本为 1 ∶ 1，调查结果如下：在来馆频率及来馆目的方面，调查对象使用高校图书馆的频次集中在每周 2 ~ 3 次，使用目的为自习、借还书或查阅资料的比例为 87%，少数出于研讨或其他非阅览目的；在场馆空间使用情况及导视系统满意度方面，64% 的调查对象不是十分了解空间区域分布情况，22% 的调查对象因编号系统不明晰且无法从馆员或设备处获得帮助而出现过找不到目标书籍或资料的情况。同时，在与多个来馆频率较高的学生的交谈中发现：由于地图分布固定且数量较少，学生不会主动寻找地图，因此地图的使用频率并不高；通常在固定地点阅读或自习，不了解场馆全貌，在去其他地点时需要花费较多时间寻找路线；场馆导视不够醒目，希望空间导视系统设计能有所改进；标识符合大学图书馆的氛围，但缺少本校特色，希望能在文化性和趣味性方面有所提升。

2. 任务访谈、隐蔽观察

任务访谈法是设计研究中常用的启发式调研方法，旨让用户在完成某项既定任务后，启发用户提出任务执行中存在的问题。隐蔽观察是指观察用户在不知道自己处于被观察状态下的真实的、自然的行为，这种方法有助于调研者发现用户意识不到的一些问题，可以填补任务访谈法因受访者主观性而产生的偏差。团队邀请新用户执行一系列图书馆中常见的任务，派调查员隐蔽随行、观察记录，待任务结束后评估任务的完成情况，同时对用户进行访谈，启发用户提出任务执行过程中遇到的困难及当时的心理状态，进而获取当前导视系统存在的问题、缺陷。在此次调研中，15 位不太熟悉沙河图书馆的被试用户分别进行了以下三项任务：第一项，查找商务印书馆第 11 版《新华字典》—自助借阅—到临近自习区查阅—自助还书；第二项，从一楼大厅出发—寻找三层南区开水间—寻找三层北区卫生间；第三项，从一楼大厅出发—预约任一研讨间—在预约时间使用。每项任务至少有五人单独进行测试，由专人跟随记录每个任务节点用时及观察中发现的问题。

统计发现三项任务的完成度均为百分之百，但过程中被试用户遇到了很多问题，通过记录用户完成各项任务的平均时间，以及用户对子任务的重要优先级排序绘制图 4-56。耗时由少到多依次是：阅读、图书搜索、借还书、自习、研讨、图书寻找，同时用户也将每个任务下的子任务进行了排序，这些都为导视系统的改进提供了方向。

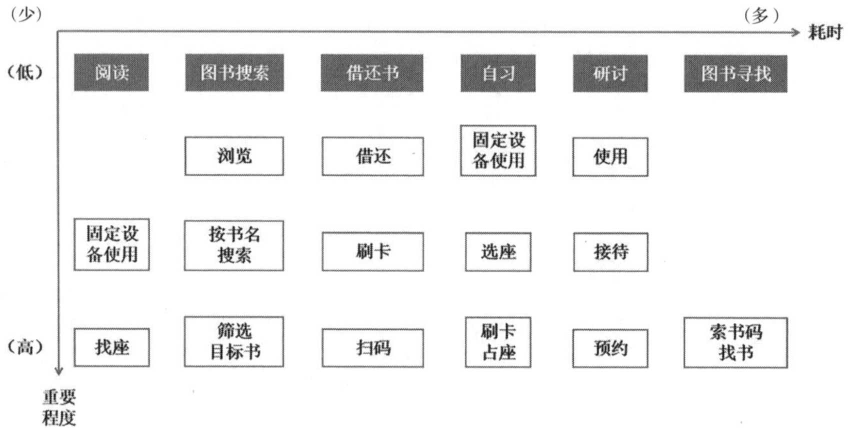

图 4-56 任务耗时记录及优先级排序

基于观察记录，以及访谈中发现的与导视系统相关的详细问题，从“面”和“点”两个维度进行汇总得出以下结论：①覆盖面——难以了解图书馆的全貌，标识略显不足，不够明显，主要靠摸索和试错来执行任务；②清晰度——部分标识存在照明设置不合理、字体识别性不强、图形不够直观、背景和文字色彩的对比不足等问题，无法起到有效的引导作用。汇总问题具有一定共性，可以提炼一些导视系统设计建议和原则，为后续设计提供参考。

3. 服务蓝图

服务蓝图是详细描画服务系统与服务流程的研究工具，有助于了解服务的性质，控制、评价服务质量，以及合理管理用户体验等。团队通过分析用户在场馆中的活动轨迹、交互行为、对应结果，以及场馆前后台的服务响应，从服务体验的角度考查学生不同阶段的行为、感受。服务蓝图基于前期问卷了解到的用户主要进行的自习阅览及研讨行为，按时间逻辑进行描画，具体如图 4-57 所示。

通过对用户在体验过程中表现出的行为、情绪等关键要素进行考察、分析发现：①用户查询到索书号后对其含义并不明晰，无法将索书号与编号系统相对应，此时会感到轻微焦虑，通常需要寻求帮助；②在中途遇到不确定场景，如果无法及时寻得帮助，用户会感到迷茫无助；③即便到达指定范围，仍难以确定书籍所对应的书架，尤其由于图书摆放失误，导致在正确位置找不到目标书籍时，用户的急躁和焦虑情绪达到顶峰；④寻找自习座位时，对当前座位的使用状态感到不确定；⑤在使用各式自助机器时，如因缺乏明确指示导致操作错误或停滞，部分用户会选择放弃当前不必要的操作。综合以上发现，设计人员需要着重关注用户在寻书以及公共服务设施使用方面的指引，以更加积极的导视系统设计来降低和消除用户的无助和焦虑感。

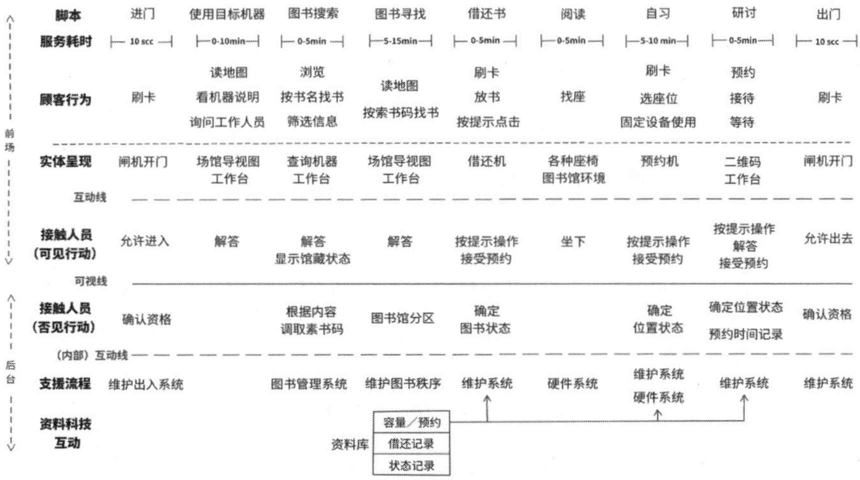

图 4-57 沙河图书馆服务蓝图

4. 馆员访谈

利益相关者访谈是逐次访谈与某项服务、某款产品相关的人员，以全面系统地审视当前的服务或产品，为调整和改进提供参考。团队在大量访谈高校图书馆主体用户——学生的基础上，进一步对包括馆领导在内的图书馆工作人员进行访谈,希望以其他利益相关者的视角作为补充，全面考察导视系统的使用问题。

在对北京邮电大学沙河图书馆领导的访谈中了解到，该馆的设计概念包含了许多文化上的思量，例如馆蕴含了“天圆地方”的意味，连通两座馆舍建筑的廊桥都被赋予了“鹊桥”“祥云”等充满文化气息的名称等。回顾之前学生对于导视系统缺文化性和趣味性的评价，可以发现现有导视系统的设计其实并没有完全体现出图书馆管理者对于图书馆在文化形象方面的设想。在对图书馆咨询台工作人员的访谈中了解到前来咨询图书及服务设施位置的频次较高，其中尤以咨询图书在书架中的具体位置最多，学生对于馆内其他功能的使用仍较为有限。

结合馆员与学生的访谈来看，导视系统在增强场馆文化特色、提高场馆空间利用方面还有较大的设计空间。

（三）高校图书馆导视系统问题总结

通过以上调研发现，北京邮电大学沙河图书馆空间导视系统在基本满足用户需求的同时，仍存在一些不足，主要表现为以下几点：①图书馆现有导视系统的标准性、准确性及辨识度不够，让学生在常用的寻书、借还书等操作流程中常感到迷惑；②图书馆规模较大，空间分布较为多样化，但空间导视系统引导性不强，不能吸引用户开拓未知空间；③图书馆空间导视系统整体性不强，导视功能不够流畅和统一；④导视系统设计在展现学校特色优势，进行个性化表达方面存在不足。

三、高校图书馆导视信息设计

基于前文的调研结果，团队进一步从导视标识、地图、移动导航、AR 应用等方面展开原型设计，输出学生视角下的导视系统优化方案。

（一）标识再设计

针对导视系统设计辨识度不够、特色不鲜明，缺少个性化表达的问题，课题组与专业课程进行了结合，累计产出 18 套导视标识设计方案，部分成果如下。

1. 字母设计

图书馆的书籍分类通常以一至两个英文字母代表。设计者以大雁（北京邮电大学校徽上的主体元素）剪影形状与标准字体结合，创作了一套具有院校特色的书籍分类字母表。

2. 提示标识再设计

北京邮电大学以信息科技为特色，北邮学生与各种编程软件、互联网公司有着十分密切的联系。以此为出发点，设计者搜集了大量编程、互联网相关的标识，筛选出在学生中辨识度高的若干个，基于这些标识进行兼具创意与逻辑的设计。

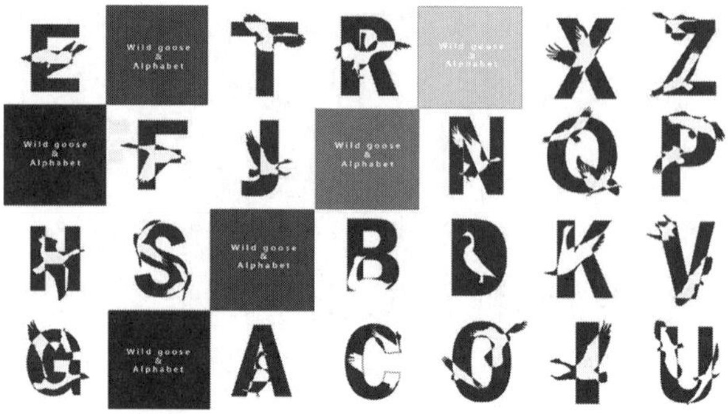

图 4-58 字母表体系再设计

（设计者：宫云扬、马慧文、尹彦婷、王耀旭）

图 4-59 提示标识再设计

（设计者：吕卓尔、郭旖欣、陆尧、许佳慧）

（二）移动导视系统

针对调研结果中学生缺乏对场馆整体认识，场馆空间未能有效利用的问题，课题组提出了纸质导览地图与手机 App 结合的形式，用户既可以进行传统的持图游览，也可以尝试现代的手机导航，或者二者结合使用。该方案的设计特色如下：

1. 色块化分区

参考设计图纸与实地情况完成地图的绘制，根据不同的空间功能将整个场馆划分为生活区域、学习交流区域、藏书区域、通行区域、自习区域，分别对应五种不同的颜色，以简洁的色块形式进行呈现。

2. 添加独特的场馆元素

沙河图书馆一大特色就是有各式各样的新奇座椅。设计者将场馆中的特色座椅进行整理，用形形色色的椅子作为图书馆不同楼层的代表性符号，以突出的标签形式展现在六折页地图上。

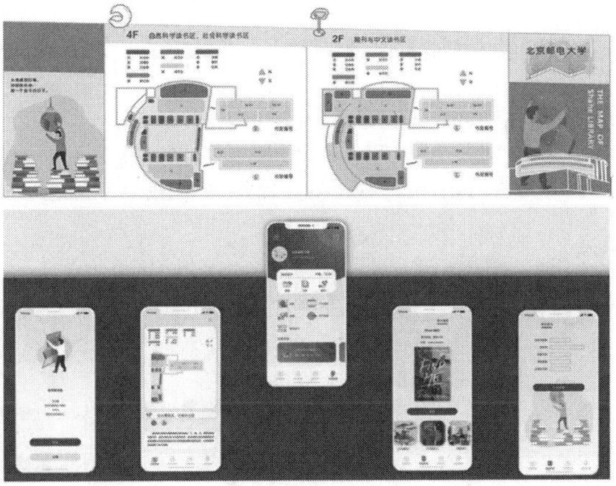

图 4-60　图书馆导览地图与 App

（设计者：刘楠）

（三）“AR + 图书馆”手机应用 [1]

针对调研暴露的寻书、寻路、设备操作困难，课题组输出了“AR + 图书馆”方案，尝试运用 AR 技术帮助用户更好地使用图书馆，更便捷地获取资源，促进用户与场馆的空间交互。主要功能包含以下四类：

[1] 该方案荣获第七届全国高校数字艺术设计大赛一等奖。

1. 室内 AR 导航

通过AR技术让找书、找功能区、找硬件设施等寻找活动变得轻松、有趣。

2. 操作帮助

馆内硬件设施操作、功能区预约，检索程序使用等都可以通过 AR 技术获得直观指示。

3. 空间社交

用手机扫描馆内物体能显示物体上“附着”的他人留言，可以选择特定留言进行点赞、转发、评论等互动。

4. 人气阅读

用手机扫描书籍，可以显示书籍的借阅量。

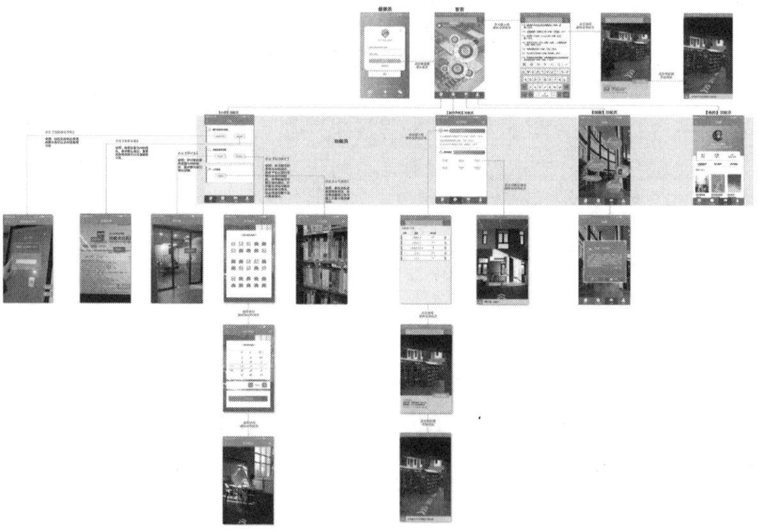

图 4-61 室内 AR 导航交互流程图

（设计者：林怡菁）

用户体验评价模型、问卷调查、用户访谈、任务访谈、隐蔽观察、服务蓝图是此次导视研究与设计的主要工具 / 方法，设计团队对它们的使用集中体现了“以用户为中心”的要义，是设计思维的行动体现和具体应用。基于一系列以用户为中心的设计研究方法，设计团队揭示了一些学生视角下的导视系统问题，找到标识、地图、导航方面的设计机会，进而从艺术、文化、科技的角度出发予以兑现。

第五章 设计思维在（高校）图书馆中的应用现状

为了解高校图书馆工作人员对设计思维的认知情况，2020 年 11 月，笔者委托“问卷网”开展了问卷调查。问卷主要分为三个版块:“基础信息”“设计思维认知”“图书馆与设计思维”。此次调查共回收有效问卷 200 份，涵盖 24 省、72 市、170 座高校图书馆。

第一节　高校图书馆问卷调查

为了解高校图书馆工作人员对设计思维的认知情况，2020 年 11 月，笔者委托“问卷网”开展了问卷调查。问卷主要分为三个版块：“基础信息”“设计思维认知”“图书馆与设计思维”。此次调查共回收有效问卷 200 份，涵盖 24 省、72 市、170 座高校图书馆。

一、基础信息

受访者的年龄、性别和专业背景统计结果如图 5-1：

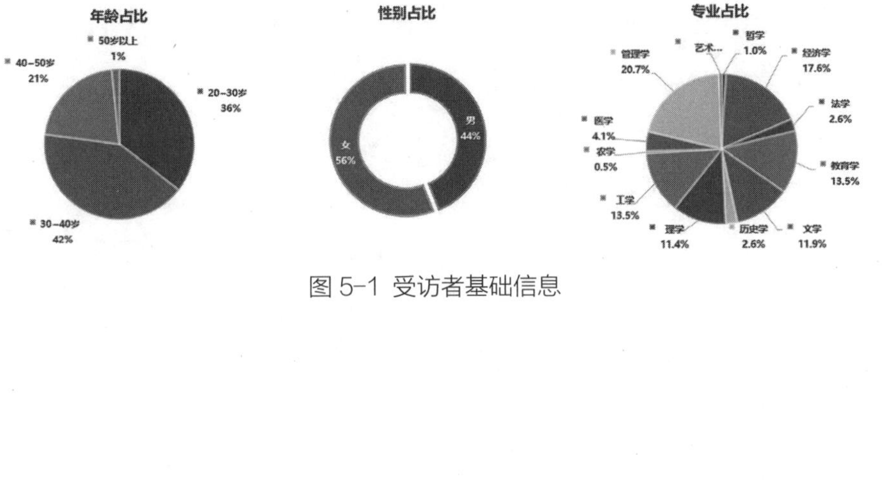

图 5-1 受访者基础信息

该版块围绕馆员对于高校图书馆的看法展开了调查：“您认为高校图书馆现在承担怎样的角色”“您期望高校图书馆承担怎样的角色”。

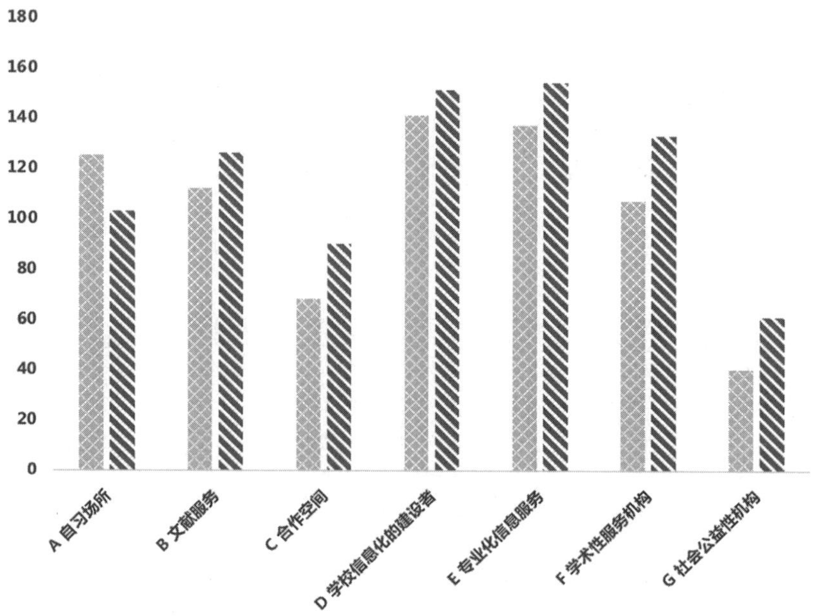

图 5-2 图书馆角色认知

调研发现，关于当前高校图书馆所承担的角色，馆员普遍认为图书馆不能兼具自习场所与合作空间的功能；而关于期望中图书馆应承担的角色，很多馆员希望图书馆摆脱作为自习场所的现状，成为学校信息化的建设者、各类服务的提供者。

二、设计思维认知

（一）了解程度

大部分馆员认为自己或多或少地了解设计思维；非常了解设计思维

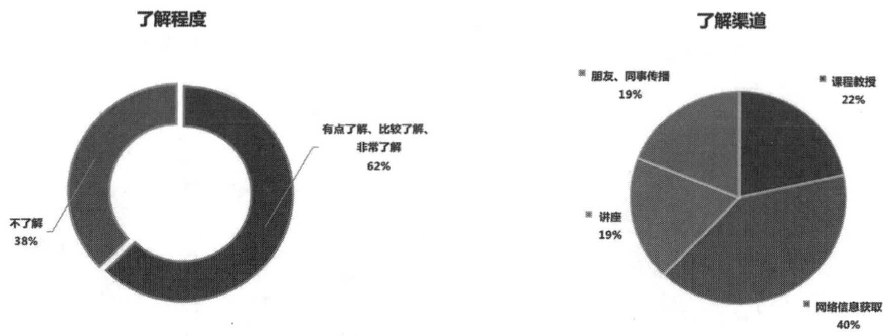

图 5-3 设计思维了解程度

的馆员，其获得知识的方式一般为主动学习（课程学习、网络信息获取等）；网络信息获取成为了解设计思维相关内容的主要渠道。

（二）设计思维的应用

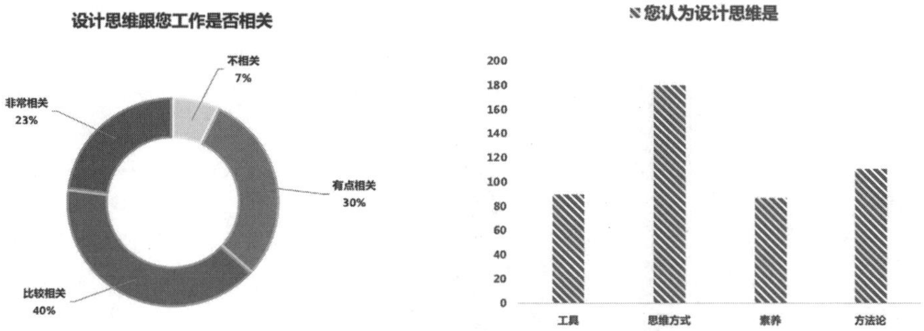

图 5-4 设计思维应用情况

绝大部分馆员认为自己的工作与设计思维相关，且普遍认为设计思维是一种有用的思维方式。

而对于设计思维的难度及困难环节，比较了解设计思维的人会认为设计思维存在一定难度，不是很了解的人则觉得相对容易些；人们普遍认为灵感和构思是比较难的环节，这可能与专业背景有关。

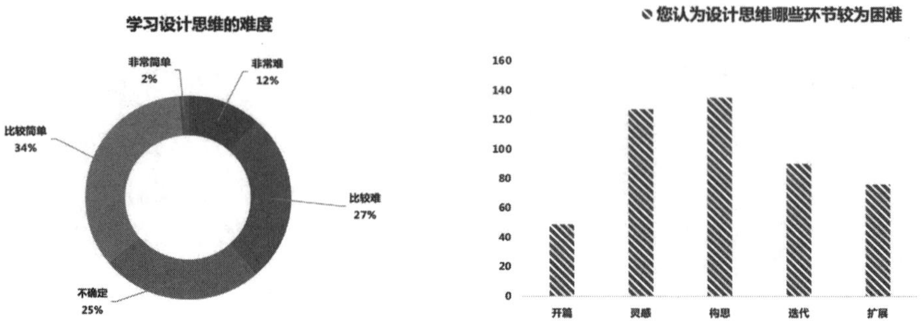

图 5-5 设计思维难度认定情况

（三）关于工作坊

现实中，馆员接触设计工作坊的机会并不多；有工作坊经历的馆员一般是在图书馆环境下和身边的同事共同参加；关于意愿方面，绝大多

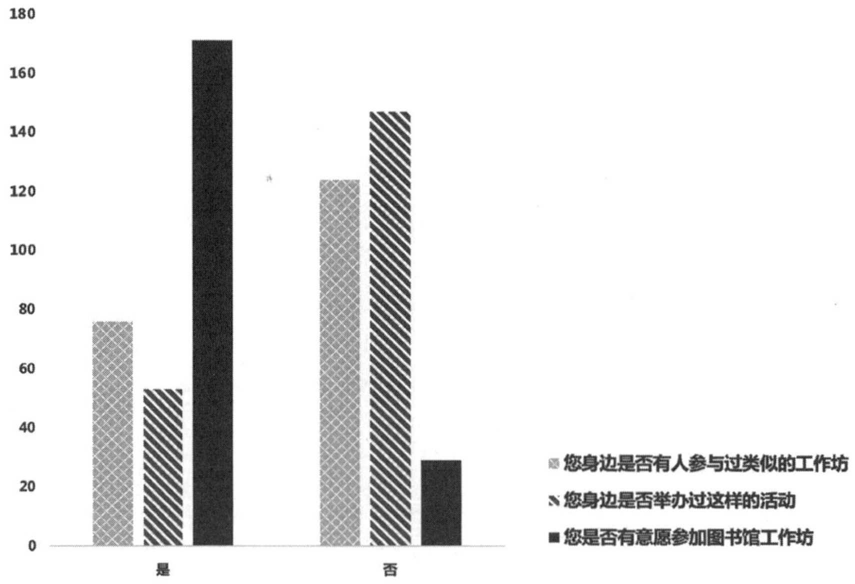

图 5-6 工作坊参与情况

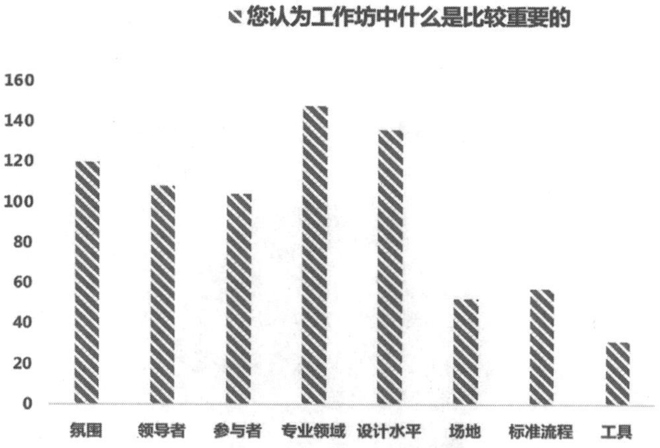

图 5-7 工作坊重要因素

数馆员表示愿意尝试工作坊，专业背景、设计水平和氛围成为工作坊中馆员最在意的部分。

三、图书馆与设计思维

“您是否在工作中运用过设计思维？”

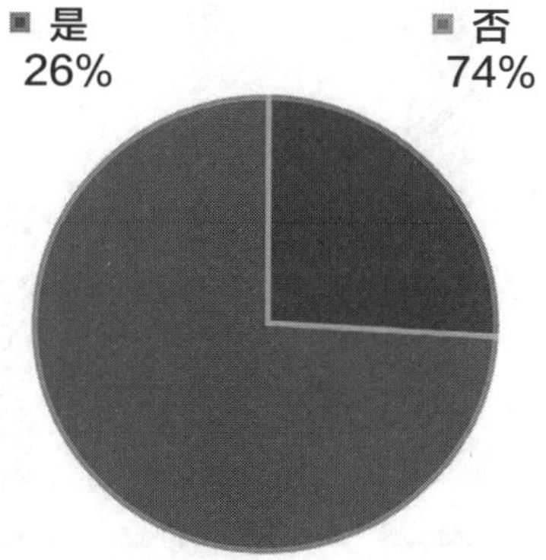

图 5-8 是否运用设计思维

“设计思维的过程中是否给您带来了帮助？”

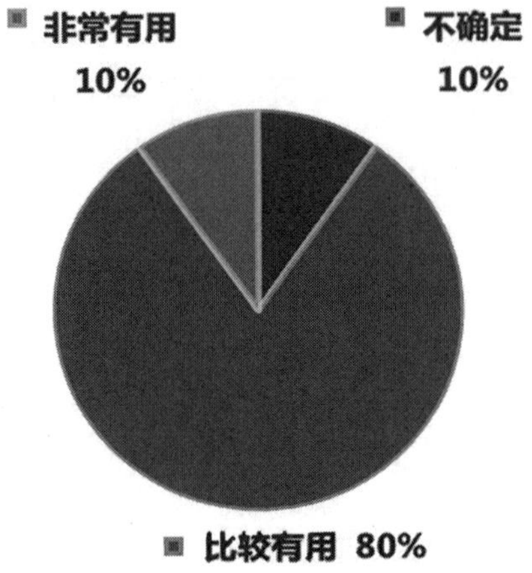

图 5-9 设计思维是否有帮助

“您运用了设计思维中的哪个步骤？”

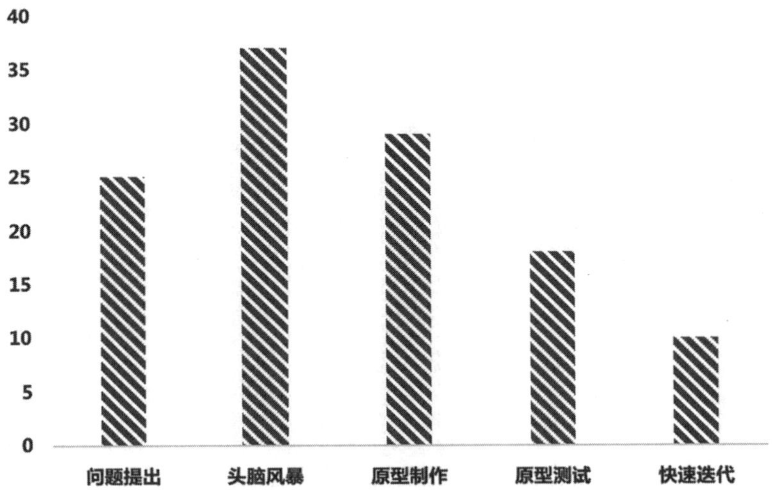

图 5-10 运用设计思维的步骤

调查发现，超半数使用过设计思维的馆员认为在具体步骤的执行过程中感到困难，参与人员的积极性不高。同时，不了解详细流程、囿于形式也是存在的问题，但设计思维在图书馆工作中的应用成效得到了肯定，几乎全部使用过的管理员都愿意将这种方式分享给同事和身边人。

第二节　高校图书馆馆员访谈

为深入了解高校图书馆馆员现状，2019 年 5 月，笔者团队对首都医科大学图书馆五个部门的九位馆员进行了半结构化访谈，主要从工作中的问题，以及他们对设计思维的理解和态度两方面展开，每名受访者平均时长约 15 分钟。访谈内容围绕“工作问题”“对设计思维观点”“二者匹配度”等方面展开，结果如下：

表 5-1 首都医科大学图书馆馆员访谈

从事工作	工作问题	对设计思维看法	设计思维与工作匹配度（7分制）	以设计思维解决其问题的可能性
系统维修人员	与用户仅在交论文时产生接触，平时接触较少；场馆使用功能单一，自习功能利用率明显高于阅读功能的；图书馆平时举办的图书分享交流会活动效果不明显	对设计认识较为模糊，对自行设计感到不自信和无所适从；认为图书馆需要在空间服务方面进行设计创新，以吸引更多的用户，提升空间利用率	4	其工作问题主要集中在空间服务方面，认为所在图书馆在该方面需进行创新设计，以吸引更多的用户，提升空间利用率，因此设计思维对于其工作的改善有一定的辅助作用
办公行政人员	工作范围主要在行政、存档以及数据统计领域，与用户接触较少，对图书馆的提升途径思虑较少	认为设计需要活跃的思维，而自己并不具备这项能力，同时，认为设计与自己的工作存在一定距离	3	其工作问题主要集中在办公行政方面，与图书馆服务、空间类工作相关性较小，且有较为专一的解决途径，因此该工作类别的馆员运用设计思维的机会也较小
咨询服务人员	认为本校图书馆更偏向医学思维，与传统的图书情报图书馆存在不同；与用户的接触较多，学生反映的问题多集中于操作使用层面，如账户名密码、如何在线借还书等	认为设计能力与每个人的生活背景相关，对于自行进行完整的设计过程并不自信，认为需要有人指导和带领才可完成	6	其工作问题主要集中在与学生接触较多的咨询服务方面，尽管问题层面简单，但可通过设计思维优化整体的咨询服务系统，以减少类似的操作问题发生；而该馆员表示对设计能力不自信，因此设计思维在该工作类型下的发展有一定的必要性

表 5-1（续）

从事工作	工作问题	对设计思维看法	设计思维与工作匹配度（7 分制）	以设计思维解决其问题的可能性
文献采编人员 1	图书馆的大部分书目由上级领导确定，学生对于图书馆的文献采集工作参与的热情度不高，且由于宣传力度不够，很多用户并不知道有此途径	没有思考过与设计相关的问题，对于生活中需要设计的内容存在轻微的胆怯心理，并不是特别具有自信心	4	目前国内高校多数的采编机制决定了学生在其中的参与度不高的情况，考虑到激发学生对于阅读行为的兴趣及每日馆内人流量，可适当利用设计思维来提升所采编书目与师生等使用者兴趣的匹配度
文献采编人员 2	主要从事纸本书籍的采集采购工作，没注意到工作中的问题	设计需要天马行空般的想象能力，而对于外行来说存在距离感	4	没有注意到问题可能会是大问题，也没有意识到设计思维正是解决该问题的最佳“工具”
文献采编人员 3	发现目前图书馆使用率比较低，存在资源利用不高的问题，出于安全和管理等多方面的考虑对社会大众开放使用的程度不够。另外因数据库使用的是所购外来内容，学校的资源主要集中在纸质图书上，而相较于电子图书的借阅度，纸质图书的需求度并不高	认为设计带有文艺和神秘的色彩，对于生活来说十分重要，可以增添生活的趣味和色彩，要做好的设计需要有一定的阅历并且善于从旁人不易察觉的角度去思考问题	4	针对社会开放程度不高的现象，因背后原因的多样性和复杂性，需多方背景人员共同探讨策略，而设计方法中的“设计小组”恰可有效解决此问题。因此从事文献采编工作的图书馆员可以尝试通过设计思维来帮助解决工作中诸如增强馆藏资料的丰富性及扩大图书馆的社会影响力等问题

表 5-1（续）

从事工作	工作问题	对设计思维看法	设计思维与工作匹配度（7 分制）	以设计思维解决其问题的可能性
流通阅览人员 1	相较于电子资源借阅量的上升趋势，纸质图书的借阅量在不断下降；由于教学评估需要购进纸质图书，然而没有足够的地方来存放旧图书而使空间成为最大的阻碍	认为设计需要活跃的思维和独到的眼光；个人有较为强烈的愿望来进行设计思维相关的学习和掌握，平时也会关注一些与设计相关的社交媒体等，但受到个人动手能力的限制，会稍显力不从心	7	提高纸质资源的阅读量属图书馆借阅服务类别，存放旧图书为图书馆空间类别，而两种类型的问题均可通过设计思维的引入被解决，图书馆馆员可形成设计小组共同发散创意，寻求空间利用最大化的解决办法
流通阅览人员 2	学校图书馆会有推荐图书的专栏，根据热点事件进行图书推荐。这项活动深受同学们喜爱。猜想用户不是没有阅读热情只是缺少目标，需要推荐好书。同时图书馆会举办图书月和相关讲座活动，但效果并不明显	设计需要活跃的思维，自己不具备，设计与自己的工作存在一定距离	7	在信息获取空前便捷的今天，提高图书月和相关讲座活动的吸引力需要打破常规思维，优化服务活动体验。活动正是图书馆设计思维的四大应用领域之一，能够帮助组织者获得突破性的创意，构建顺畅的活动流程

表 5-1（续）

从事工作	工作问题	对设计思维看法	设计思维与工作匹配度（7 分制）	以设计思维解决其问题的可能性
参考咨询人员	与用户接触较多，用户的问题主要集中在操作方面，如怎么借，怎么续借等。平时也会收到用户的意见反馈，集中在设备方面，如座椅不舒服，空调温度不合适等。图书馆尤其是高校图书馆较为稳定，不思变，体制是根本问题	设计师与常人一样，设计没有那么难，并不神秘	6	设计思维既能帮助图书馆馆员解决基本性的操作指导，例如如何续借图书，也能帮助图书馆脱离僵化的状态，探索更多的可能，开发更大的潜力，更好地应对图书馆转型中的各种挑战

通过对九位分别从事不同工作的图书馆馆员的访谈，可以发现每位馆员均遇到了的问题。大多数馆员对于设计思维了解甚少，且并不认为自己有能力独立完成一项设计工作，认为面向馆员的设计思维科普活动有必要性，图书馆应定期举办设计思维讲座与实践活动。此外，相较于后台的采编、维修等工作，受访者认为与学生直接接触的借阅流通、服务咨询等工作表现出与设计思维更为紧密的联系。为提高资源利用率、探索馆内服务的多样化形式，以及改善馆内空间问题，受访者认为应充分发挥设计思维的作用，优化高校图书馆的业务与服务。

第三节　图书馆设计思维文献研究

一、文献研究准备

近年来，设计思维在图书馆界有了越来越多的应用。为了建立对我国图书馆设计思维应用情况的基本认识，笔者团队采用半结构化访谈、问卷调查和工作坊的形式开展了调研。从笔者对首都医科大学图书馆五个部门的九位馆员进行的较为深入的半结构化访谈的结果来看，一人认为设计思维“不难”“不神秘”，其余八人觉得设计思维与自己“有距离”或对自己的设计能力“不自信”。从笔者委托“问卷网”开展的图书馆馆员设计思维调查来看，约 62% 的受访者认为自己了解设计思维，有约 25% 的馆员使用过设计思维。在使用过设计思维的 52 名受访者中有 41 人认为设计思维“比较有用”，有 5 人认为设计思维“非常有用”，余者持中立态度。与此同时，有超过 50% 的使用者也表示自己在使用设计思维时遇到一定程度的困难。2018—2021 年，笔者的团队举办了五次由图书馆馆员、高校师生参与的图书馆主题线下 / 线上设计思维工作坊，三次线下工作坊仅限于北京邮电大学师生，两次线上工作坊包含多地、多校师生。总体而言，工作坊既展现了设计思维对于图书馆创新的价值，也暴露了设计思维在图书馆应用中的一些不足。在过程方面，大多数图书馆馆员、非设计专业学生与设计专业师生在相同的设计思维流程中呈现不同的使用状态。严格来说，前两者更多是在行动上使用了设计思维，思维上仍有些囿于固有模式，未完全跳出初始问题框架；在结果方面，尽管产出了一些优质概念，但都在深化阶段碰到了困难——非设计背景的参与者认为自己缺乏设计能力，对原型制作持抗拒或敷衍态度，导致最终结果未能达到预期。

虽然上述调研仅面向高校图书馆，无法呈现国内图书馆设计思维应用的全貌，但足以印证笔者对于设计思维的两点设想：①设计思维对于国内图书馆是有价值的，②国内图书馆的设计思维应用还未达预期。为了进一步探究设计思维应用未达预期的原因，笔者对国内图书馆设计思维应用研究论文展开研究，系统总结设计思维在我国图书馆中的应用情况，深入分析其存在的问题，并尝试提出一些应对策略。选择文献为研究对象是因为：①相关论文应是图书馆设计思维应用的理论总结，源于实践、高于实践，能反映现状，暴露问题；②文献分析是现有条件下唯一能兼顾广度和深度的研究形式，例如问卷调查只能保证广度，而工作坊则只能保证深度。

此次文献调研以 CNKI 中国知网学术平台、万方数据知识平台、维普中文期刊服务平台三大中文数据库为统计数据获取来源，检索时间为2021年9月30日，时间跨度为所有年份，以主题为检索项，以“图书馆”和“设计思维”的不同层次表达及近义词为检索词，人工筛选了与图书馆设计思维密切相关的学术文献144篇。筛选标准为文献是否包含设计思维理论结构下某一维度内容的应用研究。以《智慧图书馆设计中“以人为本”理念实现路径》一文为例，虽然该文出现了“以人为本”“人性化”“设计”“服务”等设计思维研究领域的高频词，但未涉及任何设计思维工具/方法、阶段模型、方法论或范式的应用或探讨，故不纳入本课题统计和研究的范畴。服务设计是近年来图书馆界十分热门的主题，IDEO将服务列为设计思维的主要应用领域[1]，代尔夫特理工大学视服务设计为一种设计观点[2]，笔者认为服务设计在本质上是以服务系统为对象的设计思维应用，因此本次调研的检索词包含“服务设计”。

二、国内图书馆设计思维应用的领域

从文献来看，设计思维在不同类型图书馆中都有应用，高校图书馆最多。虽然高校图书馆与公共图书馆在用户、定位、规划上都存在一定差异，但从设计思维应用的角度来看并没有太大不同，可以视为一个整体。设计思维可以广泛应用于图书馆的各个领域，用来解决空间、活动、服务、系统等方面的问题。首先，有近1/2的文献集中在“服务设计研究”，主要有三个方向：①对图书馆服务框架和策略的整体探讨；②就服务设计的某个环节，例如需求分析，展开深入探索；

---

[1] 参见IDEO公司《图书馆中的设计思维——以用户为中心的工具包》，广州出版社2016年版，第15页。

[2] 参见代尔夫特理工大学工业设计工程学院编《设计方法与策略：代尔夫特设计指南》，倪裕伟译，华中科技大学出版社2014年版，第37页。

③围绕某一项具体图书馆服务展开研究——既有针对优秀服务设计的案例分析，也有基于自身设计实践的实证研究。其次为“系统设计研究”，占比超过 1/4。系统包含多方利益相关者、多重关系及多种需求，设计系统就是整合多个相互依存的服务，形成更强的动力和更广泛的影响力。从文献来看，国内图书馆的系统设计研究主要聚焦于设计思维在图书馆中的宏观应用，例如设计思维与图书馆工作全过程的融合、基于设计思维的图书馆未来发展战略、以图书馆为中心的社会创新等。空间是图书馆中最容易理解的设计思维使用场景，主要围绕“空间再造”“主题空间”“视觉标识”等细分方向展开，也产出了数量可观的设计思维研究成果。最后是活动设计研究，严格来说活动属于图书馆服务的一部分，但又不完全等同于服务，可将活动理解为具有时效性的服务。从文献来看，活动设计研究主要围绕“阅读推广”和“信息素养教育”两方面展开。

三、国内图书馆设计思维研究的历程

设计思维在国内图书馆中的应用和研究始于 2013 年，2013—2014 年的研究全部围绕“服务设计”展开，直至 2015 年才出现以“设计思维”为篇名的文献。如图 5-2 所示，2016 年是国内图书馆设计思维文献载文量的第一个高峰，载文量在经历 2017 年的下降后逐渐回升，并在 2019 年达到新高，随后又逐渐下降。部分代表性文献包括但不限于：曾婷基于服务蓝图提出了 Human Library 的服务设计策略与措施[1]；

[1] 参见曾婷《Human Library 服务设计问题与对策研究》，《图书情报工作》2013 年第 4 期。

徐越人介绍了北卡罗来纳州立大学图书馆运用人物角色、服务原型等工具进行的空间与服务设计实践，并借鉴国外经验为浙江图书馆构思了服务空间设计方案[1]；陈欣、孙建军提出将设计思维引入学科导航建设，论述了设计思维在解决用户需求问题上的优越性，探讨了在情报学科研究中应用设计思维的优势与挑战[2]；盛卿基于Design Thinking for Libraries全面介绍了设计思维在图书馆中的应用，并将设计思维进一步提炼为“换位思考”“形象表达”“合作创新”三大要素；刘小凤运用设计思维探索满足读者需求的信息素养的提升策略，并初步检验策略的有效性[3]；郭晓蕾、张凌浩立足设计思维视角，从开展用户研究、塑造互动体验链、构建协作式关系出发进行知识服务创新设计[4]；陈信、柯平认为要改变传统图书馆墨守成规、缺乏创意的刻板印象，需将设计思维融入现代图书馆职业理念，贯穿于图书馆全过程[5]；陈欣在梳理设计思维应用研究文献和案例的基础上，通过广州图书馆创客空间设计实践总结了公共图书馆开展设计思维学习和应用的路径[6]；闫伟东认为国内图书馆在面向未来的建设及发展中，应融入设计思维，坚持开放、灵

[1] 参见徐越人《美国北卡罗来纳州立大学图书馆空间和服务设计应用研究》，《图书馆论坛》2014年第5期。

[2] 参见陈欣、孙建军《关于设计思维在学科导航建设中应用可行性的探索性思考》，《情报理论与实践》2015年第1期。

[3] 参见刘小凤《设计思维框架下的读者信息素养提升策略研究》，《图书馆》2017年第10期。

[4] 参见郭晓蕾、张凌浩《互联网背景下公共图书馆知识服务设计策略研究》，《图书馆建设》2018年第5期。

[5] 参见陈信、柯平《设计思维在图书馆应用研究》，《图书馆工作与研究》2019年第5期。

[6] 参见陈欣《设计思维在公共图书馆中的应用研究——以广州图书馆创客空间为例》，《图书馆》2020年第4期。

活及绿色的理念，注重合作、伙伴及开放式创新，坚持以人为本的智慧化发展理念。[1]

表 5-2 研究文献领域分布表

主题	通论图书馆	公共图书馆	高校图书馆	总计
活动设计研究	9	2	8	19
空间设计研究	6	6	11	23
服务设计研究	27	18	25	70
系统设计研究	12	11	9	32
合计	54	37	53	144

从 2013—2021 年的文献来看，国内图书馆界一方面对于如何应用设计思维有了更多宏观或微观的思考；另一方面逐渐将设计思维应用到了更多的细分领域，呈现对图书馆界主流研究热点的清晰呼应，例如信息素养、精准服务、阅读推广、移动服务、创客空间、空间再造、文创产品、文旅融合、智慧图书馆、人工智能、知识产权等。文献一方面反映了设计思维毋庸置疑的应用价值，另一方面或多或少暴露了当前图书馆中设计思维应用的一些不足，例如涉及的图书馆工作领域不够全面，设计思维工具的使用并没有根据实际事务进行适当调整或改进等。总的来说，上述设计思维文献分布态势研究既呈现了现状，也反映了问题，但还无法充分揭示造成“设计思维应用未达预期”的原因，有必要从更为基础的视角对设计思维文献进行分析。

[1] 参见闫伟东《Dokk1 图书馆面向未来的建设实践研究与启示》，图书馆建设网站。

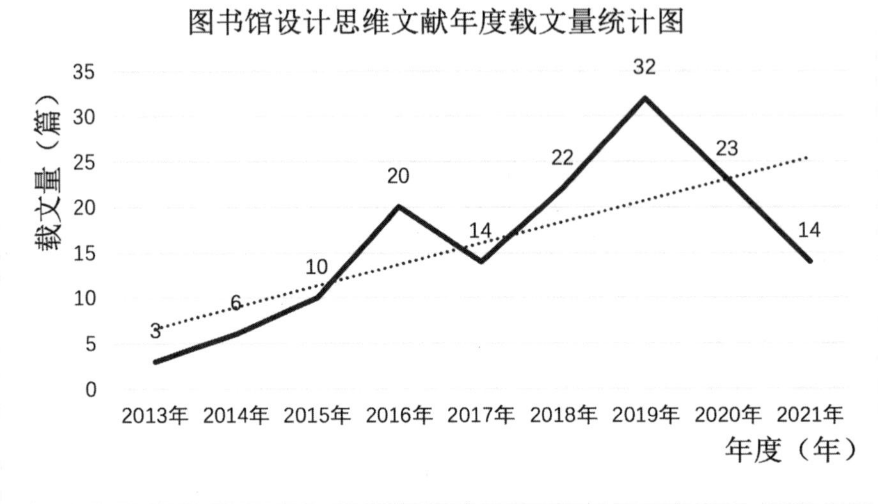

图 5-11 图书馆设计思维文献年度载文量统计图

四、我国图书馆设计思维文献理论结构分析

笔者使用劳尔森的设计思维理论结构作为文献分析框架，从工具 / 方法、行动建议、方法论、范式四个层面考察国内图书馆设计思维应用和研究的现状。基于设计思维理论结构的文献分析可以从一个比较基础性和细粒化的视角展现国内书馆设计思维研究的面貌，能够更为深刻地揭示当前应用研究中存在的问题。设计思维理论结构各层级间的关系可以简单概括为：①范式是方法论的认识基础。②方法论是行动建议的内在逻辑。③行动建议是工具 / 方法的使用步骤。④工具 / 方法是范式的“操作终端”。为了分析的有效性，笔者综合考虑期刊收录情况、作者学术背景、文章撰写质量等因素进一步剔除了部分学术水平相对低的文献，最终保留 93 篇。

（一）范式

范式包含了人们对于世界的理解、假设和价值观，它决定了人们看待问题的角度、思考问题的方式及评价结果的标准。设计思维范式主要包含三个关键方面：①将抗解问题作为对现实世界的构想。②以溯因推理为基本逻辑形式。③以情境意义构建为主要价值和“真理标准”。[1]“抗解”是指现实问题看起来模糊、混乱、变幻不定，充斥着残缺、矛盾、纷繁芜杂的信息。溯因推理是一种借助“逻辑跳跃式思维”提出新理念[2]的逻辑形式，其目标不是声明或宣布某个结论是否正确，而是提出哪些结论可能正确。设计思维的主要价值和“真理标准”是情境意义构建[3]，即设计活动是否创造了具有情境意义的新事物。在保留的 93 篇论文中，没有论文以范式为主要内容，有两篇提及抗解问题或包含有抗解问题意味的内容。例如刘小凤提到了抗解问题[4]（原文采用“棘手问题”的译版，为行文流畅统一表述），再如“未来的问题是开放、复杂、动态及网络化的”[5]，就是一个近似抗解问题的表述。

---

[1] Linda Nhu Laursen and Louise Møller Haase, “The Shortcomings of Design Thinking when Compared to Designerly Thinking”, *The Design Journal*, Vol.22, No.6, 2019, pp.813-832.

[2] 参见 [英]Nigel Cross《设计师式认知》，任文永、陈实译，沈浩翔审校，华中科技大学出版社 2018 年版。

[3] Klaus Krippendorff, *The Semantic Turn-A New Foundation for Design*, New York: CRC Press/Taylor and Francis Group, 2006.

[4] 参见刘小凤《设计思维框架下的读者信息素养提升策略研究》，《图书馆》2017 年第 10 期。

[5] 盛卿、侯文军：《苏格兰公共图书馆的战略研究与设计思考——基于〈目标与机遇——2015—2020 苏格兰公共图书馆战略〉》，《图书与情报》2016 年第 2 期。

（二）方法论

从世界范围来看，虽然不同的设计思维派系使用相似的阶段模型，但对于每个阶段应该使用什么工具 / 方法并没有达成共识。[1] 出现这种情况的深层原因是设计思维面对的问题往往是抗解的，很难为相同或相似的阶段指定一致或类似的工具 / 方法，而是要立足问题情境、依据某种原则灵活取用，这就进入了方法论的范畴。方法论是人们对特定问题和解决方案的理解方式，以及选择工具 / 方法来应对问题的原则。阶段模型可以理解为阶段性的工具 / 方法集合，似有"方法之方法"的意味，但它们不是方法论。因为方法论不是方法的集合，而是论方法的，是关于思维的，是对于方法的反思。方法论可以引发情景化行动[2]，而这些阶段模型并不关注问题情境，即它们不帮助设计思维者根据特定问题情境来调整工具 / 方法。设计思维的主要方法论是探索性学习[3]——设计思维应对的是抗解问题，很难在开始阶段就确定解决问题所需要的知识，这使得设计成为一个在反馈中迭代的持续学习过程。由于探索性学习往往充满变数，设计思维的实际过程常常呈现一种不断反复的状态，各阶段的内容、体量、次序也非一成

[1] Andre Leme Fleury, Henrique Stabile et al, "An Overview of the Literature on Design Thinking: Trends and Contributions", *International Journal of Engineering Education*, Vol.32, No.4 , 2016, pp.1704-1718.

[2] Linda Nhu Laursen and Louise Møller Haase, "The Shortcomings of Design Thinking when Compared to Designerly Thinking", *The Design Journal*, Vol.22, No.6, 2019, pp.813-832.

[3] Linda Nhu Laursen and Louise Møller Haase, "The Shortcomings of Design Thinking when Compared to Designerly Thinking" ,*The Design Journal*, Vol.22, No.6, 2019, pp.813-832.

不变。[1] 方法论的重要性不言而喻，然而在保留的 93 篇论文中，没有论文以方法论为主要内容，有 20 篇论文包含方法论或含有方法论意味的内容。例如盛卿曾在关于苏格兰图书馆发展战略 [2] 和 IDEO 设计思维的两篇文章中介绍框架创新（Framing）方法论；再如“UnLibrary” [3]（由非图书馆员想象、设计的非常规图书馆）、“图书馆＋” [4] 都是具有一定框架创新意味的概念，而“Day in the life” [5] 则是一个包含些许反思性实践（Reflective Practice）元素的项目。

有学者认为设计思维本质上是一种方法论 [6]，这是一种对于设计思维的凝练表述，我们可以解读为：设计思维是一个内涵丰富，以各类设计方法为主体内容的理论体系，其核心是把握“事与物”的逻辑结构，灵活地根据问题情境使用设计方法，即方法论。

（三）行动建议

行动建议的主要呈现形态是阶段模型，其类型十分丰富，最具

[1] Tim Brown, “Design Thinking”, *Harvard Business Review:Reader's Guide*, Vol.86, No.6, 2008, pp.84-92,141.

[2] 参见盛卿、侯文军《苏格兰公共图书馆的战略研究与设计思考——基于〈目标与机遇——2015—2020 苏格兰公共图书馆战略〉》，《图书与情报》2016 年第 2 期。

[3] 张晓雁:《“互联网+”思维驱动下的高等院校学科分馆空间再造的实践与探索——以北京大学图书馆外国语学院分馆为例》，《大学图书馆学报》2020 年第 1 期。

[4] 张若楠、贾苹：《5 GAP 模型视角下图书馆营销策略探究》，《图书情报工作》2019 年第 5 期。

[5] 杨朝强：《美国图书馆嵌入式科研服务项目研究及启示》，《新世纪图书馆》2017 年第 7 期。

[6] 参见陈超《用设计思维建设，用连接战略发展——大阅读时代公共图书馆发展战略思考》，《图书馆杂志》2018 年第 1 期。

代表性的是 IDEO 提出的“灵感—构思—迭代”模型。在保留的 93 篇论文中，有 35 篇包含了一定篇幅的阶段模型论述。其中，有 16 篇基于现有成熟模型开展了研究或实践；有 5 篇在现有成熟模型的基础上提出了面向特定领域的进阶模型；有 4 篇在未明示来源或参考的情况下给出了阶段模型；有 9 篇未给出阶段模型，但开展了阶段性设计工作。例如《设计思维在图书馆应用研究》[1] 就是一篇以 IDEO 阶段模型为骨干的应用研究论文，再如《大学图书馆学习空间设计流程及实施策略》[2] 基于对几类学习空间设计阶段模型的研究，总结了图书馆空间项目实施的策略。在 26 篇明确给出阶段模型的论文中有 18 篇是泛设计领域的阶段模型，分别是 IDEO 阶段模型 17 篇，参与式设计阶段模型 1 篇；有 8 篇是特定设计类型的阶段模型，分别是服务设计 4 篇、空间设计 2 篇、体验设计 1 篇、导视设计 1 篇。

所有的设计思维阶段模型都有三个主要阶段：沉浸（Immersion）、构思（Ideation）和原型（Prototyping）。[3] 沉浸是设计思维行动的起点，指沉浸于情境之中，通过特定的理解抗解问题来获得最初的设计启示（IDEO 的“灵感”或“共情—定义”都是“沉浸”的近似表达）；构思是所有阶段模型的核心，处于产出解决方案的创造性中间阶段；行动建议层的“原型”要大于工具 / 方法层的，是设计思维行动的收尾阶段——将设计概念具象化为原型，邀请用户参与测试，验证概念

[1] 陈信、柯平：《设计思维在图书馆应用研究》，《图书馆工作与研究》2019 年第 5 期。

[2] 丁培、胡振宁：《大学图书馆学习空间设计流程及实施策略》，《图书情报工作》2019 年第 16 期。

[3] 参见张晓雁《“互联网+”思维驱动下的高等院校学科分馆空间再造的实践与探索——以北京大学图书馆外国语学院分馆为例》，《大学图书馆学报》2020 年第 1 期。

或进入下一轮设计思维活动。上述 35 篇论文都包含上述三个阶段中的前两个，有 14 篇论文没有或基本没有涉及原型，其中 9 篇是设计实践类文章——跳过原型阶段给出了最终方案，还有 5 篇偏重策略——未深入至原型阶段。在谈及原型的 21 篇论文里，对原型的研究也比较简单，仅有 3 篇论述了原型工具 / 方法，仅有 4 篇论文实践了原型——其中 3 篇以问卷的形式进行了原型测试，只有《设计思维在公共图书馆中的应用研究——以广州图书馆创客空间为例》[1] 一篇进行了基于场景构建，具有一定保真性的原型测试。国内图书馆在行动建议层的应用现状与工具 / 方法层呈现了清晰的呼应关系。

（四）工具 / 方法

从世界范围来看，工具 / 方法是设计思维应用和研究最为集中的层面，这一点在国内图书馆设计思维文献中也有体现。在保留的 93 篇论文里有 10 篇以工具 / 方法为篇名，有 60 篇包含了一定篇幅的工具 / 方法论述，总共涉及工具 / 方法 46 种。例如《基于用户画像的高校图书馆精准服务构建》[2] 就是一篇以工具 / 方法为篇名的文章，再如《社会学与设计学视角下的公共图书馆座位研究》[3] 一文主要用到了用户画像、参与式观察、利益相关者访谈等设计思维工具 / 方法。上述 46 种工具 / 方法可以分为探索发现、定义、开发、评估决策、展示模拟五大类。探索

[1] 陈欣：《设计思维在公共图书馆中的应用研究——以广州图书馆创客空间为例》，《图书馆》2020 年第 4 期。

[2] 裘惠麟、邵波：《基于用户画像的高校图书馆精准服务构建》，《高校图书馆工作》2018 年第 2 期。

[3] 杨琬如、田中豪、黎俊杰、张朵朵：《社会学与设计学视角下的公共图书馆座位研究》，《图书馆论坛》2020 年第 5 期。

发现类是指在设计过程中进行探索、发现所需要的工具 / 方法，例如服务蓝图、焦点小组等，共计 27 种；定义类是指辅助设计师定义设计对象、设计问题和设计挑战的工具 / 方法，例如用户角色、用户画像等，共计 10 种；开发类是指辅助设计师在设计过程中产出创意和概念的工具 / 方法，例如头脑风暴、5W2H 等，共计 7 种；评估决策类是指在设计过程中用于评估设计方案并辅助决策的工具 / 方法，仅 KANO 模型一种；展示模拟类是指在设计过程中用于展示和模拟设计提案的工具 / 方法，仅原型一种。在 46 种工具 / 方法中，相关论文超过一篇的如下表所示。

表 5-3 论文应用设计工具 / 方法篇数统计

工具 / 方法	论文数量	工具 / 方法	论文数量	工具 / 方法	论文数量
服务蓝图	9	问卷调查	5	5W2H 法	2
头脑风暴	7	用户画像	4	KANO 模型	2
原型	5	用户角色	3	焦点小组	2
用户访谈	5	直接观察	3	行为地图	2
用户旅程图	5	思维导图	3		

从文献来看，国内图书馆对五类设计思维工具 / 方法的应用并不均衡。无论是工具 / 方法的种类数，还是相关研究的发文量，探索与发现类、定义类、开发类工具 / 方法的比重都明显超过其余两类。

五、我国图书馆设计思维研究的问题

基于前文研究，将从文献分布和理论结构两方面来分析当前我国图书馆设计思维应用研究中存在的问题。

（一）从文献分布来看

1. 应用范围局限

从文献来看，虽然已有国内学者提出“设计思维贯穿图书馆全过程”的口号，但我国图书馆设计思维仍主要应用于服务、系统、活动和空间等与用户直接关联的领域，尚未充分释放设计思维的潜力。国外图书馆界正尝试“用设计思维开展图书馆的一切工作和服务，从硬件到软件，从建筑到环境，从空间到服务，从服务流程到业务流程”[1]，我们是否也可以突破现有局限，让设计思维深入更为后台的图书馆工作，例如馆藏文献采编？参与更大型的图书馆项目，例如场馆规划设计？赋能更抽象的图书馆管理，例如成为图书馆职业理念的一部分？国内图书馆设计思维应用范围的局限，从本质上看源于图书馆从业者更多地将设计思维视为一种沟通用户、激发创意的简便工具，未能充分理解设计思维的理论、灵活运用设计思维的方法。

2. 发展轨迹混乱

虽然国内图书馆界对于如何应用设计思维已经有很多宏观或微观的思考，也将设计思维应用到很多细分场景，但整体来看，国内图书馆的设计思维应用研究没有形成明确的发展轨迹。在近十年的历程里，看不到清晰的设计思维研究脉络和方向，常常见到的是图书馆热点和设计思维工具的刻意组合；也没有显著的应用研究递进和提升，存在相当数量的简单模仿、机械重复甚至错误使用。例如，虽然应用领域从阅读推广变为文创设计，从创新创业变为文旅融合，

---

[1] 闫伟东：《Dokk1 图书馆面向未来的建设实践研究与启示》，图书馆建设网站。

但设计思维工具 / 方法并没有调整，使用水平也看不到进步；再如 IDEO 阶段模型，时至今日，大多数应用仍以“拿来主义”为主，缺乏本土化、本地化、本馆化，以及面向具体问题情景的思考与调整。当然，发展轨迹混乱不代表个体的研究没有价值，但整体来看确实没能形成足够的合力。

文献分布主要反映了国内图书馆在设计思维应用范围和发展轨迹方面的问题,这一方面有待图书馆工作者从规划和管理的视角予以应对，另一方面可能也需要从设计思维理论结构的维度进行反思。

（二）从理论结构来看

1. 设计思维研究层级之间的不均衡

国内图书馆的设计思维研究主要围绕工具 / 方法层与行动建议层展开，对方法论层和范式层少有涉足。方法论和范式对于设计思维的成败有着不言而喻的意义：缺少方法论指导的设计思维可能会陷入生硬套用模型、刻板使用工具的困境，而缺少范式启发的设计思维可能无法抓住问题本质，有效推进设计进程，客观评价方案价值。出现这种局面的原因一方面可能是国内图书馆的设计思维研究起步较晚，尚未发展到应用高阶理论的阶段；另一方面是这些层面的研究往往更为宏观，很可能会超出图书馆设计的范畴，进入更为宽泛的社会创新领域。

这种“不均衡”在图书馆的应用中会体现为图书馆馆员在相同的设计思维流程中呈现不同于设计师的使用状态——行动上使用了设计方法，思维上仍囿于固有模式，未能跳出初始问题框架。设计思维初学者与专业设计师的关键差异在于对方法论的掌握。专业设计师通常掌握探索性学习（Explorative Learning）、反思性实践等多种方法论，能够适应不同形势，确保行动与情境相匹配。缺少方法论指导就意味着人们按部就班使用的工具 / 方法可能会在某些情境中“水土不服”，这就解释了为什么会有人使用设计思维遇到困难——因为他们依循行动建议的按部就班行动可能并不适合当前的具体情境。

2. 设计思维研究层级内部的不均衡

工具 / 方法层的研究主要集中于探索发现类、定义类、开发类，对评估决策类、展示模拟类涉及较少，这在一定程度上反映了图书馆设计思维活动整体不够落地，多将设计思维视作调研和创意的工具 / 方法，未充分发挥其在创造和实施中的作用。行动建议层的应用主要侧重于前期（沉浸）和中期（构思）阶段，对后期（原型）涉及较少，这或多或少显示了国内图书馆设计思维活动在完成度方面的不足，也恰好与工具 / 方法的使用现状形成呼应。造成这种局面的原因一方面是原型制作或多或少涉及造型能力，这显然已经超出了很多非设计背景初学者的舒适区；另一方面也来自图书馆本身，例如有些工作很难转化为保真原型。

这种“不均衡”在图书馆中可能会体现为在设计思维流程的前期和中期产出了一些优质概念，但在原型阶段碰到了困难，最终结果未能达到预期。原型制作是设计活动中的核心环节，它在专业设计师与设计思维初学者的手中往往会呈现十分不同的面貌。专业设计师更重视原型制作的背后价值——引发思考、启迪新知，对原型制作本身并不在意；而设计思维初学者则更关注原型本身，容易陷入为制作而制作的“迷途”，忘记原型制作的使命是促成思想与情境的对话；更糟的情况是非设计背景的参与者因为觉得自己缺乏设计能力，对原型制作持抗拒或敷衍态度，从而导致原型环节难以有效开展。

3. 设计思维自身的局限性

更进一步地说，假设可以完美地使用设计思维，就一定能够解决问题吗？不一定。现实情况是，即便在设计思维应用最广泛、最成熟的商业领域也出现了很多质疑的声音，一些学者甚至认为企业的设计思维活动几乎等同于“有趣、好玩”的团建。[1]很多研究表明，在非设计组织内实施设计思维是非常具有挑战性的。[2]要想找到这种“挑战性”的根源，可以从设计思维（Design Thinking）的同源概念，根植于设计领域的设计师式思维（Designerly Thinking）入手。一般来说，设计师式思维更关注范式、方法论，而设计思维则主要聚焦行动建议、工具/方法，二者最关键的差异在于核心方法论的数量(前者六种，后者一种)。从理论结构上看，设计思维最大的局限在于缺少足够多的将工具/方法与问题情境有效匹配的方法论，实施设计思维所遇到的“挑战性”源于方法论的不足。

从理论结构分析来看，设计思维应用的问题可以归结为图书馆中的设计思维理论体系存在缺陷，有过度简化之嫌。虽然现行的设计思维体系确保了“简单”，也堪称“可用”，但使用效果难以达到预期。这也在一定程度上呼应了国内图书馆设计思维应用局限和发展混乱的问题：如果在一些常规应用中无法达到预期，显然很难拓展到更复杂的场景，导致了应用领域的局限；如果在理论上没有进步，也就很难在应用中继续深入，呈现一种“随波逐流”的混乱状态。

---

[1] 龚渝蓓：《设计思维的资源整合观》，《中欧商业评论》2017年第3期。

[2] Lisa Carlgren, Maria Elmquist , Ingo Rauth, “The Challenges of Using Design Thinking in Industry-Experiences from Five Large Firms”,*Creativity and Innovation Management*, Vol.25, No.3, 2016, pp.344-362.

六、设计思维在（高校）图书馆中的发展建议

（一）均衡、丰富设计思维

除了设计学科特有的，设计思维框架内还有很多来自心理、社会、经济等学科的工具 / 方法。实际上，寻找或开发实用工具 / 方法就是设计思维领域的重点工作之一。据弗勒里等人的不完全统计，在论文和专著中出现的设计思维工具 / 方法多达 159 种，或许不需要掌握所有的工具 / 方法，但国内图书馆（46 种）无疑还有很多可以尝试的选择。从文献来看，工具 / 方法是国内图书馆设计思维研究最集中的层面。具体来说，工具 / 方法层的研究主要集中于探索发现类和定义类，这在一定程度上反映了图书馆设计思维活动整体不够落地，多将设计思维视作前期分析和定义问题的工具 / 方法，未充分发挥其在创造和验证中的作用。行动建议层是国内图书馆设计思维研究的另一个重点，研究主要侧重于前期和中期阶段，后期（原型）的研究较少，与国际设计思维研究态势恰好相反（在国际设计思维论文中，原型阶段相关的占 61.2%，沉浸阶段相关的占 12%）。这或多或少显示了国内图书馆设计思维活动在完成度方面的不足，也恰好与工具 / 方法的使用现状形成呼应。国内图书馆没有论文专门研究方法论和范式,只有少量论文对二者有所涉及。方法论和范式对于设计思维的意义不言而喻，缺少它们将无法充分发挥设计思维的创造力。如果工具 / 方法和行动建议层的失衡体现了设计思维活动完成度不高的问题，那么方法论和范式研究的缺位则显示了国内设计思维研究深度不足的短板。

有学者将设计思维的特点总结为：用户的中心地位，迭代的原型设计方法，探索抗解 / 异构问题，应用问题解决理念，基于溯因

逻辑的发散—收敛思维，应用视觉技巧探索概念，多学科、跨学科团队合作。用户的中心地位、问题解决理念、交叉团队合作已经成为国内图书馆设计思维研究的常规内容，几乎在所有文献中都有直接或隐含的表述。另外四点的现状却不尽如人意——没有溯因推理的探讨，几乎不涉及抗解问题，少有形象化手段的研究，迭代原型的应用不够深入。上述特点总结没有刻意追求理论的完整和表达的齐整，以一种简单、直接的方式列出了国际设计思维文献的重要“知识点”。如果说基于理论结构的逐级走查可以发现国内图书馆设计思维研究的系统性问题，进而引出系统性改进思路；那么参考上述特点总结的对比就能凸显国内图书馆设计思维研究的代表性缺陷，为后续改进提供具体抓手。

（二）引入设计师式思维

立足于设计思维研究的主要问题来看，国内图书馆可以从应用程度和设计思维的自身局限两个层面来进行提升。关于前者，整体来看可能是丰富工具 / 方法库、完善对实现阶段工具 / 方法的应用，补充方法论和范式的研究和应用，具体来说可以首先增加对抗解问题和溯因推理的关注，提高原型设计和视觉化技巧的水平；后者主要就是从设计师式思维领域引入方法论来提升对于问题情境的理解和应对能力。在设计思维使用中，很多“挑战性”的根源其实是方法论的缺位，例如原型工具和原型阶段在落实上的不理想就源于使用者未能很好理解原型的核心价值是“与情景对话”。故此，笔者认为国内图书馆可以尝试以设计师式思维方法论为抓手来解决设计思维研究中的问题。

1. 设计思维 VS 设计师式思维

劳尔森曾专门撰文分析设计思维相对于设计师式思维的局限性，他认为二者主要的差异是设计师式思维非常关注范式、方法论，而设计思维主要聚焦行动建议、工具 / 方法。设计师式思维包含六种关键的方法论，能帮助设计师适应不同问题，确保采取的行动与情境是匹配的，而设计思维主要为使用者提供处理问题的步骤，并为每个步骤指定工具 / 方法。如果将设计思维比喻为“招式”，那么设计师式思维就有一种“心法”的意味了。设计思维的局限性源自只重视行动建议和工具 / 方法，缺少将工具 / 方法与特定问题有效匹配的方法论。行动建议是不针对任何特定问题的，这意味着当人们按部就班地将工具 / 方法应用于具体情境时，“招式”可能会失灵。这就解释了为什么会有人抱怨设计思维“行不通”，因为他们依循的行动建议可能并不适合当前的情境。劳尔森列举了一个原型制作的例子来说明设计师式思维者与设计思维者的差异。例子中的设计思维者为工程背景，工程领域的原型通常用于测试功能和挑选方案，因此他可能会不自觉地追求原型的“尽善尽美”，而忘记它真正的使命是促成思想与情境的对话。

指导原型制作的设计师式思维方法论主要是情境对话。情境对话就是通过草图、草模、原型的创建来获取与设计情境相关的隐性知识并将其转化为可测试的方案。简单来说就是通过以原型制作为代表的创造活动来持续考察概念与情境的适配性，如果不合适或突发更好的灵感就中止现有制作，开始新一轮设计；如果合适就推进制作直至完成，继而测试、迭代。这也是为什么设计师式思维者常常中止原型制作，因为原型的使命在某一时刻突然结束了。相对于反思行动本身（Reflection on Action）——基于完成的原型来整体地反思设计，设计师式思维者同样看重在行动中思考（Reflection in Action）——在原型制作中产生的直觉思维，二者共同构成了反思性实践——设计师式思维中指导原型制作的另一种方法论。相较之下，设计思维其实较少关注原型制作过程中的思考——探索性学习是基于原型测试结论的学习，更不用说很多设计思维组织，包括 IDEO，出于简化设计思维的目的，连探索性学习也基本略去。工程师的原型观基本符合探索性学习，因为确实可能获得新知识，但在设计师式思维者看来，它可能反倒限制了真正的学习，丢失了更重要的知识。需要强调的是，无论是否完成，原型都没有制作水平的高低之分，只有启发水平的强弱之别，能联通情境、启发思考的原型无论多么粗陋都是合格的原型。

2. 设计师式思维方法论

目前学界主流的六个设计师式思维方法论分别是反思性实践、问题与方案共同进化（Co-development of Problem and Solution）、框架创新（Frame）、方案导向的目标分析（Solution-led Goal Analysis）、与情境对话（A Dialogue with the Situation）、模态转换（Modal Shifts）。

表 5-4 设计思维范畴内方法名称及概念介绍

方法名称	概念介绍
反思性实践	行动中的反思和行动后对过程进行反思
框架创新	通过重述来质疑和反思解决方案和问题
方案导向的目标分析	专注于寻找合理的解决方案，而不是限定目标
问题与解决方案共同进化	对问题和解决方案的理解共同发展的迭代过程
与情境对话	通过视觉表现和原型制作来捕捉情境中的隐性知识

表 5-4（续）

方法名称	概念介绍
模态转换	任务的不同方面和不同活动模式之间的快速转换

在六个方法论中，反思性实践、与情境对话、模式转换更像是一种素质，我们仿佛看了一个在原型制作中思考，通过原型与情境“对话”，在各种工作模式中灵活切换的专业设计师；问题与解决方案共同进化、方案导向的目标分析则是对问题解决思路和用户中心理念的深刻诠释和高度提炼。前三者很难总结出具体的操作流程，后二者则无须单独拿出来使用（可作为原有设计思维的“插件”），唯有框架创新是一个有别于传统设计思维，又能使用类似 IEDO 模型的流程来执行的方法论。因此，笔者认为可将框架创新作为践行设计思维方法论的起点。框架里显而易见包含了问题与解决方案共同进化以及方案导向的目标分析，在具体执行时也不可能缺少反思性实践、与情景对话与模态转化。

3. 框架创新

框架包含九个步骤，简单来说，就是先通过历史回顾来理解问题之中的矛盾，明确由直接利益相关者构成的情境 ；再将情境延展为包含更广泛关系的领域，提取核心群体的诉求 ；然后围绕诉求演化创新的框架，推导基于框架的设计概念；最后将概念转化为解决方案，并在实施的过程中将框架内化为一种设计基因。这九个步骤的顺序并不是绝对的，步骤之间也存在反复。框架是该方法的核心，可以理解为一种有助于解决问题的观察角度或思维框架。尽管框架常以简单的比喻呈现，实际上却十分复杂，它包含了对问题现象的突破性理解、启发性描述，以及配套性工作思路。框架创新的主要创始人凯斯・多斯特曾于 2015 年出版了专著《框架创新》，详细介绍了包含上述九步骤的方法论，具有很强的操作性，可以视其为设计师式思维的行动指南。

回到本节最初的问题，如果运用设计师思维方法论来解决工具 / 方法和情境匹配的问题。框架对情境的重视有时间上的——历史回顾，有“空间”上的——领域分析，有人物上的——情境分析，还有关系上的——矛盾分析，大大超出了设计思维方法中对情境的简单分析。设计思维当中另一个核心问题——不同背景使用者的固有思维，框架的核心是启发性描述——某种比喻，框架的价值就是通过某种比喻来一针见血地指出问题的关键，然后用该比喻蕴含的系统工作思路来处理问题。不同背景的使用者可以用不同的比喻来启发自己，只要找到了合适的比喻，后续工作可以沿用自己擅长的方式和套路来梳理。例如多斯特在应对酒吧区治安问题时提出了“音乐节”的比喻，那么后续问题即可通过参考音乐节的常规组织办法，即可创造性应对治安问题——很多非设计背景的人对创新不自信的问题或可迎刃而解。

目前尚未见到框架在国内外图书馆中的应用，部分具有框架意味的概念包括 UnLibrary、延伸服务、图书馆＋、空间＋等。UnbLiary 是一个具有一定框架意味的概念，不过更像是框架概念的一半和外壳，因为它只告诉我们图书馆可以不是图书馆，但没告诉我们图书馆可以是什么，并且缺少内在的问题解决思维（框架因问题而起，是解决问题的关键）。其他几个概念也存在类似的情况。2019 年，美国里奇兰图书馆（Richland Library）发布了《图书馆即工作室》（*Library as Studio*）项目报告，从变革原因、概念定义、结构框架、理论方法和概念应用几个方面对“图书馆即工作室”进行阐述。在概念应用部分，报告谈到：“图书馆即工作室”作为一个研究开始，可以为所有图书馆空间的设计提供一种转变的途径，能够更好地支持人们的学习、创造和分享。报告还列出一组“混合搭配的组件”（图书馆即……），用于具体启发不同的空间设计，支持不同的活动策划，如图书馆是“弹窗”“角落”“舞台”“艺廊”“咖啡厅”……“图书馆即工作室”系统、深入地阐述了图书馆“可以是什么”“为什么是”“如何成为”，是一个非常接近框架的图书馆概念创新。

第六章 基于口语分析的图书馆设计工作坊研究*

*本章内容的主要执行人为刘楠。刘楠系本书作者盛卿之硕士研究生。

口语分析是研究设计认知的一种有效方式，有以下两点优势：首先，提供口述的环境，让被试对象可以将大脑中抽象的想法和分析过程以外显的方式展现出来；其次，这种方式可以很好地捕捉和记录设计过程中出现的完整信息——思维跳跃发生于非常短的时间内，有时想法提出者本身都没有察觉。口语分析是对被试的话语进行记录和分析，实验的载体为设计工作坊，即多人讨论的场景。

第一节　实验开展

实验开展阶段流程如图 6–1 所示，主要分为实验前的设计阶段、实验阶段，以及实验后的数据整理阶段。

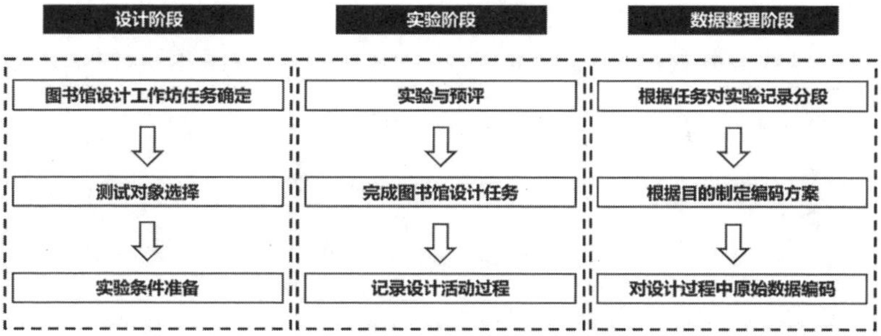

图 6–1　实验开展阶段流程图

一、设计阶段

（一）工作坊任务确定

工作坊是设计思维系列阶段性活动的具体组织形式，是头脑风暴、原型制作等主要设计思维工具 / 方法的“执行者”和“发生地”。工作坊围绕图书馆展开，为缩小范围、明确方向，最终将主题确定为“6G

全息技术在图书馆中的应用设想”。通过工作坊组织不同背景人员共同探讨、交流，进行6G技术驱动的全息投影在尊重需求方面的场景构建，让参与者对提出的场景进行打分，选择最优方案。在正式开展工作坊前，需要拟定策划方案，主要包括实验目的、物资准备、体验点、参与人员、流程总述、时间安排六部分。

（二）被试对象招募

实验的深层目的是研究设计人员与非设计人员在处理相同问题时的认知差异，揭示探索式设计的内在规律等，因此招募被试人员时需要按照一定标准进行筛选。首先需明确何为本实验中的“设计师”与“非设计师”。结合相关文献中人群的确定，本实验中“设计师”是指接受过系统的相关设计理论培训，并具有一定实践经历（取得一定等级的设计比赛奖项或有落地的设计输出成果）的人；“非设计师”是指未接触过设计理论培训且没有上述实践经历的人。最终，实验招募9名被试人员，3名设计师和6名非设计师，分为三组，第一组由2名设计师和1名非设计师组成，第二组由1名设计师和2名非设计师组成，第三组由3名非设计师组成。

（三）实验条件准备

实验前最后的准备工作包括对被试人员进行必要的方法讲解和流程沟通，签订知情同意书，以及准备实验中可能用到的工具、器材。工具用来辅助被试人员在设计工作坊中进行思考、交流，包括中性笔、彩笔、剪刀、胶带、便利贴、卡纸、贴纸等。器材主要是分析人员在记录讨论信息时需要用到的录音笔、摄像机、平板电脑等电子设备。

二、实验阶段

该阶段包括预实验与正式实验。预实验邀请被试人员以外的测试对象按照确定的策划案进行实验，通过预实验主要发现以下两个问题：一是时间控制问题，由于工作坊讨论是一个较为自由灵活的过程，参与人员很可能因为沉浸其中而出现较为严重的超时问题。这会导致每个组别展开讨论的时间变量不同，为实验的分析带来不准确因素。因此，在后续正式实验中需要安排工作人员掌控时间进度。二是表述差异问题，工作坊主题为“6G 全息技术在图书馆中的应用设想”，不同人员对技术的了解存在差异，会造成沟通和表述上的障碍。因此，在后续正式实验中安排了技术讲解环节，由专业人员对相关概念进行“拉齐”。

正式实验按照优化后的计划进行，从破冰、技术介绍、讨论等几个环节开展，用录音笔及录像机记录每组的讨论内容。实验按照预想顺利完成，部分产出及实验过程如 6-2 所示。

图 6-2 实验现场图

三、数据整理阶段

正式实验结束后对收集到的语言数据进行整理。首先，根据音频和视频对口语数据进行文字转写，并对应到相应的被试人员。同时，对于一些无关的语气词、习惯用词等进行清理，初步得到口语文字表，如图 6-3 所示。

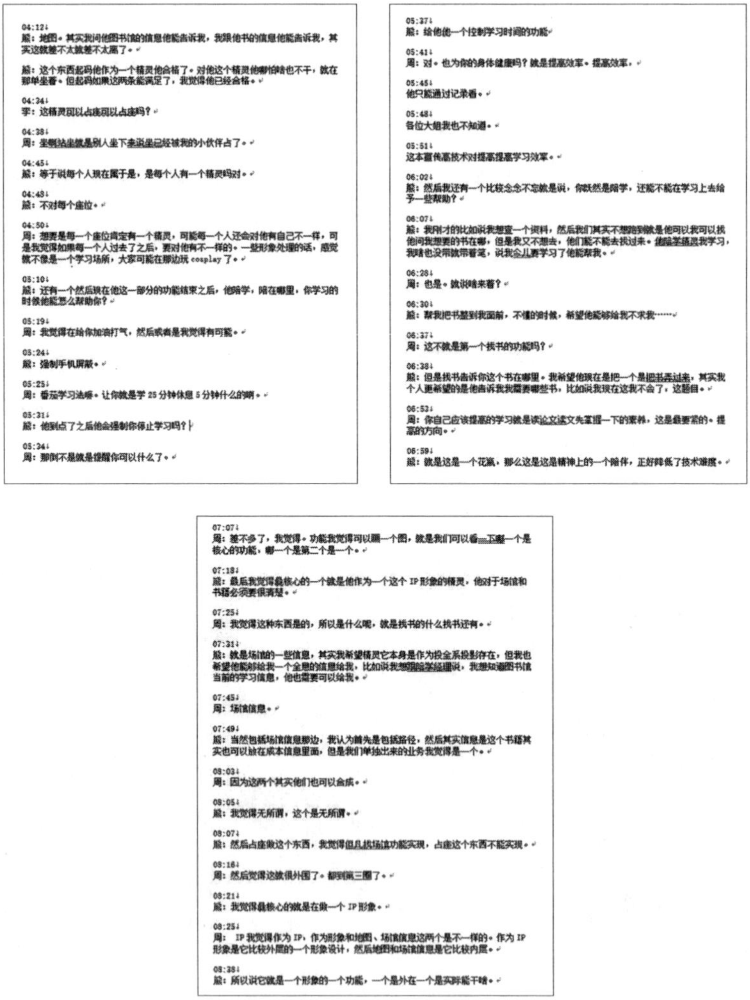

04:12
熊：地图。其实我问他图书馆的信息他能告诉我，我跟他书的信息他能告诉我，其实这就差不太就差不太离了。

熊：这个东西起码他作为一个精灵他合格了。对他这个精灵他哪怕啥也不干，就在那单坐着。但起码如果这两条能满足了，我觉得他已经合格。

04:34
李：这精灵可以占座可以占座吗？

04:38
周：坐啊站坐就是别人坐下来说坐已经被我的小伙伴占了。

04:45
熊：等于说每个人现在属于是，是每个人有一个精灵吗对。

04:48
熊：不对每个座位。

04:50
周：想要是每一个座位肯定有一个精灵，可能每一个人还会对他有自己不一样，可是我觉得如果每一个人过去了之后，要对他有不一样的。一些形象处理的话，感觉就不像是一个学习场所，大家可能在那边玩 cosplay 了。

05:10
熊：还有一个然后现在他这一部分的功能结束之后，他陪学，陪在哪里，你学习的时候他能怎么帮助你？

05:19
周：我觉得在给你加油打气，然后或者是我觉得有可能。

05:24
熊：强制手机屏蔽。

05:25
周：番茄学习法嘛。让你就是学 25 分钟休息 5 分钟什么的嘛。

05:31
熊：他到点了之后他会强制你停止学习吗？

05:34
周：那倒不是就是提醒你可以什么了。

05:37
熊：给他他一个控制学习时间的功能

05:41
周：对。也为你的身体健康吗？就是提高效率。提高效率。

05:45
他只能通过记录着。

05:48
各位大姐我也不知道。

05:51
这本置倚高技术对提高提高学习效率。

06:02
熊：然后我还有一个比较念念不忘就是说，你既然是陪学，还能不能在学习上去给予一些帮助？

06:07
熊：我刚才的比如说我想查一个资料，然后我们其实不想跑到就是他可以我可以找他问我想要的书在哪，但是我又不想去，他们能不能去找过来。他陪学搞灵我学习，我啥也没带就带着笔，说我会儿要学习了他能帮我。

06:28
周：也是。就说啥来着？

06:30
熊：帮我把书整到我面前，不懂的时候，希望他能够给我不求我……

06:37
周：这不就是第一个找书的功能吗？

06:38
熊：但是找书告诉你这个书在哪里。我希望他现在是把一个是把书弄过来，其实我个人更希望的是他告诉我我需要哪些书，比如说我现在这我不会了，这题目。

06:53
周：你自己应该提高的学习就是读论文读文先掌握一下的素养，这是最要紧的。提高的方向。

06:59
熊：就是这是一个花瓶，那么这是这是精神上的一个陪伴，正好降低了技术难度。

07:07
周：差不多了，我觉得。功能我觉得可以画一个图，就是我们可以看一下哪一个是核心的功能，哪一个是第二个是一个。

07:18
熊：最后我觉得最核心的一个就是他作为一个这个 IP 形象的精灵，他对于场馆和书籍必须要很清楚。

07:25
周：我觉得这种东西是的，所以是什么呢，就是找书的什么找书还有。

07:31
熊：就是场馆的一些信息，其实我希望精灵它本身是作为投全系投影存在，但我也希望他能够给我一个全息的信息给我，比如说我想跟陪学经理说，我想知道图书馆当前的学习信息，他也需要可以给我。

07:45
周：场馆信息。

07:49
熊：当然包括场馆信息那边，我认为首先是包括路径，然后其实信息是这个书籍其实也可以放在成本信息里面，但是我们单独出来的业务我觉得是一个。

08:03
周：因为这两个其实他们也可以合成。

08:05
熊：我觉得无所谓，这个是无所谓。

08:07
熊：然后占座做这个东西，我觉得但凡找场馆功能实现，占座这个东西不能实现。

08:16
周：然后觉得这就很外围了。都到第三圈了。

08:21
熊：我觉得最核心的就是在做一个 IP 形象。

08:25
周：IP 我觉得作为 IP，作为形象和地图、场馆信息这两个是不一样的。作为 IP 形象是它比较外层的一个形象设计，然后地图和场馆信息是它比较内层。

08:38
熊：所以说它就是一个形象的一个功能，一个是外在一个是实际能干啥。

图 6-3 第二组口语文字表部分截图

第二节　实验分析

如图 6-4 所示，实验分析阶段主要包含六个部分。第一部分是信息转写，前述阶段已经完成了初步整理工作。第二部分是内容关联判断，主要进行文字编码，即将有内在联系的口语进行标注，形成口语文字编码表。第三部分是数据转化，将记录的口语文字信息转化为机器可以识别的口语文字链接矩阵。第四部分是社会网络分析，从过程链接、概念链接、概念聚类几个维度进行定量分析。第五部分是结合概念链接、概念聚类的结果辅助识别和判断设计师与非设计师在不同阶段的认知，形成认知对比表。最后一部分是对实验结论进行汇总，并形成设计思维应用的改进建议。

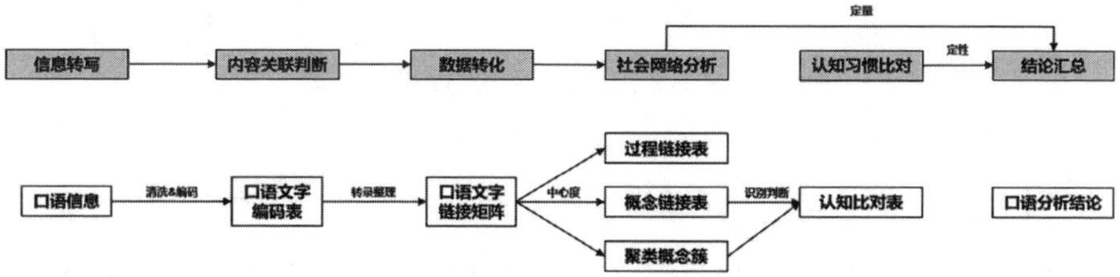

图 6-4 实验分析流程图

一、数据编码处理

在口语文字表的基础上需要对语句进行进一步的切割断句、概念划分和判断。首先是构建口语文字编码表，它主要由编号、文本内容、角色、链接四个部分组成。被试人员的口语信息被进一步拆解，保证每个句子包含一个关键内容。按时间顺序为每一个语句设置一个结点编号，并且将语句中的关键词进行标注处理以方便识别和判断。同时，为每个结点对应说话人，通过人工方式判断每一个结点与前面所有结点是否存在关联，如果有，则在链接一栏填写相关的结点编号。

编号	文本内容	角色	链接
1	小精灵的**使用场景**是固定的吧，就桌面上一个小精灵。	陆	
2	我们可以**固定**成**桌子**不?	吕	1
3	也不一定是**桌面**上的。	陆	2
4	**自习。**	吕	
5	其实这个想法大概是来自于霍格沃兹的猫头鹰，哈利波特的**猫头鹰。**	陆	1
6	它跟**猫头**有什么关系?	吕	5
7	哈利波特的**猫头鹰**不就类似于这么一个角色。	陆	6
8	是吗？他是**陪伴**的小精灵吗?	吕	7
9	他不光能陪伴还能战斗什么的。	陆	8
10	自习场景怎么深化啊，这个和传统不一样，我们应该想它有哪些**功能。**	陆	1、4
11	可以自己**定制**自己的小精灵。	冯	10
12	对定制化，年龄。	陆	11
13	然后小精灵也可以做**助手**的角色嘛。	冯	10
14	对，同时是 **ai 助手。**	陆	13
15	然后比如说要**功能**的话，陪你玩**小游戏。**	陆	10、13、14
16	**监督**学习。	吕	15
17	还有**鼓励。**	吕	15
18	对，**鼓励**，比如说拿个荧光棒，然后一直在看它晃荧光棒，都在学习。	陆	17
19	比如说**打 call**，好吧。	吕	17、18
20	还有什么?	陆	

图 6-5 第一组口语文字编码表部分截图

本次实验共三组，第一组共 95 个结点，形成链接数 180，矩阵密度为 0.0202；第二组共 84 个结点，形成链接数 230，矩阵密度为 0.033；第三组共 117 个结点，形成链接数 278，矩阵密度为 0.0205。

	结点数	链接数	矩阵密度
第一组	95	180	0.0202
第二组	84	230	0.033
第三组	117	278	0.0205

图 6-6 口语文字编码表数据汇总

为方便后续的定量分析，在完成人工编码后需要将编码表转化为机器可识别的 01 矩阵。矩阵为对称矩阵，即无向矩阵，矩阵中有关系的两个结点交叉位置用 1 表示，其余则用 0 表示。（如图 6-7 所示）矩阵可为社会网络分析工具 UCINET 所识别。

	结点1	结点2	结点3	结点4	结点5	结点6	结点7	结点8	结点9	结点10	结点11	结点12	结点13	结点14	结点15	结点16	结点17	结点18	结点19	结点20	结点21	结点22	结点23	结点24	结点25
结点1	-	1	0	0	1	0	0	0	0	1	0	0	0	0	0	0	0	0	0	0	0	0	0	0	0
结点2	1	-	1	0	0	0	0	0	0	0	0	0	0	0	0	0	0	0	0	0	0	0	0	0	0
结点3	0	1	-	0	0	0	0	0	0	0	0	0	0	0	0	0	0	0	0	0	0	0	0	0	0
结点4	0	0	0	-	0	0	0	0	0	1	0	0	0	0	0	0	0	0	0	0	0	0	0	0	0
结点5	1	0	0	0	-	1	0	0	0	0	0	0	0	0	0	0	0	0	0	0	0	0	0	0	0
结点6	0	0	0	0	1	-	1	0	0	0	0	0	0	0	0	0	0	0	0	0	0	0	0	0	0
结点7	0	0	0	0	0	1	-	1	0	0	0	0	0	0	0	0	0	0	0	0	0	0	0	0	0
结点8	0	0	0	0	0	0	1	-	1	0	0	0	0	0	0	0	0	0	0	0	0	0	0	0	0
结点9	0	0	0	0	0	0	0	1	-	0	0	0	0	0	0	0	0	0	0	0	0	0	0	0	0
结点10	1	0	0	1	0	0	0	0	0	-	1	0	1	0	1	0	0	0	0	0	0	0	0	0	0
结点11	0	0	0	0	0	0	0	0	0	1	-	1	0	0	0	0	0	0	0	0	0	0	0	0	0
结点12	0	0	0	0	0	0	0	0	0	0	1	-	0	0	0	0	0	0	0	0	0	0	0	0	0
结点13	0	0	0	0	0	0	0	0	0	1	0	0	-	1	1	0	0	0	0	0	0	0	0	0	0
结点14	0	0	0	0	0	0	0	0	0	0	0	0	1	-	1	0	0	0	0	0	0	0	0	0	0
结点15	0	0	0	0	0	0	0	0	0	1	0	0	1	1	-	1	1	0	0	0	0	0	0	0	0
结点16	0	0	0	0	0	0	0	0	0	0	0	0	0	0	1	-	0	0	0	0	0	0	0	0	0
结点17	0	0	0	0	0	0	0	0	0	0	0	0	0	0	1	0	-	1	1	0	0	0	0	0	0
结点18	0	0	0	0	0	0	0	0	0	0	0	0	0	0	0	0	1	-	1	0	0	0	0	0	0
结点19	0	0	0	0	0	0	0	0	0	0	0	0	0	0	0	0	1	1	-	0	0	0	0	0	0
结点20	0	0	0	0	0	0	0	0	0	0	0	0	0	0	0	0	0	0	0	-	0	0	0	0	0
结点21	0	0	0	0	0	0	0	0	0	0	0	0	0	0	0	0	0	0	0	0	-	1	0	0	0
结点22	0	0	0	0	0	0	0	0	0	0	0	0	0	0	0	0	0	0	0	0	1	-	1	0	0
结点23	0	0	0	0	0	0	0	0	0	0	0	0	0	0	0	0	0	0	0	0	0	1	-	1	1
结点24	0	0	0	0	0	0	0	0	0	0	0	0	0	0	0	0	0	0	0	0	0	0	1	-	1
结点25	0	0	0	0	0	0	0	0	0	0	0	0	0	0	0	0	0	0	0	0	0	0	1	1	-

图 6-7　第一组口语文字链接矩阵部分截图

二、社会网络分析

（一）过程链接分析

对设计工作坊各讨论组的讨论过程进行链接表可视化有利于直观地通过链接点的分布、变化来反映设计思维阶段的演进。图 6-8 为第一组讨论链接表，结点总数 95。可以将讨论阶段分为三部分。第一部分为 1 ～ 30 结点，这一阶段在链接图中的直观表现是密集的内部短链接，说明进行了很多局部想法的创新，同时许多结点与后面产生长链接，是比较核心和基础的观点；结合内容可以判断其属于方案的初步讨论阶段，被试人员主要对使用场景和基本形态进行讨论，奠定了后面围绕 AI 桌面助手这一方向展开的基础。第二部分为 31 ～ 64 结点，这一阶段在链接图中的直观表现是间断性出现与初步讨论阶段的长链接，证明许多讨论内容是基于初步讨论来深入的；结合内容可以判断其属于深入的方案讨论阶段，被试人员对初步讨论阶段中提出的语音助手、鼓励、社交等想法进行延伸，出现唱跳互动、换装、闹钟提醒等细化方案。最后一部分是 65 ~ 95 结点，这一阶段在链接图中的直观表达是许多密集内部短链接，并偶尔出现与前面两阶段的长链接，证明讨论进入了查缺补漏的完善阶段；结合内容可以判断属于方案总结讨论阶段，被试人员针对 AI 助手辅助学习这一概念完善出跑腿、搜题等想法，并对全部想法进行归纳。

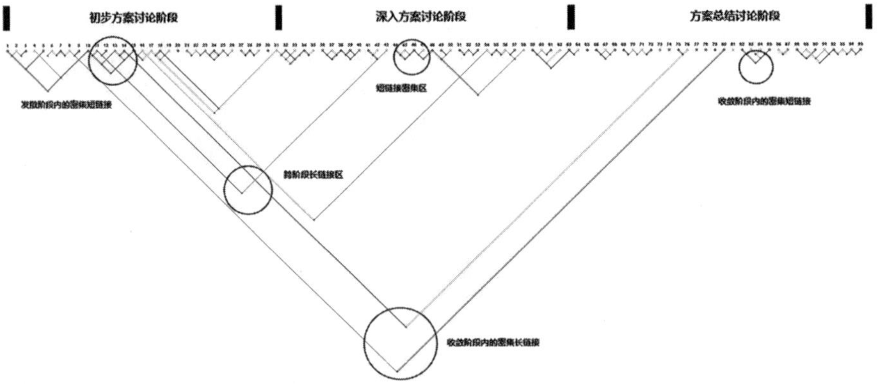

图 6-8 第一组（2 名设计师参与）讨论链接表

图 6-9 为第二组讨论链接表，结点总数 84。可以将讨论阶段分为三部分。第一部分为 1 ~ 33 结点，这一阶段在链接图中的直观表现是密集的内部链接，说明进行了很多局部想法的创新。同时，许多结点与后面产生长链接，是比较核心和基础的观点，结合内容可以判断，其属于方案的初步讨论阶段，被试人员主要对其作用进行明确，确定围绕 IP 打造品牌形象展开，并确定将从功能、技术可行性、价值等维度进行完善。第二部分为 34 ~ 55 结点，这一阶段在链接图中的直观表现是出现许多与初步讨论阶段的长链接，证明许多讨论内容是基于初步讨论的想法展开深入；结合内容可以判断其属于深入的方案讨论阶段，结点 55 明确提出找书、场馆信息、占座、学习效率等六个细化方案。最后一部分是 56 ~ 84 结点，这一阶段在链接图中的直观表达是首先开

展了深入的讨论，而后出现与第一阶段的长链接，后面是许多密集内部短链接，证明讨论进入了完善、归纳阶段；结合内容可以判断属于方案讨论总结阶段，被试人员针对提出的六个方案进一步从交互形式维度进行补充，并将六个方案的优先级进行了排列。

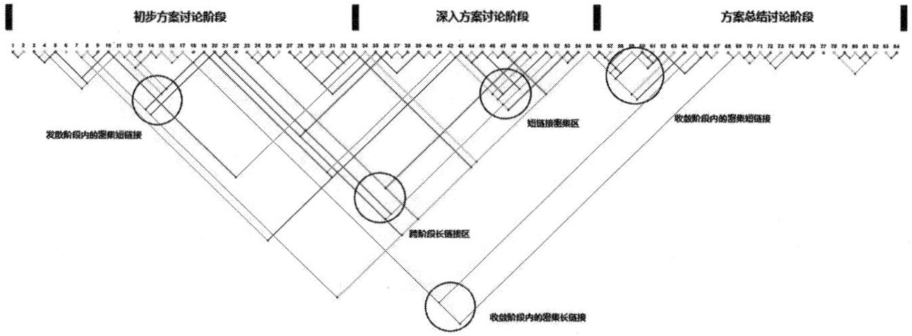

图 6-9 第二组（1 名设计师参与）讨论链接表

图 6-10 为第三组讨论链接表，结点总数 117。可以将讨论阶段分为三部分。第一部分为 1 ~ 38 结点，这一阶段在链接图中的直观表现是密集的内部链接并出现内部长链接，说明在进行创新的同时进行了深入的讨论。同时许多结点与后面产生长链接，是比较核心和基础的观点，结合内容可以判断其属于方案的初步讨论阶段，被试人员围绕氛围营造这一核心主旨提出学习分区、性别分区等想法。第二部分为 39 ~ 78 结点，这一阶段在链接图中的直观表现是出现许多内部的中长链接，证明这一阶段进行了深度和广度兼具的讨论，结合内容可以判断其属于深入的方案讨论阶段，被试人员就分区的标准及技术实现进行讨论。最后一部分是 79 ~ 117 结点，这一阶段在链接图中的直观表达是许多密集内部短链接，以及与前面的跨阶段长链接，证明讨论进入了完善、归纳阶段；结合内容可以判断其

属于方案总结讨论阶段，被试人员提出定制化想法，将前面的讨论结果进行了包装。

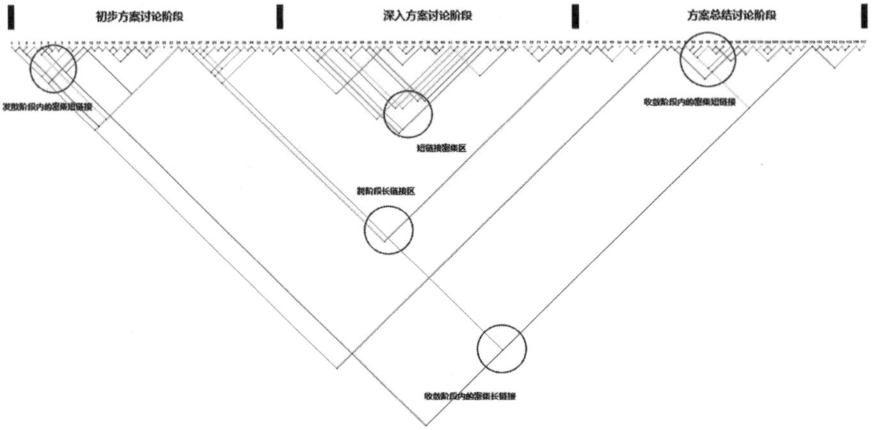

图 6-10 第三组（无设计师参与）讨论链接表

如图 6-11 所示，将三组讨论链接表进行比对后可以得出过程链接分析结论。从整体上来说：①在设计师参与的情况下，其他小组成员更容易产生依赖，发言频率及观点创新度下降；②工作坊会将性格特点放大，健谈的人会更乐于发表观点，因此在分组时需注意合理分配人员。从内容上来说：①设计师讨论时更注重想法、创意的讨论，非设计师则执着于概念的划分及框架的建立；②设计师善于吸纳他人观点并融合创新，非设计师则会强调个人观点并说服他人。从阶段上来说：无论有无设计师参与，初步方案讨论、深入方案讨论、方案总结讨论三个阶段的占比都十分类似，基本为 35%、30%、35%。

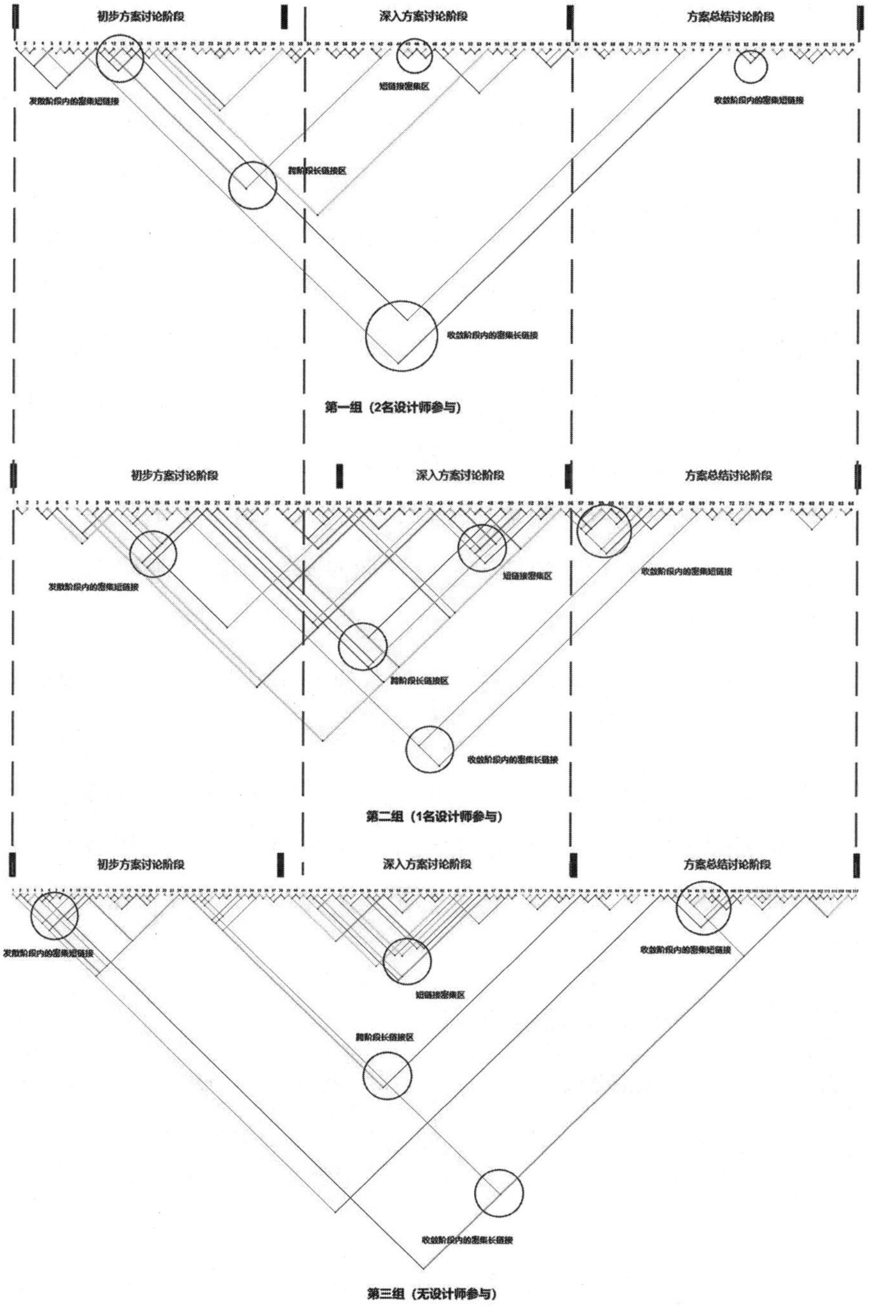

图 6-11 三组讨论链接表比对

（二）概念链接分析

基于前文整理好的链接矩阵数据，利用 UCINET 软件进行概念网络的分析。将结点关系导入后，可以形成语义网络链接图以及相关中心性的数据值，再利用 EXCEL 将分析结果绘制成折线图并结合链接表进行综合分析，可以判断关键结点的具体概念类型。以点度中心度中的较大值（超过众数水平的结点）为依据选择关键节点，一般为 5 ~ 8 个，再找到其对应的其余中心度数据进行综合判断。若对应的中间中心度处于峰值点，则代表这是一个核心概念，若对应的中间中心度处于上升趋势或下降趋势中的某一位置，则代表这是一个重要的过渡概念，若对应的中间中心度数值较小则代表是局部创新，对整体的控制力不强。

如图 6-12 所示，根据上述提到的判别标准可以判断第一组讨论中共七个关键结点，具体结果如表 6-1 所示。从整体上说：讨论内容跳跃度高，前后关联度较低；整体讨论内容比较松散。从内容上说：较为关键的观点出现在前中期，且核心观点确立较早。从角色上说：设计师完全统领发言进程，非设计师参与者几乎不被启发和引导。

表 6-1 第一组概念链接分析

结点	观点概要	角色	特征	分析	设计阶段
结点 10	自习场景怎么深化，这个和传统不一样，应该想它有哪些功能	设一	极大值	创新概念	初步讨论
结点 15	比如说要功能的话，陪玩小游戏	设一	最大值	重要创新概念	初步讨论

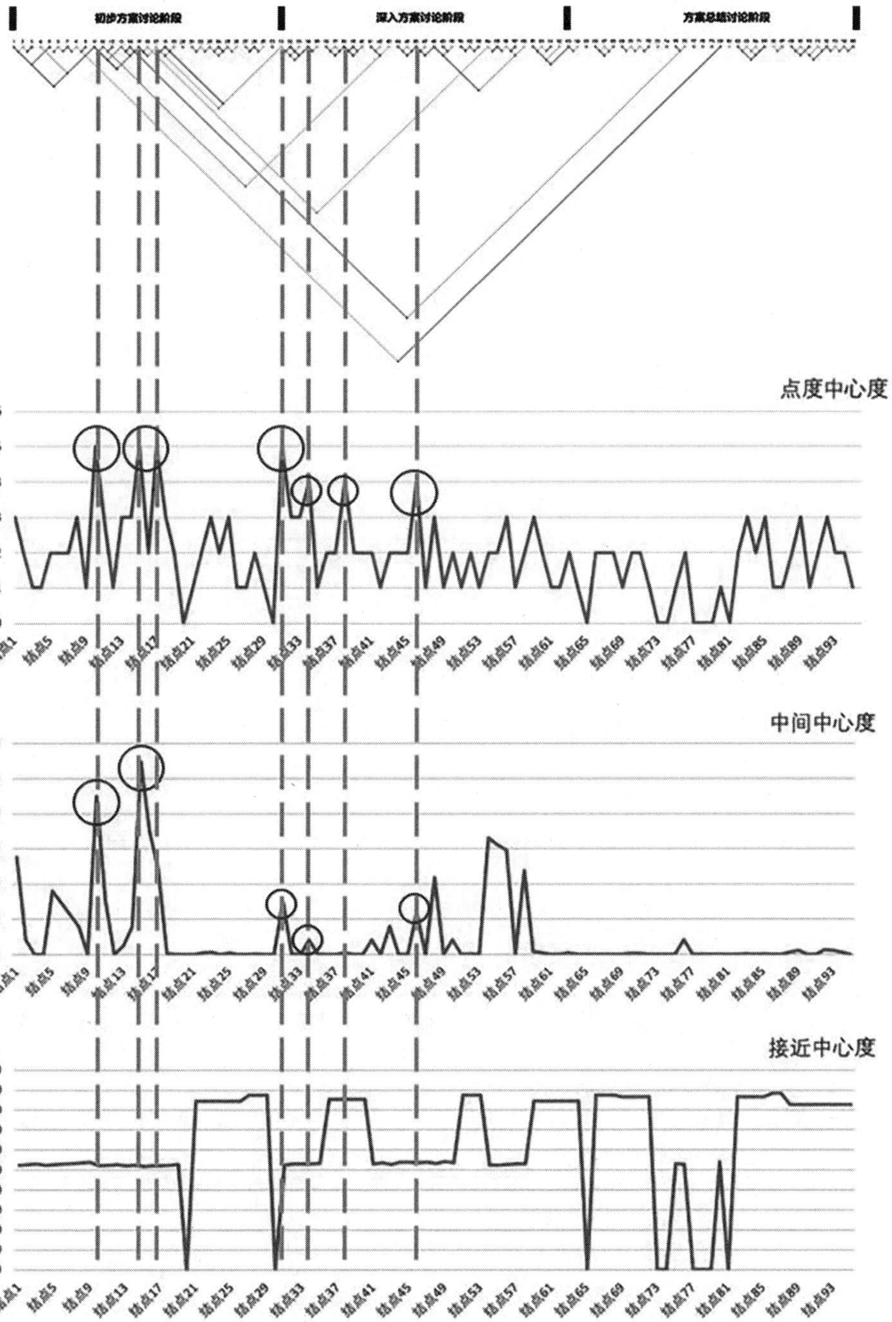

图 6-12 第一组中心度比对

表 6-1（续）

结点	观点概要	角色	特征	分析	设计阶段
结点 17	还有鼓励	设二	较大值	重要过度概念	初步讨论
结点 31	可以戴耳机。对，唱歌也算是鼓励。对，可以算是一种放松了	设二	极大值	局部创新概念	深入讨论
结点 34	唱歌跳舞	设二	极大值	重要概念	深入讨论
结点 38	能不能“飞”到隔壁桌搭讪呢	设一	较大值	局部转折创新	深入讨论
结点 46	互动性应该是大类	设一	极大值	创新概念	深入讨论

如图 6-13 所示，根据上述标准可以判断第二组讨论中共八个关键结点，具体结果如表 6-1 所示。从整体上说：讨论内容相对集中，前后关联度较高；过程呈漏斗递进趋势，整体较为平稳。从内容上说：较为关键的观点出现在前中期，但核心观点确立较晚。从角色上说：设计师起到过渡作用，非设计师参与者可以较好地被启发，但引导度不够。

表 6-2 第二组概念链接分析

结点	观点概要	角色	特征	分析	设计阶段
结点 11	我也不知道要具体到什么程度，细化到什么方向，要一个什么样的目标输出	设三	极大值	创新概念	初步讨论
结点 19	首先它的功能包括哪些，现在需要细化到确定一个功能。比如说陪学精灵，从它的 IP 形象这一块考虑，它可以当助理	非二	极大值	重要创新概念	初步讨论

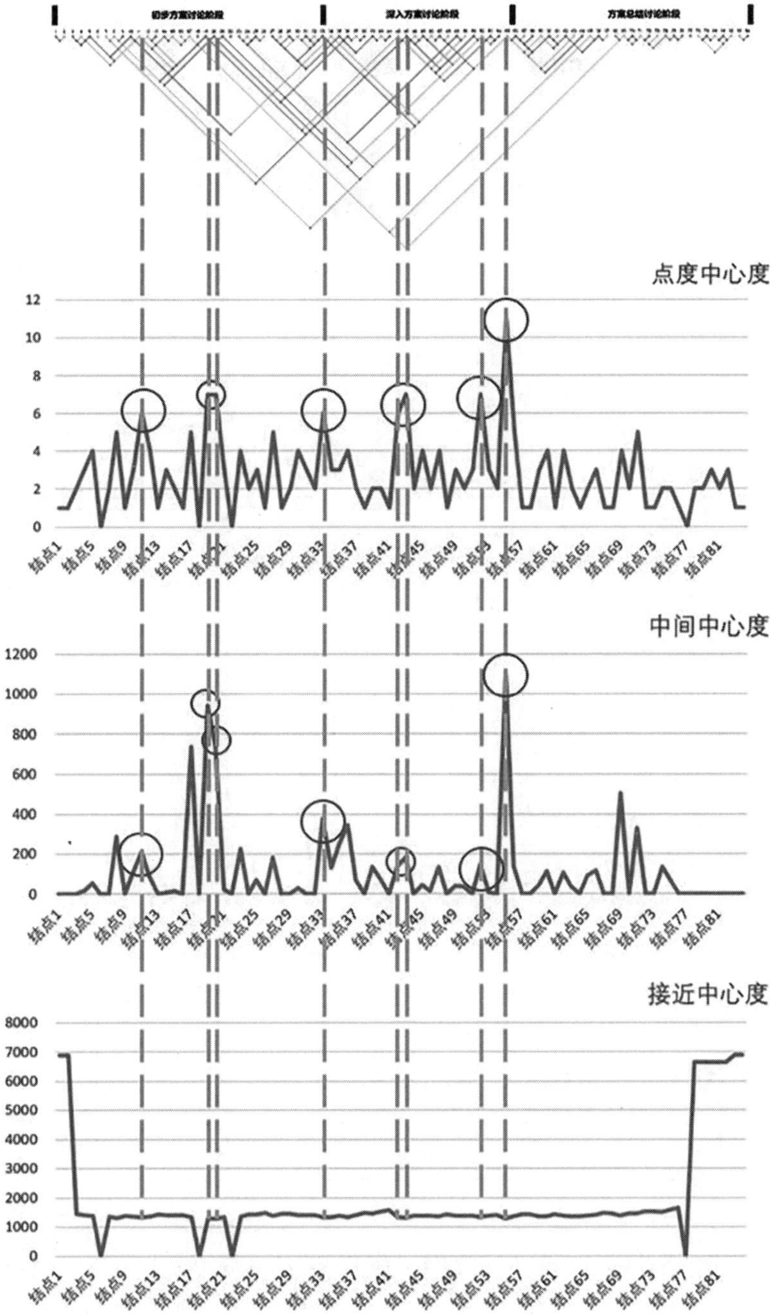

图 6-13 第二组中心度比对

表 6-2（续）

结点	观点概要	角色	特征	分析	设计阶段
结点 20	包括它可以成为找书助理，可以成为地图指引。它应该是一个 IP 形象必备的基础	非二	较大值	重要过渡概念	初步讨论
结点 33	给出一个控制学习时间的功能	非二	极大值	局部创新概念	深入讨论
结点 42	在功能方面可以画一幅图，看一下哪一个是核心功能等	设三	较大值	过渡概念	深入讨论
结点 43	最核心的就是它作为这个 IP 形象的精灵，对于场馆和书籍必须很清楚	非二	极大值	局部转折创新	深入讨论
结点 52	作为 IP,作为形象和地图、场馆信息是不一样的。作为 IP 形象是一个比较外层的形象设计，地图和场馆信息是比较内层的	设三	极大值	局部转折创新	深入讨论
结点 55	找书是第一个，场馆信息是第二个，占座是第三，提高效率，合理作息第四，书籍信息是第五，然后第六是品牌设计。IP 形象的话最中间最内围的应该是一、二和六	设三	最大值	重要创新概念	方案总结

如图 6-14 所示，可以判断第三组讨论中共十个关键结点，具体结果如表 6-3 所示。从整体上说：讨论内容集中，呈明显两块，且前后

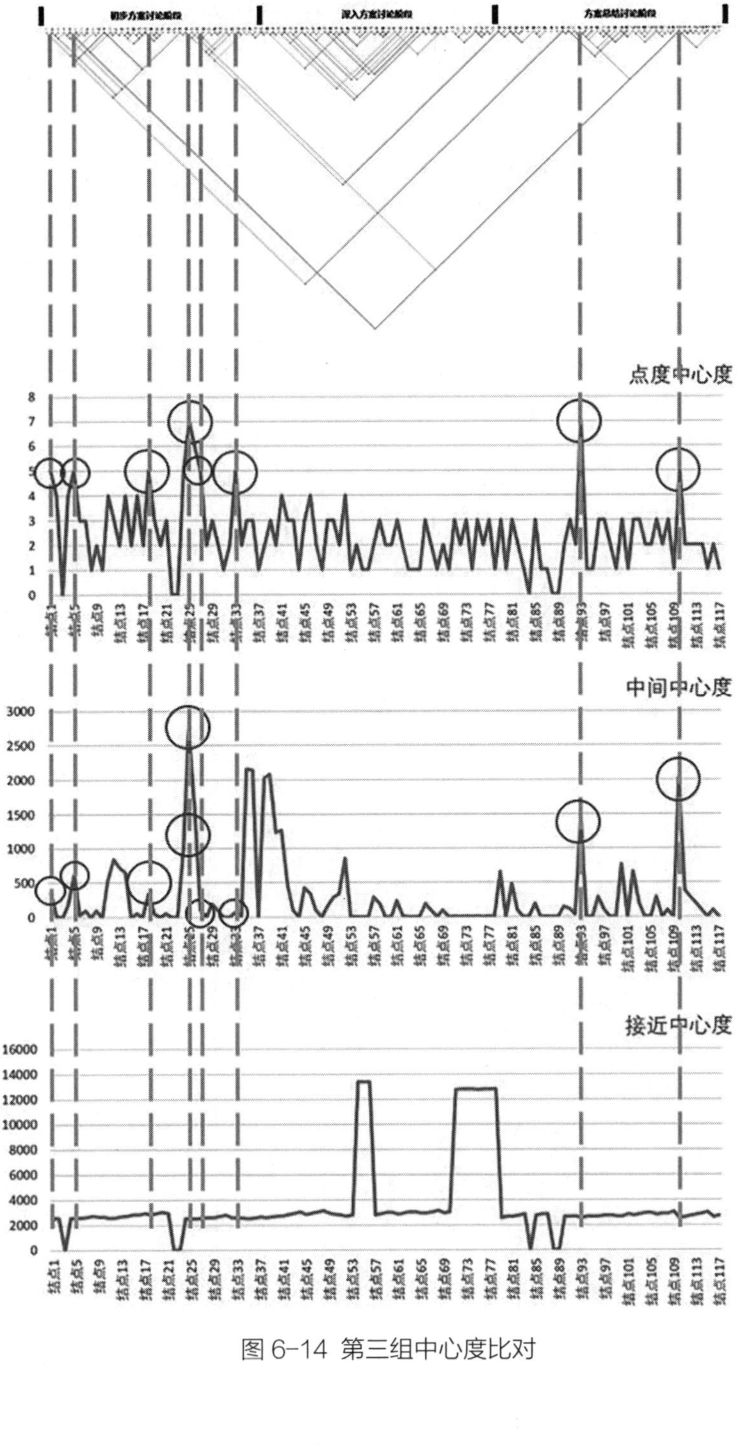

图 6-14 第三组中心度比对

关联度高。从内容上说：较为关键的观点出现在前期和后期，且核心观点确立较早。从角色上说：氛围最好，可互相启发引导，但过程推进较慢。

表 6–3 第三组概念链接分析

结点	观点概要	角色	特征	分析	设计阶段
结点 1	氛围营造，感觉刚才那个女生说得挺好的。她说的是图书馆的各种区域的氛围营造，想想还有什么吗	非四	极大值	创新概念	初步讨论
结点 5	就是投影人呐，比如说一张桌子来了四个人，最后就剩一个人了，人不多了	非五	极大值	创新概念	初步讨论
结点 18	可以写建个小植物园，备注可以放松	非五	极大值	局部创新概念	初步讨论
结点 24	氛围	非六	较大值	重要过渡概念	初步讨论
结点 25	要不要营造有紧迫感的氛围，比如说距离考试还有多少天	非六	最大值	重要创新概念	初步讨论
结点 26	对，我觉得图书馆可以分几个区，如期末备考区，就是六级备考区，然后考研备考区	非四	较大值	创新概念	初步讨论
结点 27	其实想一想，大家去图书馆学习，你并不知道周围的人在干什么，不知道大家是在准备考研，还是在准备期末考试，但是如果同一拨人一起学习的话，可能会好一点	非四	较大值	过渡概念	初步讨论

表 6–3（续）

结点	观点概要	角色	特征	分析	设计阶段
结点 33	各个区氛围不同，比如说考研区，其实可以经常播放一些跟考研有关的，然后氛围就紧张一点。四、六级英语考证那种的，也可以放一些相关的东西	非四	极大值	局部创新概念	初步讨论
结点 93	个人定制桌面	非四	极大值	重要转折创新	方案总结
结点 110	氛围营造是可以归到好多人的。自习室的氛围投影人、订制桌面是一种氛围营造，还有分区也是一种氛围营造，其实都可以归类到氛围营造	非五	极大值	重要概念	方案总结

将以上三组进行综合性对比后可以得出结论。从整体上说：①在无设计师或少量设计师参与的情况下，讨论内容会较为集中；②讨论中或开始前确定某一参与者把控讨论走向或进程十分关键。从内容上说：①在缺乏引导者的情况下，讨论充分、氛围和谐但进程缓慢；②方案初步讨论阶段是重要观点产生最多的阶段，讨论者应在确定目标前提下充分发散交流。从角色上说：①过于开朗、果敢的人员会更少地融合他人观点从而难以发散创新，因此不适合作为工作坊参与者；②性格相近的成员在同一组内有助于创造良好的讨论氛围；③设计师的参与有助于推动讨论进程；④最好有设计师一两名，且不应超过总人数的一半。

（三）概念聚类分析

利用 UCINET 可以绘制语义网络链接图，同时 CONCOR 算法可以帮助分析人员对结点进行概念聚类。通过对概念聚类的分析可以突破时序，从宏观视角审视讨论的整体结构，以及每一个聚类概念下的核心议题和主旨。

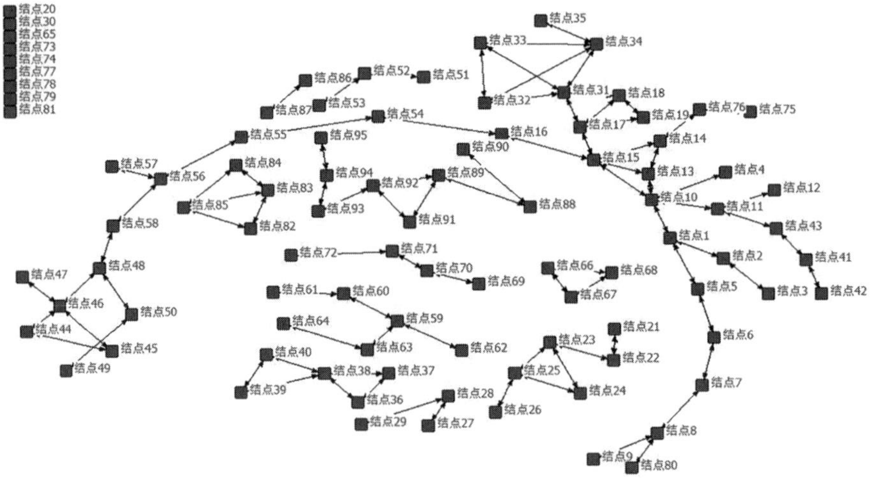

图 6-15 第一组语义网络链接图

图 6-15 是第一组语义网络链接图，通过聚类分析产生八个子类概念簇，每个概念簇包含的结点、关键词，以及核心内容如表 6-4 所示。从阶段上说：①从不同角度完善场景功能的讨论穿插进行，但整体集中在前期初步讨论阶段；②中期阶段主要是深入理论层面对讨论归类并完善；③总结阶段主要是相关附加属性的补充。从整体上说：讨论阶段进程跳转排序（1→2→3→5→4→5→6→5）呈现规律的双漏斗形状，通过交替的发散、聚合对概念进行螺旋式优化提升。

表 6-4 第一组概念聚类分析

类别	包含结点	关键词	核心内容
[1]	1、3、4、6、11、13、15、41、54、76	桌面、精灵、助手、小游戏、换装、监督、AI	陪学精灵使用场景及功能，主要围绕休闲放松展开
[2]	2、5、10、12、14、16、42、43、55、75	桌面、猫头鹰、功能、定制化、监督、叫醒、日程提醒	陪学精灵使用场景及功能，主要围绕学习展开
[3]	17、18、19	鼓励、打 Call	陪学精灵功能，主要围绕激励展开
[4]	31、32、33、34、35	戴耳机、鼓励、唱跳、放松	陪学精灵功能，主要围绕鼓励、休闲展开
[5]	7、9、21、22、23、24、25、26、27、29、36、37、38、39、40、51、53、59、60、61、62、63、64、66、67、68、69、72、80、82、83、84、85、86、87、88、89、90、91、92、93、95	猫头鹰、经济来源、服务、信息系统、有声书、搭讪、交友、监视（照看东西）、通知、报警、呼救、装备、买水、物联网	从实用角度出发探讨运营经费及其余可增加附加值的功能
[6]	44、45、46、47、48、49、50、57、58	互动、情感化交互、反馈、情感化设计	深入设计理论层面划分及完善功能
[7]	8、28、52、56、70、71、94	陪伴、读书、双向唤醒、积分	较为零散的讨论点
[8]	20、30、65、73、74、77、78、79、81	引导或提问语句	较为零散的讨论点

图 6-16 是第二组语义网络链接图，通过聚类分析产生八个子类概念簇，每个概念簇包含的结点、关键词，以及核心内容如表 6-5 所示。从阶段上说：①讨论之初在设计师引导下进行讨论框架探索；②总结阶段对整体方案进行梳理，并对作用进行总结。从整体上说：讨论阶段进程跳转排序为 5→7→4→2→3→8→3→6→1，该组讨论时首先确定讨论框架，进而通过双漏斗形展开交替的发散、聚合讨论，最后对整体方案进行梳理。

表 6-5 第二组概念聚类分析

类别	包含结点	关键词	核心内容
[1]	1、2、6、8、22、48、49、67、75、76、77、78、79、80、81、82、83、84	前景、IP 形象、品牌设计、占座、找场馆、界面、手势、功能、设计定义、场景、地方、交互	从前景、依托形式、使用场景、交互方式等宏观维度对讨论内容分类
[2]	27、28、29、30、31、35、39、40、41	陪学、加油打气、手机屏蔽、精神、陪伴	陪学精灵功能，主要围绕学习展开
[3]	8、23、32、33、34、47、56、57、58、59、60、63、64、66	品牌设计、IP 形象、自我宣传、占座、控制学习时间、场馆信息、书籍、路径、提升效率合理作息	陪学精灵作用，几种核心功能带来的积极效果
[4]	24、25、26、55、61、62	找书、场馆信息、占座、提升效率、合理作息、书籍信息、品牌设计	对讨论产生的创意总结和划分条目
[5]	3、4、5、10、11、12、13、14	产品设计、输出、思路、用处、细化	进行讨论框架探索

表 6-5（续）

类别	包含结点	关键词	核心内容
[6]	15、16、17、65、68、69、70、71、72、73、74	交互、技术路径、流程、技术可行性、手势交互、语音交互	从交互、技术等维度对方案进行细化
[7]	7、9、19、20、37、44、45	IP、宣传、找书助理、地图指引、找书、全息投影	陪学精灵功能，主要围绕图书馆活动展开
[8]	21、36、38、42、43、46、50、51、52、53、54	找书、核心功能、IP 形象、场馆书籍、功能、外在	对划分的条目进行优先级排序

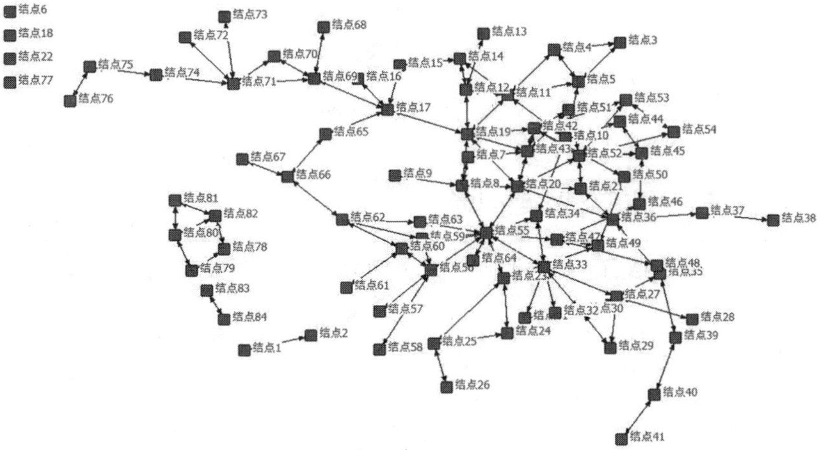

图 6-16 第二组语义网络链接图

图 6-17 是第三组语义网络链接图，通过聚类分析产生八个子类概念簇，每个概念簇包含的结点、关键词，以及核心内容如表 6-6 所示。从阶段上说：①初步讨论阶段呈现非常明显的三个概念簇；

②中期阶段主要是基于初步讨论结果进行细化；③总结阶段方案的细化和完善也在不断进行。从整体上说：讨论阶段进程跳转排序(1→6→3→7/8→5→2→5) 呈现漏斗形——首先确定功能点，进而细化完善，最后对功能方案进行总结。

图 6-17 第三组语义网络链接图

表 6-6 第三组概念聚类分析

类别	包含结点	关键词	核心内容
[1]	1、2、4、5、6、7、8、9、10、11、12、13、24、90、91	氛围营造、学习室、自习室、陪学、沉浸式、投影人	陪学精灵功能，主要围绕陪伴学习展开
[2]	92、93、94、95、96、99、100、110、112、117	环境、个人定制桌面、氛围营造、分区、选择	功能方案总结讨论
[3]	25、26、27、28、29、30、31、32、33、34、35、36、80	紧迫感、分区、信息共享、提示	陪学精灵功能，主要围绕学习分区展开

表 6-6（续）

类别	包含结点	关键词	核心内容
[4]	37、79、82、85、111、116	分区、资源、细分	较为零散的讨论点
[5]	3、22、23、54、55、56、71、72、73、74、75、76、77、78、81、83、84、86、87、88、89、97、98、101、102、103、104、105、106、107、108、109、113、114、115	分类、书架区、氛围营造、陪伴、朗读亭	围绕初步讨论方向（陪伴学习、学习分区）进行功能细化
[6]	14、15、16、17、18、19、20、21	植物园、投影、放松、眼睛	陪学精灵功能，主要围绕放松休闲展开
[7]	38、40、42、43、44、45、47、52、61、63、66、67、68、70	找对象、男生区、女生区、学习、感兴趣	陪学精灵功能，主要围绕分区——交友互动展开
[8]	39、41、46、48、49、50、51、53、57、58、59、60、62、64、65、69	文理分区、分区、细化	陪学精灵功能，主要围绕分区——学习目的互动展开

聚类分析可以跳出时序，深入内容本身研究概念簇的汇集情况。通过概念聚类分析可以提升对设计内容的探索。通过对三组概念聚类分析进行综合比对后可以得出结论。从阶段上说：在前期讨论框架构建和后期方案总结归纳阶段需要设计师进行介入引导。从整体上说：双漏斗的螺旋迭代讨论结构更利于全面的方案产出，在此过

程中设计师的介入和引导十分关键。

（四）认知习惯比对

克罗斯曾提出创作过程的一般模型，本实验中的设计工作坊同样遵循模型规律，如图 6-18 所示。他指出在创作过程一般经历：问题目标定义阶段，探索确立问题框架阶段、制定相关首要原则阶段、解决方案输出阶段、构建完整解决方案阶段。[1]结合劳拉·海伊（Laura Hay）等学者提出的十种认知功能类别[2]，可以从这六个阶段分别探寻不同情境下设计师与非设计师间的认知功能差异，从而着重基于不同认知功能的实现过程指导非设计师开展工作坊。具体如图 6-19 所示。

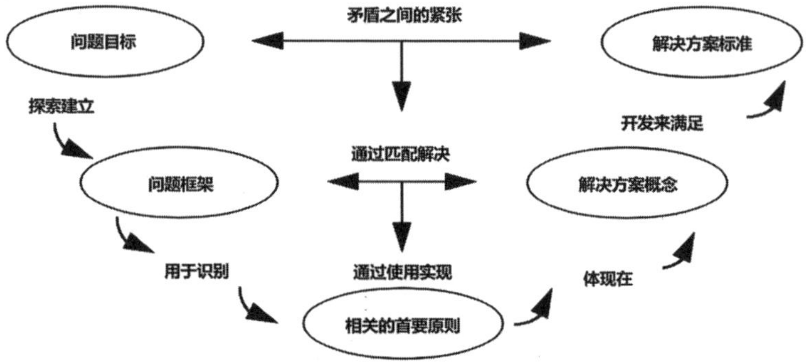

图 6-18 克罗斯（Nigel Cross）的关于创作过程一般模型

[1] Nigel Cross, "Creative Cognition in Design: Processes of Exceptional Designers", *Proceedings of the 4th Conference on Creativity & Cognition*, 2002, pp.14-19.

[2] Laura Hay,Chris McTeague, et al., "A Systematic Review of Protocol Studies on Conceptual Design Cognition", in *Design Computing and Cognition DCC'16*, Vol.3, 2017, pp.1-36.

■ 非设计师　□ 设计师

	问题目标	问题框架	相关的首要原则	解决方案概念	解决方案标准
视觉感知	○	● ○		● ○	● ○
心理意象	● ○	○	○	● ○	● ○
语义联想				○	
长期记忆		○	○	● ○	● ○
工作记忆	○	○	● ○	○	○
选择性注意	● ○	● ○	● ○	● ○	● ○
创造性思维	● ○	○	● ○	○	○
评估和决策	● ○	● ○	● ○	● ○	● ○
外在化	● ○	○	○	● ○	● ○
推理和解决问题	● ○	● ○	● ○	● ○	● ○

图 6-19 设计师与非设计师在创作过程中认知习惯比对

可以看到，在选择性注意、评估和决策想法，以及推理和解决问题方面，双方并无明确差异。二者的差异主要体现在心理意向、长期记忆、工作记忆、创造性思维，以及外在化方面。语义联想是比较少用的认知功能。同时，越是创作的初期阶段，可通过意识获得的执行认知功能越少被用到。对于非设计师来说，问题框架阶段最需要被引导。

第三节 实验结论与建议

一、实验结论汇总

本节将按照概念讨论进行的时间顺序从初步讨论、深入完善到最终总结几个阶段从整体、结构、角色、内容维度对实验结论进行汇总，着重对比设计师与非设计师的差异性。

（一）初步讨论阶段

整体而言，方案初步讨论阶段是重要观点产生最密集、体量最大的阶段，因此应引导讨论者在确定目标前提下充分发散交流。从结构上说：这一部分时间占比约为整体讨论时长的35%，讨论框架构建是这一阶段格外需要设计师介入的。从内容上说：设计师讨论时更注重想法创意的讨论，非设计师更注重概念的划分及框架的建立。从结构上说：性格相近的成员在同一组有助于创造良好的讨论氛围。

（二）深入讨论阶段

整体来看，在缺乏引导者的情况下，可能会讨论充分、氛围和谐，但进程相对缓慢，这一矛盾点似乎也可从框架的构建来进行平衡。从结构上说：这一阶段的时间占比约为整体讨论时长的30%。从内容上说：设计师善于吸纳他人观点并融合创新，而非设计师则会始终强调个人观点并说服他人，因此需要在倾听及再创造方面着重对非设计师进行引导。从角色上说：设计师的参与有助于推动讨论进程。

（三）方案总结阶段

整体而言，在有设计师参与的情况下，小组成员更容易产生依赖，发言频率及观点创新度下降，从而降低头脑风暴的效果，这种情况在专业人员数量越多的情况下越明显。从结构上说：这一阶段的时间占比约为整体讨论时长的35%。从内容上说：在无设计师或少量设计师参与的情况下，讨论内容会更为集中。从角色上说：过于开朗、果敢的人员会更少地融合他人观点，从而难以发散创新，因此不适合成为工作坊参与者。

（四）整体总结

整体来看，在讨论进行之初确定某一参与者把控讨论走向或进程十分关键，明确的分工可以让参与者各司其职，目标明确地进行分内的工作。从讨论的结构来看，双漏斗螺旋迭代讨论结构更利于方案的产出，如果能引导非设计师有意识地进行方案总结与二次优化将有效提升工作坊的有效性。同时，从人员配置来说，工作坊会将参与者的性格特点放大，如健谈的人会更乐于发表观点，因此在分组时需注意合理进行人员分配。

二、设计思维应用的优化建议

研究着眼于设计过程中的方案讨论阶段，针对设计思维被专业领域外人士应用时出现诸多“水土不服”的问题展开研究，以工作坊提供的有声环境进行口语分析，探寻如何更好地将设计师式思维融入其中，以降低使用门槛，提升设计思维的辅助创新效果。工作坊虽然是设计思维作为指导设计的工具或方法论向专业领域之外推广的应用场景之一，却是实际工作中出现频率最高、应用范围最广泛的。因此针对工作坊展开的研究可以充分反应设计思维应用中存在的问题，可以归纳出设计思维应用的优化建议。

以设计师实际参与并适当引导的方式将设计师式思维融入设计思维应用过程中，可以在某种程度上解决非设计师即使熟悉方法、工具，仍无法高效、顺畅开展创新的情况，下面将分别针对设计师与非设计师提出行动建议。

（一）设计师行动建议

由于设计师在此过程中更偏重对参与设计思维活动的非专业人员进行引导而非提出创意内容本身，因此针对设计师的行动建议部分将按照活动进行的时序展开。

1. 建立讨论框架

此框架与前文中设计师式思维方法论之一的框架创新含义不同，指字面意义上的讨论大纲。非设计师往往因为缺乏相关的专业知识背景或讨论经验导致在内容、步骤的探索确定上存在困难，明确的框架可以帮助参与者高效地讨论，减少在无关内容上的耗时。因此讨论之初，设计师可以结合以往的经验或借鉴相关的模型等，帮助非设计师输出可讨论的范围、梳理讨论展开的方式等。如分析背景时可以借用 PEST 分析法则，引导参与者从政治、经济、社会、技术四个维度展开探讨。

2. 想法归纳引导

与讨论框架的建立相似，非设计师同样比较欠缺归纳总结意识。讨论中会衍生许多创意、想法，但因缺乏聚焦、收敛的过程而导致想法过于分散。在提出讨论框架的基础上进行想法的创新和发散，而后有意识地进行概括总结会让后续流程变得顺畅且有质量。因此设计师可以适时提醒参与者针对某一部分的主题进行想法归类、合并，甚至提供归纳维度的引导。比如引导参与者借用 KANO 模型将想法按照必要内容、期望内容、兴奋内容、无差异内容等进行划分，从而达成聚焦和深入。

3. 迭代与启发

现有研究表明双漏斗的螺旋讨论结构，即发散、收敛、再发散、再收敛的过程，更有利于提升方案的质量。通过前文实验发现，非设计师的讨论结构一般比较简单，只有一次发散—收敛过程，因此在引导参与者归纳总结的基础上可以就聚焦内容进行二次优化和创新。设计师可以适当引导参与者在收敛后的核心创新点基础上进一步从某些维度发散和完善。例如运用思维导图对某一方向进行延伸，让参与者不断增加想法的分支数及每个分支的长度，从而让方案更加丰满。

（二）非设计师行动建议

非设计师是整个活动的主要参与者和内容贡献者，因此针对非设计师的行动建议部分将从角色及内容维度展开。

1. 性格选择

本实验发现，性格相近的成员在同一组有助于形成良好的讨论氛围，同时过于开朗、强势的人员不适合作为成员参与小组讨论。鉴于专业领域外，设计思维应用场景的组织者一般为非设计师，因此在前期招募成员，以及实际分组过程中应注意充分考察参与人员的性格特点。现实中,在人员选择上会陷入一种误区——健谈的人员可以活跃组内氛围，但实际上这会无形中让小组成员间分化，产生不必要的“意见领袖”，与工作坊的初衷相悖。

2. 明确分工

设计师只作为引导者，具体内容走向需要非设计师自行把握，因此明确分工十分关键，它可以保证多人协同创新环境下的有条不紊。通常来说，角色可分为领导者、破冰者、组织者、时间控制者、总结者等，可能出现多人担任一个角色或一人承担多个角色的情况，比如某参与者拥有丰富的知识储备、强大的逻辑能力及精确的概括能力，那么他可能同时担任破冰者、组织者和总结者的角色。当然每位参与者都需要有自己明确的职责，不同的角色间没有高低差异，只有侧重区分。

3. 倾听与再创造

设计师与非设计师的一个显著差异表现在前者通常更擅长倾听、吸纳及再创造，而非设计师倾向于说服他人接纳自己的想法。因此在协作创新过程中，非设计师可以加强对他人想法的关注，并进行思考转化，取其精华去其糟粕，有意识地对想法进行批判性创新。比如思考他人想法有什么优点，与自身想法有什么可以结合的地方，进而提出螺旋上升的迭代创意。